Hervé Le Corre débute à la Série Noire avec trois romans noirs remarqués, puis il publie chez Rivages *L'Homme aux lèvres de saphir* (Prix Mystère de la critique) qui le révèle à un large public. *Les Cœurs déchiquetés* (Grand Prix de Littérature policière) puis *Après la guerre* (Prix du polar européen du *Point*, Prix Landerneau) l'imposent comme un auteur de tout premier plan dans le paysage du polar français.

Prendre les loups pour des chiens

Du même auteur
chez le même éditeur

L'Homme aux lèvres de saphir
Derniers retranchements
Les Cœurs déchiquetés
Après la guerre
Du sable dans la bouche

Hervé Le Corre

Prendre les loups pour des chiens

Collection fondée par François Guérif

Rivages/noir

Retrouvez l'ensemble des parutions
des Éditions Payot & Rivages sur

payot-rivages.fr

Ouvrage publié sous la direction
de François Guérif

C'était un temps déraisonnable
On avait mis les morts à table
On faisait des châteaux de sable
On prenait les loups pour des chiens
Tout changeait de pôle et d'épaule
La pièce était-elle ou non drôle
Moi si j'y tenais mal mon rôle
C'était de n'y comprendre rien

Louis ARAGON, *La Guerre et ce qui s'ensuivit*
(« Est-ce ainsi que les hommes vivent ? »)
in *Le Roman inachevé*

LES CHIENS

1

Ils l'avaient libéré une heure plus tôt que prévu et comme il pleuvait il avait dû attendre sous l'espèce d'abribus installé au rond-point, l'entrée de la prison derrière lui avec pour tout paysage un champ de maïs, de l'autre côté de la route, et le parking, ses portiques et ses grilles et les allées et venues des visiteurs, femmes, enfants, vieillards, le claquement sourd des portières. Il s'était penché et avait vu les hauts murs qui couraient sur près de quatre cents mètres et ça lui avait remué l'échine d'un méchant frisson, il s'était assis sur le banc de bois, enfoncé sous cet abri, pour en voir le moins possible alors qu'il avait rêvé pendant ces années d'embrasser des yeux l'horizon tout entier sans le moindre obstacle. Il avait posé son gros sac de voyage à ses pieds, gonflé et bosselé, pesant le poids d'un âne mort à cause des livres qu'il avait fait venir pendant sa détention et qu'il tenait à faire sortir comme il aurait emmené des animaux familiers doux et fidèles.

Il a eu le temps de fumer trois cigarettes en écoutant cesser le clapotement de la pluie s'éloignant vers le sud avec des grognements sourds d'orage. La lumière a surgi brusquement, écartant d'un coup les nuages, allumant soudain une joaillerie toc jetée sur toute chose et frémissant avec des bruits de bouche. Il clignait des yeux sous cet éblouissement et il considérait ces nappes scintillantes avec un ébahissement d'enfant devant un arbre de Noël.

Quand il a vu cette voiture ralentir puis entrer sur le parking et rouler au pas, il a regardé sa montre : plus d'une heure déjà qu'il attendait sans avoir senti la moindre minute passer. Le temps comme une eau qu'on essaie de garder entre ses mains. Filant et se perdant. Alors qu'en prison chaque quart d'heure collait à la peau, moiteur étouffante, sueur malsaine. Il a suivi des yeux la petite Renault rouge qui ressortait à présent du parking et s'arrêtait. Conduite par une femme dont il distinguait mal les traits derrière les reflets du pare-brise. Il n'avait pas besoin de son appel de phares pour savoir qu'on venait le chercher. Il lui a adressé un signe de la main et s'est levé pendant que la voiture traversait la route pour venir se ranger devant lui.

Il s'est penché en même temps que descendait la vitre, a dit « Bonjour » à une paire d'yeux bleus très clairs, ou gris. Très clairs. Il n'a vu que cette sorte de phosphorescence délavée dans l'ombre de l'habitacle. Elle souriait, penchée vers lui. Moins de trente ans.

– Ça va ?

– Mieux, maintenant.

Il a désigné d'un ample mouvement le ciel, les arbres massés au loin, bordant la route, les champs desséchés. La lumière, et la chaleur qui pesait de nouveau. Il a ouvert la portière arrière et a laissé tomber son sac sur le siège. Il a pris place auprès de la jeune femme et lui a tendu la main mais elle s'est approchée pour lui coller sur les joues deux baisers légers. Il a aimé la fraîcheur de ses lèvres sur sa peau. Quelque chose l'a parcouru, profond, rapide. Se réveillaient en lui des réseaux enfouis, infinitésimaux, des ramifications secrètes. C'était presque douloureux. Une plénitude oppressante.

– Il est pas là Fabien ?

La femme a remis ses lunettes de soleil puis a démarré.

– Moi, c'est Jessica.

– Oh, pardon. Désolé. Franck.

– Je sais.

– Fabien me parlait tout le temps de toi dans ses lettres, je…

Il s'est tu. Ça valait mieux. Il lui faudrait peut-être se réhabituer à ça. Parler normalement avec les gens. Faire attention à ce qu'on dit. Pas comme avec les flics, ou les autres taulards, non. Seulement pour ne pas blesser, éviter d'aller à rebrousse-poil.

– Fabien il est en Espagne, depuis trois semaines. Il a pas pu repousser, c'était urgent. Je te dirai. Et ça risque de lui prendre deux ou trois semaines, on sait jamais avec lui.

– Qu'est-ce qu'il fout en Espagne ?

– Des affaires. Je t'expliquerai. Sans ça il serait venu lui-même, tu t'en doutes. T'es son petit frère, c'est comme ça qu'il dit toujours : « Mon petit frère ».

Elle a allumé l'autoradio, une station qui passait des chanteurs français, et elle a fredonné leurs chansons sentimentales comme si elle était seule à bord. Dès qu'ils ont été sur l'autoroute, direction Bordeaux, elle a coupé la climatisation, éteint la radio et baissé sa vitre et l'air s'est engouffré dans la voiture, brutal et tiède, assourdissant. Elle n'a plus rien dit pendant un moment. Franck s'attendait à des questions sur la taule, le merdier que c'est là-dedans, il se préparait à raconter le minimum parce que jamais on ne dit tout sur ce qui se passe en prison. Sur ce qu'on a dû y voir et y vivre. Il aurait aimé qu'elle lui parle parce que ça lui aurait donné une bonne raison pour se tourner vers elle et pouvoir la regarder sans avoir à la reluquer en coin comme il était en train de le faire.

Elle portait une chemise d'homme aux manches retroussées sur ses avant-bras, trop grande pour elle, qui lui arrivait en haut des cuisses par-dessus un short coupé dans un vieux jean. Ses jambes étaient bronzées, leur peau luisait et il s'est dit qu'elle avait dû y passer une crème hydratante, et qu'il aurait bien posé sa main sur cette douceur si elle n'avait pas été la femme de Fabien, quitte à ramasser une gifle. Il a échafaudé tout un scénario porno dont le réalisme, avec cette fille assise à quelques centimètres de lui, a fini par rendre trop étroit son jean et il a dû plusieurs fois changer de position pour se soulager de la pression sur son entrejambe.

– Tu veux qu'on s'arrête ? Y a une station, là.

Il a tressailli parce qu'une part de lui-même a pris ça pour une invitation prolongeant le fantasme qui le tenait. Un chemin creux, l'ombre d'un arbre, la fille qui va s'installer sur le siège arrière, une culotte qui descend, une main qui remonte.

– Ouais. J'aimerais bien.

Voix enrouée. Pleine d'embarras. Il s'est raclé la gorge, bouche sèche.

Elle a enclenché le clignotant, un demi-sourire à sa jolie bouche. Ironique ou moqueur. Ou simplement tranquille, détendu. Il ne savait pas. Il n'avait plus pensé depuis longtemps aux sourires des femmes. Aux significations qu'ils suggèrent, aux contresens qu'ils provoquent.

– J'ai besoin d'un café et d'une clope, elle a dit.

Elle a remonté ses lunettes noires sur ses cheveux pour chercher une place de stationnement, plissant les paupières, légèrement penchée en avant. Elle a garé la voiture près d'une table de pique-nique où étaient installés un couple et trois enfants, tous assis devant des assiettes en carton que la mère remplissait de tomates en salade pendant que le père manipulait un téléphone. La table était encombrée de sachets et de sacs, de canettes de soda, de paquets emballés dans des feuilles d'aluminium et les enfants lançaient leurs mains dans ce désordre pour rafler un bout de pain ou un gobelet qu'ils tendaient à leur mère pour qu'elle leur donne à boire.

Franck observait l'homme, indifférent à toute cette agitation, qui se mettait à parler à son téléphone puis s'éloignait pour continuer sa conversation et l'on ne voyait plus que son dos, sa nuque inclinée, ses épaules se haussant parfois, sa main libre battant l'air devant lui.

– On y va ? Ça te rappelle des souvenirs ?

Oui, vaguement, la route vers des vacances en Espagne quand il avait neuf ou dix ans, quand tout allait bien encore, avant le naufrage, les sandwiches dont il se régalait achetés dans les boutiques de l'autoroute, dévorés en hâte debout près de la voiture parce que son père n'aimait pas s'arrêter, les parties qu'ils jouaient sur leurs consoles avec Fabien sur le siège arrière. Fabien le grand frère. Quatre ans de plus. Qui lui montrait les trucs et astuces, toujours patient. Et qui plus tard prendrait tout sur lui quand ils feraient des bêtises. La responsabilité et les coups. Et les larmes, aussi, qu'il essuyait du revers de la main en haletant, sans un mot, le père au-dessus de lui, éructant, le poing dressé. Fabien qui murmurait des imprécations le soir dans leur chambre, enseveli sous les draps, maudissant le paternel à voix basse, jurant avec des mots terribles de les venger un jour.

Entre frères ils ne s'étaient jamais battus. Querellés, à peine. Ils avaient besoin de se tenir l'un l'autre comme on s'accroche à quelqu'un ou à quelque chose dans le courant d'un fleuve rendu fou ou sous la bourrasque qui arrache les arbres. Des frères comme eux, il en existait peu dans le monde. C'est ce qu'ils s'étaient dit, une fois, dans une de ces nuits qui ne finissent jamais. Cris, gémissements, injures ordurières. Maman.

Et il y avait eu ce jour, le jour où c'était arrivé, vers quatre heures de l'après-midi. Fabien qui avait couru sur le parking du supermarché sans se retourner, la sacoche pleine d'argent alors que Franck avait rebondi sur le capot d'une auto qui passait là, jambe cassée, les vigiles couchés sur lui.

Il n'avait pas parlé malgré la pression des flics, leurs chantages, les conseils de l'avocate commise d'office.

Casier vierge. Arme factice. Copie de Sig-Sauer. Pistolet d'alarme. Mais le comptable tétraplégique après sa chute dans l'escalier. Père de trois enfants. Assises de la Gironde. Six ans ferme.

Il n'avait pas parlé.

Il est descendu de voiture sans rien répondre et aussitôt les claquements des portières, les appels, les allées et venues des gens, toute cette désinvolture de jambes nues et de manches courtes et de lunettes noires l'ont étourdi et il a baissé la tête sous la lumière brutale et crue que le soleil jetait sur tout ça.

Jessica marchait devant sans se soucier de lui, la bandoulière de son sac tirant sur le col de sa chemise et dénudant une épaule que ne barrait aucune bretelle de soutien-gorge. Franck l'a rattrapée pour ne plus avoir sous les yeux les rondeurs de son cul soulignées par le short, la courbe de sa nuque jaillie de l'encolure écartelée, cette nudité que les vêtements dévoilaient ou laissaient deviner. Ils sont entrés dans le hall immense, noyés dans la rumeur des clients et la musique d'ambiance, refroidis jusqu'au frisson par l'air conditionné, et ils ont louvoyé en direction des toilettes parmi les groupes massés devant les machines à café et les quidams plantés là, attendant quelqu'un ou contemplant une carte routière de la région placardée au mur ou bien encore occupés à téléphoner.

Franck s'est enfermé dans une cabine au sol humide dont la cuvette était encore pleine d'urine et de papier hygiénique et son excitation est retombée devant cette saleté saturée par l'odeur des blocs désodorisants. Il a pissé, s'est reboutonné sans hâte, soulagé, apaisé presque, puis il a regardé la cuvette se nettoyer dans le fracas de la chasse d'eau, l'esprit vide, ne sachant plus où il était ni pourquoi il se trouvait là. Devant les lavabos il y avait des types qui se lavaient les mains, s'aspergeaient la figure d'eau en se regardant dans la glace sans se voir ou peut-être sans se reconnaître. Certains semblaient hébétés par des heures de route, d'autres roulaient des épaules avec des airs de brutes. Le vacarme des sèche-mains se déclenchait, assourdissant, et la porte battante grinçait chaque fois qu'on entrait ou sortait. Franck s'est rincé sous l'eau tiédasse les yeux baissés, refusant d'apercevoir quoi que ce soit autour de lui, effarouché par tout ce bruit, puis il a quitté le local sans se retourner parce que cette odeur d'hommes, cette promiscuité lui rappelaient la prison, mais sans les éclats de voix et le crissement des semelles traînées par des mecs qui affectaient de n'en avoir plus rien à foutre.

Il est allé vers les rayons réfrigérés et il a commencé à regarder les emballages triangulaires des sandwiches et il salivait en apercevant les tranches de pain de mie et la garniture et son estomac se creusait, sa gorge déglutissait péniblement devant ce qui valait pour lui tous les plats mitonnés, les pâtisseries pleines de crème ou de fruits. Il a fait son choix, il a pris une bouteille d'eau puis il est allé payer tout en essayant d'apercevoir Jessica parmi la cohue. Il a cherché dans son porte-monnaie de quoi faire l'appoint mais il n'arrivait pas à trouver les pièces qu'il fallait et la caissière attendait en regardant ailleurs, raide sur son siège, soupirant d'impatience, alors il s'est retrouvé tout bête et maladroit et intimidé comme quand il était gosse et il a pris un billet de dix que la fille a englouti dans son tiroir-caisse sans un mot en lui rendant la monnaie dans le même geste presque brutal. Il a vu Jessica à travers les portes vitrées devant l'entrée, en train de fumer au soleil, un gobelet de café à la main.

– Où t'étais passé ?

– Je faisais des achats.

Il lui a montré ses sandwiches et en a déballé un qu'il a mangé en trois bouchées. Il a poussé tout ça d'une gorgée d'eau froide et une dent du fond a tinté de douleur. Jessica a regardé sa montre puis a dit qu'il fallait y aller, qu'ils avaient encore de la route à faire et elle s'est éloignée en direction de la voiture sans se soucier de lui, comme si elle était seule. Il l'a suivie à distance en finissant d'ingurgiter son casse-croûte qu'il mâchait à peine, heureux de s'en remplir la gueule puis d'avaler en aidant d'un peu d'eau. C'était un plaisir glouton de gosse gourmand, une espèce de plénitude animale qui le ramenait mine de rien de ce côté-ci du monde, dans la lumière aveuglante inondant tout, parmi la rumeur des voix et l'agitation des foules d'humains s'affairant en tous sens, mouches collées à une vitre dont elles ne comprendraient jamais l'infranchissable transparence. Il ne savait pas mettre de mots sur les contours et les murs invisibles de cette prison-là. Il sentait seulement sa liberté à lui soulever ses épaules et assouplir son dos, soulagés enfin du poids des regards comme d'un sac rempli de couteaux, et il lui semblait qu'il marchait avec une légèreté, une grâce, peut-être, qu'il n'avait jamais ressenties. Il se faisait l'effet d'un danseur arpentant ce macadam surchauffé, au cul sublime d'une étoile. Il a fini de manger près de la voiture pendant qu'elle fumait une autre cigarette. Elle ne lui disait rien, adossée à la portière, elle semblait absorbée dans la contemplation d'un groupe de touristes plutôt âgés descendant d'un énorme bus rouge, affublés de casquettes et de bermudas avec aux pieds des chaussures de sport neuves, s'étirant, hasardant quelques assouplissements en marchant avec raideur vers les toilettes et les boutiques.

Dans un coin de son champ de vision il apercevait les jambes de Jessica bouger pendant qu'elle manœuvrait pour rejoindre l'autoroute, agissant sur les pédales en un jeu souple de ciseaux, et l'envie de glisser sa main dans cet entre-deux, ou même de poser ses doigts sur la peau brune l'a repris et l'obligeait à garder les bras croisés et il essayait de se concentrer sur le paysage ou sur le trafic, reluquant les grosses berlines, les 4 × 4 puissants qui les dépassaient à 150, ou se retournant sur les caravanes ou les camping-cars qui se traînaient à 100 et les maudissant à voix basse. Elle, elle ne disait rien. Son visage était soudain fermé, impassible, un pli amer au coin des lèvres, et derrière les lunettes noires ses yeux fixes étaient rivés devant elle, sans ciller, comme si elle avait été une de ces effigies de cire qui troublent tant les visiteurs des musées spécialisés. Elle aurait pu s'être endormie, hypnotisée par le défilement du ruban de bitume, la blancheur intermittente des bandes de signalisation.

Il s'est demandé un moment ce qu'il avait bien pu dire ou faire pour qu'elle se retranche dans ce silence hostile puis il a commencé à rêvasser en regardant le paysage, s'imaginant vivre dans cette ferme de briques qu'il apercevait en contrebas ou dans cette autre à flanc de coteau, s'inventant des promenades à l'aube au milieu des vignes ou dans l'herbe mouillée de rosée au bord d'une route déserte. Il s'est mis à rêver de l'hiver, au milieu de ce paysage jaune et sec et terne, sans relief ni profondeur parce que l'ombre pourchassée s'était enfuie et demeurait introuvable. Il s'est assis dans un fauteuil profond, devant un feu de bois, un livre sur les genoux pendant que s'exténue contre les vitres la lumière bleue et glacée d'une journée finissante. Il a marché tôt le matin dans la terre durcie par le gel. En taule il se projetait ce genre de clichés quand, depuis son grabat, il voyait à la lucarne l'aube pâlir. Voir le jour se lever. Assister à ce miracle chaque jour reproduit sans rien entre soi et la clameur muette de tout ce qui sort de l'ombre. Ni mur, ni vitre.

Puis elle s'est tournée vers lui, a jeté un coup d'œil derrière elle.

– Tu peux me passer mes clopes ? Dans mon sac.

On aurait dit qu'elle reprenait vie soudain. Ses doigts bougeaient sur le volant, ses lèvres s'entrouvraient comme si elle recommençait à respirer. Il lui a donné une cigarette.

– Sers-toi, si tu veux.

Elle a baissé un peu la vitre de son côté, il a fait pareil, et ils ont fumé dans le vacarme de l'air chaud qui se jetait sur eux. Franck en a profité pour parler parce qu'il lui semblait que ce qu'il dirait se noierait dans ce tremblement énorme.

– Quel genre d'affaires il est parti faire en Espagne Fabien ? Il m'a rien dit dans sa dernière lettre.

– Ça s'est décidé vite, la semaine dernière. Tu sais comment il est, t'es son frère… Il est plutôt discret, des fois pas commode… Un soir, il m'a dit qu'il partait le lendemain matin pour rencontrer des types à Valence. Et comme il voulait en profiter un peu, il m'a dit qu'il resterait au moins trois semaines parce qu'il a des copains là-bas. J'ai rien pu savoir d'autre, c'était même pas la peine de discuter. Il voulait faire rouler votre blé qui dormait depuis tout ce temps. Il a trouvé un plan par Serge, un Gitan que connaît bien mon père. Il m'en a pas dit plus. Je pense qu'à l'heure qu'il est, il doit baratiner des filles sur la plage, je m'en fais pas pour lui…

– Il se soucie de faire travailler le fric cinq ans après ? Il serait temps. Qu'est-ce qu'il a foutu toutes ces années ?

– Il a bricolé. Il a donné un coup de main à un ferrailleur, le Gitan en question, puis il a trouvé du taf à Langon, vigile dans un entrepôt logistique, comme ils disent. Trois nuits par semaine, payées de la merde. De toute façon, en ce moment, tu trouves rien. Lui, son métier, c'est cuistot, mais les darons il peut plus, et les payes minables à la fin du mois pour des horaires pourris, ça l'intéresse plus.

Ils n'avaient pas eu le temps de compter. Il y avait bien cinquante ou soixante mille euros en cash dans la mallette. La recette du lundi, jour calme, où le convoyeur venait seul dans une voiture banalisée. Franck avait appris ça à la longue, pendant les dix mois où il avait bougé des palettes avec son chariot, devenu copain avec un agent de sécurité, Amine, un Noir immense qui jurait qu'il se ferait la caisse un samedi soir avec des potes à lui. Franck l'avait laissé parler pendant qu'ils fumaient un joint, un soir après la fermeture. D'autres fois aussi, Amine lui avait donné tous les détails et même proposé de monter ensemble sur le coup. Il secouait la tête après chaque bouffée comme si la drogue lui brouillait les neurones ou la vue, puis il soufflait fort et loin tout ce que ses poumons n'avaient pu absorber et il fermait les yeux et riait en silence. Franck se contentait de sourire et d'acquiescer aux plans que l'autre échafaudait en tressaillant et piétinant sur ses longues jambes comme un sportif juste avant le départ d'une course ou son entrée sur le terrain. Il se méfiait de ce type volubile et chaleureux et de ses joints pré-roulés chargés à bloc d'un shit qu'il prétendait faire venir directement de Sierra Leone.

Après être sortis de l'autoroute, à Langon, ils ont roulé sur une route de campagne au milieu d'une morne forêt de pins dont les têtes d'un vert sale luisaient au soleil. Par moments, des parcelles nues montraient le sable noirâtre, comme calciné, envahi çà et là d'ajoncs vert-de-gris. La chaleur était plus forte ici, sèche et poussiéreuse, et une odeur âcre de terre brûlée et de résine envahissait la voiture. Franck se demandait comment on pouvait habiter ici, loin de tout, et il eut peur de ce désert hérissé de troncs noirs d'où surgissait parfois un bosquet rond et touffu de chênes tassés les uns contre les autres, survivants sur un pré funèbre planté de hallebardes après une bataille.

Il avait envie d'une ville, de son bruit, de sa foule, de ses filles surtout, en jupe d'été et en débardeur flottant sur leurs seins, il les aurait toutes regardées, scrutées, voyeur décomplexé, pour caresser et palper des yeux cette peau tiède, cette douceur ronde, sans savoir comment il résisterait à l'envie de les toucher vraiment, de les trousser et de glisser ses doigts entre leurs cuisses et d'y fourrer sa langue et le reste. Si souvent il s'était branlé sur son matelas puant, tenaillé par ces images et les fantasmes qu'il fabriquait, la cellule envahie soudain d'hologrammes en jupe fleurie repoussant en arrière la masse de leurs cheveux comme elles savent toutes le faire avec ce geste rapide et souple, combien de fois il avait soupiré, secoué par les saccades de son misérable plaisir, au creux d'une épaule chaude et bronzée pour se retrouver en train de souffler bouche ouverte dans le tissu douteux de son oreiller.

Jessica a tourné brusquement sur un chemin poudreux aux ornières comblées par des cailloux et des éclats de tuiles qui longeait d'abord un bosquet de chênes puis un pré desséché encombré d'épaves de voitures, de remorques rouillées et de matériel agricole : un tracteur antique, son capot déteint cuisant sous le cagnard avec des rougeurs pénibles de coup de soleil, une herse aux longues pointes envahies par des liserons, au milieu de quoi prospéraient herbes folles et acacias jeunes. Pneus crevés ou entassés au milieu de ronciers. Le ciel était blanc, aveuglant, métal brûlant pulvérisé sur ces amas de ferraille.

Quand la voiture s'est garée devant la maison, quelque chose a surgi à l'angle du mur. Il a fallu à Franck une seconde pour se rendre compte qu'il s'agissait d'un chien. Un chien comme il n'en avait jamais vu, même dans des films ou des vidéos. Noir, le poil ras, bosselé de muscles, sa tête carrée surmontée d'oreilles taillées en pointe comme deux fers de lances. Simplement debout sur ses quatre pattes, il pressait à présent son mufle contre la vitre à moitié remontée et Franck pouvait entendre son souffle et le grondement profond qui roulait dans sa gueule aux babines retroussées et voir tout près ses yeux fixés sur lui, exorbités, sertis d'un cercle blanchâtre où luisait la folie. Il ne bougeait pas, il se contentait de fixer l'homme. Il attendait. Il tremblait d'une rage qui courait sous sa peau comme une électricité mauvaise.

– N'ouvre pas, a dit Jessica. Remonte la vitre. Je m'en occupe.

Elle a fait le tour de la voiture et a saisi le chien par le collier et l'a tiré vers elle avec effort en gueulant « Goliath, calme ! » et en le frappant du plat de la main sur la tête. Quand elle l'a lâché un peu plus loin, l'animal s'est assis, sa grosse tête au niveau de l'estomac de Jessica, levée vers elle, les oreilles couchées, clignant des yeux comme s'il avait peur d'elle.

– Tu peux sortir, il ne te fera rien. Il est toujours comme ça avec les gens qu'il connaît pas.

Franck s'est arraché de l'habitacle comme d'un four et dans son dos a coulé une sueur qu'il a épongée avec l'étoffe de sa chemise. Jessica a ordonné au chien de se coucher sous un vieux banc qui flanquait la porte d'entrée de la maison et l'animal a obéi en soupirant mais gardait la tête dressée et ne perdait pas Franck des yeux.

– Quand il sera habitué à toi, tu verras, il est plutôt tranquille comme chien. Et puis c'est un bon gardien. On risque rien avec lui.

Elle est entrée et Franck l'a suivie en s'assurant que le chien ne bougeait pas. Son sac lourd tirait sur son bras et battait contre sa jambe, lui faisant une démarche d'estropié, déhanchée et titubante.

– Je suis là ! a crié Jessica.

Elle s'était arrêtée au pied d'un escalier et tendait l'oreille. On entendait une télé bavarder quelque part dans la maison mais personne ne répondait, personne ne semblait être là.

– Qu'est-ce qu'ils foutent, ces cons ?

Elle a attendu encore quelques secondes puis elle a haussé les épaules.

– Tant pis. Tu les verras tout à l'heure. Viens. On va se mettre par là.

Elle a ouvert la porte d'une cuisine plongée dans la pénombre des volets mi-clos où la table du déjeuner n'avait pas été débarrassée. L'évier était plein d'assiettes sales et de plats graisseux, les plans de travail étaient encombrés de boîtes, de sachets vides, de bouteilles de vin et de bière.

– Fais pas gaffe au désordre. C'est ma mère qu'est pas dans un bon jour. Je m'y mettrai tout à l'heure.

Elle a pris deux bières dans le réfrigérateur, a entassé des assiettes qui traînaient sur la table et a posé les canettes sur un coin de toile cirée. Elle s'est assise en soupirant, presque renversée sur la chaise, les jambes étendues. Elle a fait glisser ses sandalettes de ses pieds et a bougé ses orteils tout en ouvrant sa canette.

– Putain, qu'il fait chaud, elle a dit. Reste pas comme ça, assois-toi. À la tienne.

Franck s'est assis de l'autre côté de la table. Il ne voyait plus que ses épaules bronzées, l'échancrure de sa chemise, l'ombre moite et luisante de transpiration qui plongeait entre ses seins. Elle a bu une longue gorgée puis a fait rouler la boîte d'aluminium à l'intérieur de ses cuisses, lentement, en fermant les yeux. Il a bu lui aussi, il avalait à longs traits la bière glacée, il sentait la fraîcheur descendre dans son estomac et se répandre dans tout son corps et peu à peu l'accablement de la chaleur laissait place à une lucidité amère qu'il ne s'expliquait pas : il ne savait plus ce qu'il faisait là, dans le chaos de cette cuisine crasseuse, à portée de main du corps parfait de cette fille abandonnée sur sa chaise se rafraîchissant les cuisses avec une canette de bière. Parmi les relents douceâtres de la saleté qui les environnait, il lui semblait percevoir aussi l'odeur intime de Jessica où se mêlaient le parfum de sa peau et les senteurs de ses plis secrets.

Depuis presque cinq ans combien de fois, rendu presque fou par ce désir désespérant, avait-il rêvé d'un corps de femme à ce point proche et offert ? Il l'observait alors qu'elle allumait une cigarette et soufflait devant elle, le regard perdu vers la fenêtre au-dessus de l'évier débordant de vaisselle. Elle aurait pu être seule, tenant sa bière entre ses jambes étendues, les yeux fermés, fumant lentement et secouant la cendre par terre. Lui n'osait pas bouger, redoutant soudain d'attirer son attention, comme un gamin qui se tient tranquille après une dure réprimande. Puis quelque chose a remué sur sa droite, dans un coin de son champ de vision et il a tressailli en apercevant dans l'encadrement de la porte la petite fille qui venait d'y apparaître et qui le regardait, l'air grave, l'interrogeant de ses yeux noirs, une raquette en plastique à la main.

Franck lui a dit « Bonjour » à voix basse en essayant de lui sourire mais la gamine n'a pas réagi et son visage est demeuré impassible, ses yeux toujours grands ouverts par la curiosité ou l'inquiétude peut-être, et Franck a pensé qu'il ne savait pas y faire avec les enfants, ni leur parler ni leur sourire, d'ailleurs savait-il s'y prendre mieux avec les adultes, les gens en général ?

La voix de Jessica l'a tiré de ses questions sans réponses.

– Rachel, mon cœur, t'es pas avec Mamie ?

La petite fille a secoué la tête puis a commencé à tire-bouchonner de son doigt ses cheveux noirs, un pied derrière elle oscillant sur sa pointe comme si elle n'osait pas entrer dans la pièce. Jessica a jeté son mégot dans sa boîte de bière puis a tendu les bras à la fillette qui a couru vers elle et s'est jetée entre ses jambes pour se serrer contre son ventre d'où elle continuait de dévisager Franck. Jessica lui caressait le front et embrassait ses cheveux en lui murmurant qu'elle avait chaud, qu'elle aurait pu se baigner mais la petite semblait ne pas l'entendre, absorbée dans son examen de l'homme qui la regardait de l'autre côté de la table embarrassé par son sourire contraint.

– Tu veux boire quelque chose ?

Rachel s'est détachée des genoux de sa mère et a ouvert le réfrigérateur pour y prendre une grande bouteille de soda et elle s'est trouvée encombrée de ce fardeau au milieu de la pièce, cherchant des yeux un verre utilisable. Jessica s'est levée en soupirant, avec mauvaise grâce, et elle a ouvert un placard trop haut pour la fillette et a pris un verre qu'elle a miré à la lumière de la fenêtre.

– Tiens, mademoiselle. Celui-là il est propre.

La petite a posé son verre sur un coin de la table et l'a rempli et a bu lentement, tournée vers la fenêtre. Quand elle a eu terminé, elle a rangé la bouteille dans le frigo puis est allée rincer son verre à l'évier, sur la pointe des pieds pour atteindre le robinet et pour le caser sur l'égouttoir au milieu de ce qui s'y trouvait déjà, puis elle a récupéré sa raquette et elle est sortie sans rien dire. Une porte a grincé légèrement en se refermant.

Jessica s'était rassise et avait allumé une autre cigarette. Elle a soupiré encore, soufflant la fumée par le nez.

– Il lui faut toujours des trucs propres. Elle mange jamais derrière quelqu'un, même moi, dans l'assiette de quelqu'un d'autre, même pour goûter, ou avec une fourchette qu'on a utilisée pour servir. Les verres, elle regarde toujours à travers pour voir s'ils sont propres. Et puis faut qu'elle range tout, tout le temps. Tu verrais sa chambre… Je sais pas d'où elle sort pour avoir ce genre de manies. Je l'ai pas élevée comme ça, comme une princesse, je veux dire. Et son père il était pas du genre délicat. Moi, c'est bon, c'est propre et voilà, je veux dire j'aime pas vivre dans la merde, comme là… Mais bon, on va pas attraper une putain de maladie parce qu'on boit dans le verre de quelqu'un, surtout de la famille, non ?

Elle s'est tournée vers Franck. Elle tirait nerveusement sur sa cigarette, agitait ses mains devant elle.

– Quel âge elle a ?

– Huit ans. Elle en aura neuf en septembre.

– Elle a l'air tranquille. Elle te ressemble.

Jessica a gloussé.

– Elle me ressemble parce qu'elle est tranquille ? Ça aussi, je sais pas de qui elle le tient. Parce qu'on est du genre nerveux dans la famille… Ou alors si. De son grand-père. Il a pas toujours été comme ça mais maintenant il s'est bien calmé.

Elle a écrasé sa cigarette dans une assiette.

– Enfin… Ça valait mieux pour tout le monde.

Elle s'est mise debout. Elle paraissait soudain impatiente.

– Allez, viens, je vais te montrer tes appartements.

Franck l'a suivie dehors. De nouveau, elle marchait à plusieurs mètres devant lui, sans l'attendre. Sous une remise grossièrement charpentée, ancienne, il a aperçu une caravane posée sur des parpaings, surmontée d'une antenne satellite. Jessica y est entrée et il a hâté le pas pour l'y rejoindre. Elle était appuyée contre le petit évier en inox et dans la lumière rasante qui entrait par les fenêtres de plexiglas, toutes ouvertes, il ne voyait que ses jambes et l'éclat de ses yeux qui le faisaient penser à ces lagons qu'on voit sur des photos, plus lumineux que le ciel. Il a posé son sac sur une banquette et l'a regardée ouvrir les placards, faire couler l'eau, montrer où étaient les draps propres, lui expliquer qu'il y avait au rez-de-chaussée de la maison une petite salle de bains dont il pourrait disposer. Sous ce plafond bas, sa voix assourdie lui parvenait comme si elle avait parlé à son oreille et il lui semblait que cet espace confiné les poussait à une intimité qui le gênait presque et il s'attendait à la voir d'un moment à l'autre se déshabiller comme on se met à l'aise chez soi et ne garder peut-être que sa culotte et aller et venir pieds nus sur le linoléum pour ranger ses affaires puis se coller contre lui et lui fourrer sa langue dans la bouche tout en déboutonnant son jean avec empressement.

Quand elle est sortie de la caravane en lui disant de prendre son temps et de venir plus tard les rejoindre derrière la maison parce que c'était là que se trouvaient ses parents, ils devaient pioncer ces deux abrutis, censés surveiller la petite au bord de la piscine, il s'est senti soulagé et il s'est précipité sous le robinet de l'évier et s'est aspergé la figure d'une eau d'abord tiède puis plus fraîche à mesure qu'elle coulait, si bien qu'il en a bu à grandes lampées jusqu'à ce que le souffle lui manque.

Il a rangé ses quelques frusques dans les coffres en prenant soin de les garder bien au pli puis il a installé ses affaires de toilette dans le petit cabinet et il est resté un moment à regarder sa brosse à dents, son rasoir jetable, posés sur l'étagère de plastique, la savonnette sur le bord du lavabo minuscule, la serviette pendue à une barre chromée comme autant de signes tangibles d'une liberté tranquille : déjà, le silence, seulement troublé au loin par le ronronnement d'un tracteur, sans doute, l'accueillait dans une sorte de bulle qui s'ajustait peu à peu à lui comme un vêtement neuf qui devient confortable aussitôt qu'on l'endosse. Il n'avait plus à surveiller ses arrières dans le miroir en redoutant de voir s'y encadrer un caïd en rut ou un cinglé qui cachait peut-être une lame dans sa serviette. Il n'avait plus à attendre ni à se presser dans la promiscuité, les frôlements, les coups d'épaule, le défi perpétuel de ces corps menaçants ou tendus par la peur.

Il est sorti du cabinet de toilette et a senti dans sa poitrine un pincement de bien-être. C'était petit, bas de plafond, ça ressemblait à une maison de poupée avec cet évier miniature, les deux feux de ce réchaud à gaz tout juste utiles pour jouer à la dînette dans un camping, mais il en éprouvait la même tranquillité que dans sa chambre de gosse, il y avait si longtemps, une fois qu'il avait refermé la porte et qu'il laissait derrière lui, selon les soirs, les vociférations de son père ou bien les cris et les claquements de portes ou bien les sanglots de sa mère assise sur les marches devant la porte. Ils attendaient avec son frère que tout soit calme, à l'affût des murmures et des gémissements dans un silence de tombe, pour venir dans la chambre de l'autre et se glisser dans son lit et fomenter des fugues, des vengeances, des scénarios d'une autre vie, loin d'ici, loin de tout.

Il s'est allongé sur le lit dans une odeur de linge propre et il a fermé les yeux en pensant à Fabien et à la bringue qu'ils feraient à son retour avant de s'arracher d'ici et commencer à vivre vraiment. Et puis parce que cette baraque, avec ce chien monstrueux, cette fille qui avait l'air vraiment chaude et cette petite quasi muette, lui semblait bizarre, bancale. Quelque chose dans l'air, comme un relent, la trace d'une ancienne puanteur qui empêchait parfois de respirer à fond. Rien à voir avec la prison. Il n'aurait pas su dire vraiment ce qu'il ressentait.

Mais ici, dans cette cambuse, il se sentait un peu chez lui, seul, vraiment seul, et si tranquille.

2

Quand Franck s'est présenté à eux, le père et la mère n'ont pas cherché à faire semblant. Ils le voyaient pour la première fois mais ils ne se sont forcés à aucun sourire, à aucun mot de bienvenue. Il aurait aussi bien pu venir dire bonjour comme ça en passant, comme un qu'on ne reverra pas. Ils savaient bien, pourtant, qu'il sortait de prison, qu'il était le frère de Fabien. Il allait habiter chez eux quelque temps, ils l'auraient à leur table. Ils le croiseraient à la porte des toilettes. Ils n'ont pas bougé des chaises longues dans lesquelles ils étaient installés, le chien allongé entre eux, la tête entre ses pattes, qui s'est dressé en grondant et que le père a fait se coucher d'un coup d'espadrille sur le museau.

Ils ont salué Franck d'un simple « bonjour, Roland, Maryse » en lui tendant leurs mains molles et moites et en clignant des yeux parce qu'il était debout devant eux contre le ciel aveuglant, puis l'homme a affecté de reprendre sa sieste interrompue en reposant sur son ventre gonflé ses bras osseux et la femme a ramassé dans l'herbe à côté d'elle son paquet de cigarettes et s'est levée avec effort et s'en est allumé une puis est restée immobile à fumer, regardant la petite fille dans la piscine hors-sol qui se trouvait un peu plus loin.

Une fois que la femme a été debout, Franck a vu qu'elle était grande et large d'épaules, son visage rond coiffé de cheveux rougeâtres, ramassés en un chignon avachi. Ils pouvaient avoir soixante-dix ans. Peut-être moins. Mais Franck les trouvait usés, fatigués, bouffés de l'intérieur, flétris comme une paire de fruits abandonnés dans une panière. Vieux. Pour lui, ils seraient les Vieux. De par l'écart d'âge entre eux et lui, et surtout à cause de cette impression qu'ils donnaient d'être au bout de leur rouleau.

Franck cherchait dans les traits fatigués de la femme, sur cette peau grenue, une ressemblance avec Jessica mais n'en trouvait pas, sinon le bleu délavé des yeux qui leur ôtait alors toute expression, figés par la pupille plantée dans cette transparence comme un clou dans une eau froide. Deux gros seins pendaient mollement sous une sorte de débardeur fuchsia. Elle a écrasé sa cigarette dans un pot de résine servant de cendrier, a jeté un coup d'œil à la fillette qui flottait dans la piscine, assise dans le creux d'une grosse bouée, puis s'est éloignée en traînant des pieds, sur ses jambes épaisses et bronzées aux cuisses boursouflées de cellulite serrées dans un short blanc.

Au-delà de la piscine, le pré jaune et sec d'herbe morte descendait en pente douce vers la forêt, à une cinquantaine de mètres, qui dressait comme un mur sa masse confuse et sombre. Il semblait que la lumière s'annulait dès qu'elle tombait sur la cime des arbres et que là-bas triomphaient en silence des ténèbres permanentes. Dans le bassin surélevé, le visage de la petite fille en train de se baigner étincelait d'eau et quand elle sautait en battant des bras ses cheveux jetaient autour d'elle des pierreries qui roulaient sur ses épaules. Elle était dans ce décor écrasé de tristesse, vaguement menaçant, la seule expression d'un peu de vie et de grâce et Franck ne parvenait pas à détacher d'elle ses yeux, sans comprendre le plaisir rassurant qu'il éprouvait à la regarder.

Il a entendu derrière lui le chuintement d'une canette qu'on ouvre et en se retournant il a vu le père dans sa chaise longue une bière à la main qui regardait dans sa direction, les sourcils froncés, les yeux enfoncés au milieu des rides et des plis de sa figure fatiguée. Il semblait plus vieux que la mère, plus las, avec seulement un reste de sourire, très ancien, gravé autour de ses yeux.

– Comment tu t'appelles, déjà ?

– Franck.

– Moi c'est Roland. T'es le frère de Fabien, c'est ça ?

– C'est ça.

Franck s'est approché de lui. L'homme a bu une grande gorgée de bière en fermant les yeux puis il a soupiré bruyamment, le souffle court, une main errant sur le dos du chien, ses doigts fouillant le pelage ras.

– Ça me gêne de venir comme ça chez vous m'installer. C'est gentil de m'héberger. Ça sera pas pour longtemps. Le temps que Fabien revienne, et je verrai avec lui, je veux pas m'incruster.

L'homme l'a observé en clignant des yeux comme s'il cherchait à deviner dans ses paroles un sens caché, puis il a roté doucement en se frottant le ventre.

– T'inquiète. Ça fait plaisir à Jessica, et comme t'es le frère de Fabien…

– Bien sûr, mais…

– Quelle heure t'as ?

– Presque six heures.

Le Vieux s'est mis debout avec peine, ses bras maigres tremblant sous lui pour le soulever de sa chaise longue. Une fois debout, il a montré d'un coup de menton la petite fille toujours dans la piscine.

– Surveille-la un peu, qu'elle aille pas se noyer. Sa mère s'en remettrait pas.

Il a marché vers la maison d'un pas lent, d'abord un peu voûté, se massant le dos, puis il s'est redressé peu à peu et ses jambes torses, aux pieds encombrés d'espadrilles portées en savates, vacillaient et semblaient devoir se dérober à chaque instant et le jeter par terre.

Franck s'est approché de la piscine où la petite, toujours assise dans le creux de sa grosse bouée, tournait en rond dans le bassin en s'aidant de ses mains comme de rames minuscules. Le chien l'a suivi et s'est couché près d'une chaise de jardin où était posée une serviette de plage, observant, les oreilles dressées, l'orée du bois.

– T'as pas froid, à force ?

Elle a secoué la tête sans le regarder. Elle ne ramait plus et l'eau s'était figée autour d'elle et faisait un miroir souple où ondulait le ciel blanchi par la chaleur. Franck cherchait quelque chose à lui dire mais ne trouvait rien. Il ne savait pas si la petite fille immobile, les yeux baissés, affectait d'ignorer sa présence ou était simplement pensive.

– Alors comme ça tu t'appelles Rachel ? C'est joli comme nom.

Elle l'a regardé enfin. Ses yeux noirs étaient dévorants. Immenses et profonds.

– T'étais en prison ?

– Oui, mais c'est fini maintenant.

Il n'était pas très content de sa réponse. Ni très sûr. Il avait parfois le sentiment, depuis six heures qu'il était sorti, d'être un évadé qu'on allait venir reprendre à tout moment pour le jeter dans le trou d'une mille-quatre-cent-huitième nuit de prison. Nuit de promiscuité et d'alarmes, ensuqué dans un sommeil entrecoupé de veilles et de qui-vive à écouter bouger ce type sur la couchette du dessus qui ne dormait jamais depuis dix jours qu'il était là, mutique, ombrageux, tendu, chien d'une arme levé au-dessus du percuteur. Assis sur son matelas, les mains jointes entre les cuisses, le regard fixe. Pendant des heures. Immobile, posé là comme un gisant ou une bombe.

Franck sentait autour de lui tout cet espace libre et vacant, et ce vide l'angoissait et il lui semblait flotter à la manière de ces astronautes perdus qu'on voit au cinéma s'éloigner dans l'infini du froid absolu avec des gestes lents brassant le néant, nageurs impuissants. Il ne savait que faire ni que dire devant cette petite fille silencieuse et bizarre, il la trouvait bizarre parce que du fond de son indifférence muette elle paraissait tout voir et tout entendre et tout comprendre, peut-être, avec une sagesse de jeune magicienne.

Elle s'est approchée du bord puis s'est hissée aux rampes de l'échelle chromée. Franck a fait le tour du bassin parce qu'il avait peur qu'elle tombe, il a tendu ses bras vers elle mais elle a dédaigné son geste et a sauté au sol sans un regard. Elle a récupéré la serviette sur la chaise et le chien a levé vers elle sa grosse tête avec un claquement de mâchoires puis il s'est dressé sur ses pattes et s'est planté devant elle, haletant, sa gueule entrouverte lui faisant une manière de sourire. La petite a pris la langue du chien entre pouce et index et a tiré doucement dessus et l'animal a émis un gémissement plaintif puis s'est ébroué.

– Il est gentil avec toi ?

Elle a haussé une épaule, sans perdre le chien des yeux. Elle s'est essuyé les cheveux et a posé la serviette sur ses épaules comme une cape.

Puis elle lui a donné la main et ils ont marché vers la maison.

Aussitôt à l'intérieur, la petite a filé dans l'escalier sans un mot et a laissé Franck planté au pied des marches. Il entendait les femmes bavarder dans la cuisine. La voix haut perchée de Jessica, le timbre rugueux, enroué, de sa mère. Il a poussé la porte et s'est arrêté sur le seuil. Jessica était en train de faire la vaisselle. La mère fumait, assise sur une chaise, accoudée à la table. Elles parlaient avec véhémence d'un enfoiré qu'il faudrait aller voir un de ces quatre pour lui remettre les pendules à l'heure. Un fils de pute. Elles se sont interrompues quand Franck est entré dans la pièce. Jessica lui tournait le dos, s'acharnant sur un plat qui cognait au fond de l'évier dans un grand remuement d'eau. La mère l'a toisé longuement, sa cigarette à la bouche, les yeux plissés à cause de la fumée.

– Tu cherches un torchon ?

Il a vu les épaules de Jessica secouées par un rire silencieux pendant que la mère hilare s'étranglait et toussait avec un bruit caverneux.

Il s'est senti aussi gêné que s'il avait été nu devant elles et une bouffée de chaleur lui est montée à la tête. Il regardait la mère, renversée sur sa chaise, qui n'arrivait pas à reprendre son souffle et il s'est dit que si elle se mettait à suffoquer, à étouffer pour de bon là, au milieu de la pièce, il ne ferait pas un geste pour la secourir ou l'aider d'une façon quelconque, il la regarderait crever lentement, la figure violacée comme ce type en taule qui s'était pendu dans sa cellule et qu'il avait aperçu sur la civière avant qu'on le couvre d'un drap. Cette bouffée de haine lui a donné du courage alors il a dit :

– Non, pas spécialement… Je voudrais pas vous prendre votre travail.

Jessica s'est tournée vers lui et l'a dévisagé, l'air grave, comme si elle cherchait à comprendre quelque chose puis elle a hoché la tête.

La mère s'est esclaffée puis a écrasé sa cigarette dans un cendrier déjà plein et a regardé Franck avec une expression de défi. Elle a jeté un coup d'œil à sa fille, affairée au-dessus de l'évier, comme si son dos voûté avait pu répondre à sa question muette. Au bout d'un moment, elle s'est levée puis est sortie de la cuisine en traînant des pieds. L'escalier a grincé sous elle et on l'a entendue souffler et tousser et mêler à sa quinte un chapelet de grossièretés avant de claquer une porte.

– Il faudrait qu'elle aille chez le docteur, a dit Jessica. Elle va finir par clamser sur place, un jour, à tousser comme ça.

– C'est la cigarette, ça.

Franck se tenait près de Jessica parce qu'il lui semblait sentir ce qui émanait de son corps : chaleur, odeurs, mais aussi parce qu'il pouvait voir le grain de sa peau, sur ses joues, sa nuque où frisottaient les cheveux qu'elle avait ramenés et attachés sur le haut de sa tête avec une grosse barrette, sur ses seins qu'il pouvait deviner sans peine sous le débardeur noir qui la couvrait si peu. Elle, sous son regard dévorant, affectait de laver et rincer, les yeux rivés aux plats qu'elle récurait et aux remous glauques de l'eau sale, il devinait qu'elle savait tout de ce qu'il voulait, de ce qu'il reluquait là, à un mètre d'elle, ce type qui sortait de taule et que la pensée de filles comme elle avait dû rendre dingue à salir des draps déjà dégueulasses. Et lui il épiait cette indifférence feinte, persuadé qu'elle ne pouvait pas ignorer l'effet qu'elle produisait sur lui, il en était sûr, et cette certitude réciproque tendait entre eux un lien magnétique qui finirait par les coller l'un à l'autre.

Dans la soirée, la nuit venue, ils ont dîné dehors, devant la maison, parmi des nuées de moustiques et le vol inquiétant de quelques frelons que la lumière excitait. Le père a fait griller des côtelettes sur un barbecue constitué d'un bidon scié par le travers et posé sur des tréteaux métalliques. À un moment, il a demandé à Franck de lui apporter un verre de vin et il en a profité pour le questionner sur la prison et ils ont bavardé tranquillement pendant que les femmes, qui attendaient à table, fumaient en buvant du vin. Puis Franck s'est renseigné sur les possibilités de travail dans le coin et l'autre lui a dit qu'il faudrait voir, qu'ici c'était la campagne, peut-être qu'à Bazas ou Langon il y aurait quelque chose. Fabien avait été veilleur dans une boîte de transports à Langon, pendant six mois. Peut-être que là-bas.

Le Vieux tisonnait les braises et parlait d'une voix sourde et enrouée, la face rougie par le brasier, ses bras maigres tendus au-dessus comme des branches sèches sur le point de s'enflammer.

– Moi aussi, j'ai fait du trou, quand j'étais jeune… Dix mois. Tout ça parce qu'avec deux copains on avait un peu emmerdé une fille, à la sortie d'un bal, dans le Médoc, où j'habitais. Une espèce de pute qui nous avait chauffés toute la soirée et qui est allée pleurer chez les flics. Une connerie de jeunesse, on appelle ça. Et comme j'avais déjà eu quelques ennuis, le juge m'a chargé, cet enculé. Tout ça pour avoir mis le doigt dans une chatte…

Il a secoué la tête, fourgonnant toujours dans le rougeoiement du foyer d'où jaillissaient des paquets d'étincelles et surgissaient et dansaient des flammes fugaces.

– N'empêche… Je regrette rien. J'étais jeune, putain, et jeune encore je referais pareil.

Franck ne disait rien, regardant les braises grésiller et flamber au contact de la graisse qui fondait de la viande. Il sentait le deuxième verre de vin lui tourner un peu la tête et il se rappela les cuites terribles qu'il avait prises, la première avec Fabien et ses copains, quand il avait quinze ans, un soir d'été au bord de l'océan, seulement éclairés par des lampes de poche et le grand feu qu'ils avaient fait avec du bois flotté et des branches et des pommes de pin, puis la terreur qui l'avait pris sur le chemin du retour, quand il s'était enfoncé dans les bois en croyant trouver un raccourci, perdu soudain sous la voûte déchiquetée des pins et l'éparpillement des étoiles, haletant, le marteau de l'ivresse lui défonçant le crâne, jeté soudain au sol par un vertige. Il avait cru mourir là en vomissant, à quatre pattes, dégouttant de glaires et de larmes, et c'est ainsi, geignant comme un jeune chien, qu'il avait retrouvé la piste goudronnée et qu'il avait vu au loin comme des lucioles les lampes flotter dans les ténèbres.

Il a senti quelque chose contre sa cuisse et il a frissonné parce qu'il pensait que c'était le chien qui venait là pousser son mufle puis il a senti la main de Rachel chercher la sienne et s'y blottir, fermée en un petit poing froid. Elle regardait le tisonnier soulever des tourbillons d'étincelles et son regard brillant ne cillait pas et elle se tenait immobile et muette entre les deux hommes qui s'étaient tus.

– T'aimes ça le feu ? a demandé Franck.

La petite n'a rien dit. Il a seulement senti bouger sa main fermée contre sa paume.

– Elle parle pas trop, a dit le Vieux. Elle a toujours été un peu comme ça. Hein, que t'aimes pas parler ?

Il a donné à la fillette une petite tape derrière la tête et elle a haussé les épaules et son poing s'est serré dans la main de Franck.

– Y a des moments on se demande si elle est pas un peu sourde. Faudrait la montrer à un docteur, peut-être. Sa mère veut pas. Elle dit qu'elle peut entendre un chevreuil marcher dans les bois à cent mètres. Et puis à l'école ça a l'air de bien se passer.

Franck a baissé les yeux vers la petite.

– Elle est comme un chat. Ils entendent ce qu'ils veulent, les chats. Quand tu leur dis de venir ils s'en foutent mais s'il y a un putain d'oiseau qui saute dans l'herbe, tu vois leurs oreilles se dresser.

Rachel a battu des paupières. Elle a essuyé son nez du revers de la main puis s'est éloignée. Le chien l'a suivie, plus grand la nuit, traînant son ombre comme un double rampant. Ils ont disparu au-delà du cercle de lumière que diffusait l'espèce de lanterne accrochée sur la façade. Franck les a regardés s'éloigner, inquiet. Il sentait encore dans sa main bouger la petite vie qui s'y était tenue.

Ils ont fini tard, après minuit, tourmentés par les moustiques. Jessica avait envoyé la fillette se coucher, qui s'était endormie dans une chaise longue. Ils ont parlé d'argent. De la difficulté d'en gagner. Le Vieux retapait des voitures dans une grange transformée en atelier, contiguë à l'abri où était installée la caravane. De temps en temps, il donnait un coup de main à un ferrailleur près de Bordeaux pour maquiller une grosse berline volée qui repartait deux semaines plus tard vers l'est mais ça ne suffisait pas à faire bouillir la marmite. Sinon, Jessica et sa mère faisaient les vendanges près de Sauternes, des ménages, des remplacements pour s'occuper des vieux dans une maison de retraite à Bazas, ou dans un supermarché comme caissière. Envie de balancer de leur fauteuil ou de leur lit les vieux gâteux, hargneux, marinant dans leur pisse, envie parfois d'étouffer sous un oreiller ceux qu'on avait abandonnés là comme des clébards et qui pleuraient en silence ou refusaient de quitter leur faction derrière la fenêtre de leur chambre, envie de jeter un pack de bière à la gueule d'un client râleur et méprisant, ou de faire manger le tiroir-caisse à la chef qui trouve que ça ne va pas assez vite et puis aller massacrer leurs vignes à tous ces connards de propriétaires qui viennent surveiller le travail dans leur panoplie de paysan, bottes en caoutchouc, blue-jean, grosse veste de velours, juste ce qu'il faut de négligé pour marcher sans trop se salir dans la boue au milieu de ceux qui triment, courbés entre les rangs de vigne.

Les deux femmes s'emballaient, parlaient fort, se resservaient à boire en cherchant sur la table leur paquet de cigarettes ou un briquet. Tout y passait. Les patrons, les chefs, les collègues de travail, les feignants, les planqués, les rampants, les soumis, les faux-culs, tous les profiteurs de misère. À les entendre on pouvait croire qu'elles étaient les seules à avoir payé de leur personne, à avoir travaillé vraiment et compris l'envers des choses, la cupidité et la paresse, les lâches compromissions, la dégueulasserie du monde. L'alcool et les cigarettes aidant, elles parlaient presque de la même voix, éraillée et pâteuse, se coupant la parole. Le père les regardait, enfoncé dans son fauteuil de camping, les yeux à l'abri derrière ses paupières plissées avec à la bouche une moue dégoûtée, peut-être, ou vaguement méprisante.

Franck observait la mère. Maryse. Il cherchait à se rappeler son prénom depuis un moment. Elle s'était un peu déridée, à force de boire. Elle riait de bon cœur en évoquant des anecdotes, s'en étranglait parfois et finissait par tousser à s'en arracher les bronches. Elle le prenait à témoin avec une familiarité qui le mettait mal à l'aise, laissant traîner sur lui son regard transparent comme pour y épier une réaction qu'elle aurait pu prendre en défaut. À un moment, elle est allée chercher des bières parce qu'elle avait soif et qu'il n'y avait plus de vin blanc au frais. Ils ont trinqué tous les quatre en heurtant leurs boîtes d'aluminium. Bruit sourd, dérisoire.

– À ta liberté, a dit Jessica.

Franck aurait voulu répondre quelque chose mais le mot lui-même – liberté – lui semblait trop grand, trop abstrait, peut-être intimidant, pour que la moindre parole ne semble ridicule. Puis il a pensé à son frère, dont personne n'avait parlé, comme s'il n'avait jamais existé.

– À Fabien.

Il s'est efforcé de sourire mais ses joues semblaient en carton, raidies, anesthésiées par l'alcool.

Le Vieux s'est contenté de sourire en hochant la tête avec une sorte de grognement et la mère n'a rien dit et s'est envoyé une rasade de bière en se renversant contre le dossier de sa chaise.

– J'espère que ça se passe bien, là-bas, a ajouté Jessica.

Franck a senti tout son corps saisi d'un frisson glacé et son estomac s'alourdir brusquement d'un poids répugnant. Il a avalé une gorgée de bière en se levant comme pour porter un toast mais ses jambes se sont dérobées et il a dû se rasseoir et prendre de l'air à pleins poumons pour tâcher de refouler la nausée qui montait.

Il a dit que ça n'allait pas et il s'est relevé lentement comme s'il portait un récipient plein à ras bord d'un jus toxique. Il est resté debout quelques secondes, il a regardé les trois autres qui lui souhaitaient déjà bonne nuit et continuaient de vider leurs canettes sans plus se soucier de lui. Il s'est éloigné en s'efforçant de marcher droit, la tête martelée par la douleur, avec l'impression que dans son abdomen une chose vivante bougeait mollement. Derrière lui, les autres ne disaient rien et le regardaient sans doute, étonnés peut-être, ou narquois. En s'approchant de la caravane, il a entendu les bruits de la nuit. Des grillons, des chouettes se répondant de loin en loin. La forêt soufflait un peu de fraîcheur et il a frissonné de nouveau, trempé de sueur.

3

Il avait rêvé d'un autre matin. D'une aube qu'il aurait vue pâlir, éteignant les étoiles mine de rien, repoussant en douce la nuit dans les recoins et les trous où elle se cache toujours. Il aurait aimé le chant d'un coq, le passage rapide sur la route d'une première voiture. Pendant des semaines avant sa sortie de prison, il s'était rejoué chaque jour la douceur de ce moment. Le premier matin. Sa lumière, sa rumeur d'oiseaux.

L'imagination est puissante. Dans la cellule, malgré le remue-ménage des deux autres en train de se réveiller ou de se lever, leurs bâillements, leurs soupirs, leurs grognements, la pisse cascadant au fond de la cuvette, les gaz bruyants qu'on ne cherche pas à retenir aussitôt suivis du remugle qui stagnerait longtemps, malgré cet éveil de primates encagés, parfois il restait allongé sur son lit les yeux fermés et se passait le film d'une aube d'été en couleurs et en relief, le ciel clair par-dessus les arbres, l'inattendu cadeau d'un peu de fraîcheur.

C'est la chaleur qui l'a réveillé. Et la migraine. Et le battement de son cœur dans sa gorge. Avec la sensation d'être puant et souillé. Il s'est rappelé qu'il avait dû se lever dans la nuit pour aller vomir et qu'il avait cru mourir à chaque spasme, en nage, écœuré de lui-même. Il s'est assis au bord du lit et a attendu que son estomac se soulève ou que le mal de crâne le jette par terre. Il mesurait son souffle, redoutant qu'une respiration trop profonde n'aille fouailler dans ses tripes pour les faire remonter d'un bloc.

Mais il a senti s'affermir ses muscles. Sa viande reprendre sa consistance. Descendre en lui son centre de gravité. Une fois debout, il a cru que ses tempes allaient crever sous le marteau des artères et il a dû fermer les yeux.

Il les a rouverts sur la lumière qui entrait à flots par l'ouverture de la grange. « Ça va », il a murmuré. Il s'est habillé et il a attrapé dans le petit cabinet de toilette de quoi se laver. Quand il est sorti au soleil, il s'est arrêté deux ou trois secondes et il a profité de ce bonheur aveuglant.

Rachel était assise sur le seuil de la maison et le regardait, un gros bol blanc entre les mains. Il lui a dit bonjour et elle a répondu faiblement, détournant les yeux puis buvant une gorgée de chocolat. Quand il s'est approché, Franck a eu le geste d'effleurer ses cheveux, juste du bout des doigts, mais elle a évité sa main d'un mouvement de tête. Elle s'est levée et s'est éloignée lentement, marchant presque sur la pointe de ses pieds nus. Elle avait l'air d'une petite danseuse. Elle s'est retournée et a observé Franck par-dessus le bord du bol. C'est à ce moment-là que le chien est apparu. Son échine musculeuse roulait au soleil avec des reflets bleu nuit. Il s'est avancé vers la fillette et s'est arrêté à deux mètres d'elle, le nez au ras du sol, les oreilles couchées, sans la perdre des yeux, et ce regard par en dessous était sournois, menaçant, et Franck pensait que l'animal allait sauter sur la gosse à tout moment et il se demandait déjà comment on tue un tel chien, cherchant déjà des yeux un objet quelconque capable de l'estourbir ou de l'égorger mais il ne voyait rien et le chien continuait d'épier la petite qui ne bougeait plus, tenant son bol à deux mains devant elle. La bête a fait un pas, puis un autre et le cœur de Franck a bondi mais il s'est empêché de bouger ou même de parler bas de peur de déclencher l'attaque.

Rachel ne bougeait pas. Son visage n'exprimait rien. Ni peur, ni étonnement. Dans la maison, on entendait Jessica l'appeler. Une oreille du chien s'est tournée dans cette direction. Alors la fillette s'est baissée, les bras tendus, tenant toujours son bol, puis elle l'a déposé à terre et elle a reculé puis a marché vers Franck. Le chien s'était jeté sur le bol. Il y a plongé sa grosse gueule avec des bruits de babines mouillées, il l'a vidé, léché, séché, puis l'a renversé d'un coup de museau.

– T'as pas eu peur ?

Elle a secoué la tête. Le chien a levé le mufle, humant l'air autour de lui, puis il a trotté sur le chemin qui menait à la route et il a disparu derrière l'épave d'un fourgon Renault.

Jessica a tourné le coin de la maison, portant une grande bassine de linge, et a pressé le pas en apercevant sa fille. Elle fumait un joint et portait un grand short de basket, rouge, informe, et une sorte de long débardeur ajouré qui laissait voir ses seins. Elle avait les traits tirés et clignait des yeux sous le soleil. Au coin de la bouche un pli amer. Franck a cherché à se rappeler la jolie fille qui l'avait conduit jusqu'ici la veille. Elle est passée devant lui sans rien lui dire. Elle sentait le shit et le café.

– Ah, t'es là ! Tu peux pas répondre quand on t'appelle, non ?

– C'est le chien, a dit Franck.

– Quoi le chien ?

– Il s'est planté devant elle, et puis il avançait, j'ai bien cru qu'il allait l'attaquer.

– C'est vrai ça ?

Rachel n'a pas répondu. Elle est allée récupérer son bol puis est rentrée dans la maison sans un mot. Franck lui a caressé la tête au passage et elle n'a rien fait pour se dérober à son geste.

– Elle lui a donné son bol de chocolat à finir.

– C'est ça qu'il voulait, sûrement. Il est bizarre, ce clébard, des fois, mais il est pas méchant. Elle aussi, elle est bizarre, à pas parler, à pas répondre. Comme ça ils font la paire !

– Tu peux pas comparer, c'est…

– T'allais prendre ta douche ? J'en sors juste alors magne-toi avant que ma mère occupe la salle de bains, elle en a toujours pour deux plombes.

Elle lui a tourné brusquement le dos et s'est éloignée en traînant les pieds dans ses espadrilles, sa bassine calée contre une hanche. Franck la regardait en essayant de retrouver dans cette allure affaissée le corps qui l'avait fait fantasmer et bander la veille. Deux femmes en une seule. Lumière et ombre.

La salle de bains sentait la savonnette, à quoi se mêlaient les effluves d'un parfum plus puissant de violette, entêtant et sucré. Une lucarne ouverte laissait entrer un bloc de soleil qui s'écrasait contre le mur, losange éblouissant, et Franck a secoué sa serviette pour tâcher d'aérer la pièce. Au-dessus du lavabo il a observé dans le miroir la gueule qu'il avait et il s'est trouvé un air maladif, la peau pâle, rayée autour de la bouche et des yeux par quelques rides qu'il n'avait jamais remarquées mais qui là, sous cette lumière crue, dans cette blancheur qui ne faisait pas de cadeau, lui montraient en filigrane tout le temps passé et perdu.

Il se rendait compte qu'il n'avait pas eu vraiment l'occasion ni l'envie, en prison, de se regarder dans une glace, quand il en trouvait une, plus préoccupé à surveiller ce qui pouvait surgir derrière lui qu'à déceler les marques de la fatigue ou de l'âge. Il a eu de nouveau ce sentiment de nouveauté, aigu, presque déchirant, comme s'il faisait pour la première fois certains gestes, éprouvait des sensations inconnues de lui : la chaleur du soleil, l'éblouissement de la lumière d'été, les chants d'oiseaux invisibles tout à l'heure quand il était sorti de la grange, la tranquillité d'une salle de bains, l'odeur de propre de sa serviette…

Il a commencé à se déshabiller et il a fait rouler ses muscles sous la lumière crue et il s'est reluqué dans le miroir comme ils faisaient presque tous dans la taule dès qu'ils passaient devant un miroir qui n'avait pas été brisé parce que sans doute cette armure de muscles forgée à coups d'haltères sur le terrain de sport leur donnait l'illusion d'être plus durs, moins vulnérables. Pourtant ils ne s'attardaient pas dans certains coins quand s'annonçait l'arrivée de certains caïds qui traînaient leurs savates en pantalons de survêtement, escortés de leur garde rapprochée. Un tournevis, une cuillère à café, même, aiguisée patiemment contre le béton, déchire n'importe quelle viande, gonflée ou non par la musculation.

En entrant dans la cabine de douche il a vu ça tout de suite, accroché au mitigeur par son cordon de coton noir et il s'est demandé ce que faisait là ce triangle blanc mais il n'a pas pu s'empêcher de l'approcher de ses yeux et de l'examiner et d'y chercher les traces de l'intimité à laquelle il était resté collé toute une journée, glissé dans les plis secrets de cette fille, et il s'est mis à flairer le bout de tissu tel un chien qu'on met sur une piste mais il n'était pas un chien et n'a rien senti et l'a jeté loin de lui parce que déjà il était au bord du plaisir, raide, le sang battant à ses tempes, le souffle court, et que lui venaient des images et des idées qui finiraient dans la bonde, rincées à grandes aspersions d'eau brûlante.

Il a failli tomber tant c'était violent, étouffant un gémissement, et il s'est demandé s'il jouirait aussi fort en elle et il a revu Jessica s'éloignant de dos dans cette tenue jetée sur elle comme du linge sale laissé sur le dossier d'une chaise, au point qu'il ne savait plus si le corps près duquel il avait été assis la veille plus de trois heures durant n'était pas qu'une chimère de son envie douloureuse de femme et de sexe. Il a frémi de dépit et de honte, boxeur combattant son ombre lessivé sous le clignotement d'une ampoule.

Quand Franck est entré dans la cuisine, sa serviette humide sur l'épaule, son flacon de gel douche à la main, le père était là, attablé devant un bol vide, en gilet de peau, bermuda et espadrilles. Il a souri en le voyant. Il lui a demandé s'il avait bien dormi et sans attendre la réponse lui a dit qu'il y avait du café encore chaud et que le reste était sur la table. Des bols là, dans le placard. Il était en train d'allumer une cigarette, et la flamme du briquet vacillait dans sa main tremblante.

Franck s'est servi du café, l'a sucré et l'a siroté debout, appuyé au plan de travail. Le Vieux fumait, le regard dans le vide, ôtant parfois du bout des doigts les brins de tabac qui restaient collés à ses lèvres.

– Putain, il va encore faire chaud, il a dit en montrant d'un coup de menton la lumière qui poussait derrière les volets à demi tirés. Putain de cagnard.

Il hochait la tête, ses rares cheveux en désordre dressés comme des brins d'étoupe. On aurait dit qu'il venait tout juste de se lever et qu'il était encore dans l'abrutissement du sommeil, attendant que les connexions de son cerveau s'établissent, comme celles d'un vieil ordinateur trop lent. Franck s'est dit qu'il en avait peut-être encore pour un bon moment à radoter ainsi en tremblotant dans la semi-obscurité de la pièce alors il a ajouté son bol à la vaisselle sale qui s'entassait encore dans l'évier et il est sorti. La chaleur devant la maison, en plein soleil dans l'air immobile, était si dense qu'elle ralentissait les gestes et pesait sur la poitrine, et Franck a baissé les épaules en marchant vers la caravane.

Il a ouvert les fenêtres pour que se dissipe l'odeur d'animal endormi qu'il avait laissée derrière lui. Il a compté son argent, six cent cinquante euros de pécule, a classé les quelques papiers entassés à la va-vite au fond de son sac, aligné sur une étagère les livres qu'il avait fait venir en prison puis il s'est assis sur son lit et a regardé autour de lui les cloisons de plastique au revêtement écaillé, les housses des banquettes trouées par des brûlures de cigarettes, le linoléum gonflé de grosses cloques. C'était minuscule et minable mais il savait qu'aucun endroit ne lui paraîtrait jamais plus étroit que la cellule, même lors des rares occasions où il s'y était retrouvé seul parce que là-bas c'est d'abord en lui-même qu'il était enfermé. Ici, l'air chaud tournait autour de lui et ça sentait le foin et la résine et le bois, il entendait dans les arbres derrière la grange des clameurs d'oiseaux, tout ça l'entourait comme une présence amicale, une sollicitude muette aux gestes invisibles, discrets mais palpables.

Il s'est allongé et a fermé les yeux en essayant de vider son esprit des souvenirs de la taule. L'image de Fabien venait s'intercaler entre les gueules des mecs qu'il croisait dans les coursives ou en promenade et qui roulaient leur dégaine d'enfants de salauds, de fils de putes ou traînaient leur désespoir de paumés pathétiques, tout à la fois et tous autant qu'ils étaient, lui compris, arborant des mines farouches ou des airs détachés, murmurant entre eux ou parlant fort, les mains dans les poches de leur pantalon avachi ou échangeant des signes obscurs avec de mystérieux correspondants sous le regard fatigué des matons.

Il s'est endormi, incapable de se rappeler rien d'autre. Sa mémoire en cage. Ses souvenirs enfermés.

Il rêvait qu'on cognait à la porte de la cellule et son cœur a bondi et il s'est retrouvé assis au bord du lit, le souffle coupé. La face osseuse du Vieux est apparue à la porte.

– J'ai besoin d'un coup de main. Je peux demander à un copain, mais pas avant cet après-midi.

Franck s'est levé aussitôt. Il a dit bien sûr et il a secoué sa tête des restes de sommeil.

Le Vieux semblait ragaillardi, alerte et résolu. Il l'a précédé sur un chemin qui contournait la maison et menait à une autre grange en briques et à charpente métallique. Elle aurait pu abriter des tracteurs et des machines agricoles, mais elle faisait office d'atelier où attendaient une BMW et une grosse berline Peugeot, rutilantes, étincelant au milieu du chaos crasseux d'outils, de pièces détachées, de jantes et de pneus et d'éléments de carrosserie qui semblaient avoir été éparpillés sans précaution par une perquisition sauvage.

– On a une livraison à faire. La BM.

Franck s'est approché. Il a jeté un coup d'œil à l'intérieur de la voiture à travers les vitres teintées. Cuir. Bois.

– Tiens, la clé. C'est sur Bordeaux, enfin, en banlieue, tu me suis. Sur l'autoroute, pas de conneries. 130, pas plus. Les papiers sont solides mais j'ai pas envie qu'on les mette à l'épreuve. Et puis tu sors de taule et c'est peut-être pas recommandé de te faire gauler le lendemain pour excès de vitesse, non ?

Franck l'écoutait à peine. Il a ouvert la portière et s'est posé sur le siège et a fermé sa main autour du volant et l'a caressé et a flatté l'arrondi tiède du levier de vitesse.

– C'est Serge Weiss, un Gitan, qui me l'a passée. Son mécano est à Gradignan[1] en ce moment, il avait un client qui pouvait pas attendre. Alors comme on se connaît depuis toujours, il m'a fait confiance.

Le Vieux est entré dans une remise et il est réapparu au volant d'un coupé Mercedes 190 bleu nuit, capote baissée, qui semblait sortir de l'usine. Franck s'est penché pour mieux voir l'homme au volant. Lunettes de soleil, casquette américaine. Parmi ces chromes et ces reflets du soleil sur la carrosserie, il ressemblait à n'importe quel vieux con croyant encore en imposer en pilotant sa pièce de musée.

Ils ont repris jusqu'à l'autoroute le trajet que Franck avait fait la veille pour venir. Dans la lumière plus douce du matin, le paysage semblait moins morne, moins gris, comme si la nuit avait rafraîchi toutes les teintes et qu'un peu de verdure était venue se glisser parmi le brun et le vert-de-gris. Parfois, une maison isolée tranchait sur cette monotonie avec son jardin débordant de dahlias et de glaïeuls ou la couleur pimpante de ses volets. Ils ont traversé des

1. Nom de la commune, dans la banlieue de Bordeaux, où se trouve la maison d'arrêt. On dit « à Gradignan » comme on dit « aux Baumettes » ou « à Fleury ».

villages déserts où parfois un vieux type en gilet de peau, coiffé d'un béret, les regardait passer, mains sur les hanches. Parfois, quelqu'un sortait d'une boulangerie, parfois une voiture les croisait, ou un tracteur tirant une remorque chargée de grumes.

Partout autour, la forêt dressée contre le ciel pâle qu'elle rayait de ses milliards d'aiguilles verdâtres. Nul horizon, toujours empêché par ces innombrables barreaux surgis du sol maigre. Paysage clos.

Franck avait l'impression que la voiture glissait à quelques millimètres de la chaussée dans un ronronnement doux, indifférente aux cahots qu'elle absorbait avec mépris, s'accrochant aux courbes avec indifférence. Comme si elle égalisait le macadam et redressait les virages, transformant le ruban de bitume sinueux en tapis roulant. Par moments, à la sortie d'un virage, d'une simple pression sur l'accélérateur il laissait le Vieux et son antiquité à deux cents mètres derrière, l'entendant déjà l'injurier parce qu'il allait trop vite et allait fracasser le bijou boche contre un pin.

Sur l'autoroute, il lui fallait surveiller le compteur pour rester à 130, avec l'impression de se traîner dans une boîte capitonnée. Quand il a ralenti en arrivant au péage, son cœur s'est emballé en apercevant des flics sur les trottoirs de chaque piste en train de toiser véhicules et conducteurs. Franck s'est concentré sur la procédure de paiement avec une carte de crédit que lui avait donnée le Vieux. Il sentait posés sur lui les yeux du gendarme, indéchiffrables derrière ses lunettes noires. Un peu plus loin, attendait une voiture bleue surmontée d'un gyrophare, un bolide de poursuite, son pilote accoudé à la portière. Quand il s'est éloigné, Franck a vu dans le rétroviseur le flic le regarder partir. Il a surveillé pendant un moment le trafic derrière lui mais aucun éclair bleu n'était visible, fonçant vers lui pour l'intercepter. Au lieu de ça, le Vieux lui a fait des appels de phares avant de le dépasser pour lui montrer où ils allaient. Ils ont quitté la rocade pour prendre la route de Lacanau parmi les voitures de touristes étrangers, les caravanes et les camping-cars qui fonçaient vers la côte.

Franck se rappelait certains départs à la plage, l'excitation des derniers kilomètres, la traversée de la dune dans le sable déjà chaud et la même émotion, intacte, quand s'ouvrait sous leurs yeux l'horizon d'océan et qu'avec Fabien ils cavalaient pour descendre vers l'eau, si loin parfois à marée basse, malgré la mère qui leur criait de ne pas se tremper, de les attendre, le père et elle, mais eux continuaient de courir et s'arrêtaient sur le sable dur et mouillé à l'endroit précis où venaient mourir les vagues, saisis par la fraîcheur de l'eau et grisés par la brise qui faisait battre leurs tee-shirts.

Le Vieux a tourné sur une route étroite bordée de fossés profonds et presque aussitôt sur un chemin goudronné le long duquel stationnaient deux gros fourgons. Ils ont débouché sur un vaste terrain gravillonné au milieu duquel se dressait une énorme maison blanche aux volets vert pâle. Tout autour, le long de la clôture, étaient installées une dizaine de caravanes immenses dont certaines reposaient sur des parpaings. Devant l'une d'elles trois jeunes filles sous un parasol riaient en se coiffant l'une l'autre, leurs longs cheveux teints au henné ondulant dans leur dos comme de minces serpents. Deux gamins courbés sur des vélos s'amusaient à faire chasser leur roue arrière et soulevaient des nuages de poussière qui restaient longtemps suspendus dans l'air immobile. D'autres, plus petits, avançaient péniblement dans les cailloux sur des tricycles. Tous à moitié nus, leur peau brunie par le soleil, sombre et dorée, coiffés d'éclats bleutés tremblant dans leurs cheveux.

Ils sont descendus de voiture et un chien a trotté vers eux en aboyant sans conviction, un bâtard aux oreilles cassées, efflanqué, la langue pendante. Il a flairé la roue de la voiture du Vieux et comme il allait pisser contre, le Vieux lui a expédié un coup de pied que l'animal a esquivé d'un bond avant de partir vers les enfants. Une femme qui se tenait sous l'auvent de la maison, appuyée à un poteau, est entrée vivement puis est ressortie presque aussitôt, suivie par un grand type aux cheveux gris coupés très court qui a marché vers le Vieux. Ils se sont serré la main et se sont donné une sorte d'accolade en échangeant leurs prénoms. L'homme s'appelait Serge. Grand, mince, aux épaules puissantes, en gilet de peau et bermuda. Des bras tatoués : sirène et serpent mêlés sur l'un, motifs maoris sur l'autre. Il a désigné Franck d'un coup de menton.

– Qui c'est lui ?

– C'est rien. Le frère de Fabien.

– Le frère de Fabien.

Il a répété ça tout en toisant Franck et a fini par reporter son regard sur le Vieux. Ses yeux étaient verts, piqués d'or, bordés de cils longs et épais qui battaient lourdement comme ceux d'une femme fatiguée.

– Comment tu t'appelles, frère de Fabien ?

– Il sort de taule. Hier. Il est…

D'un geste de la main, l'homme a fait taire le Vieux. Il fixait Franck des yeux en attendant qu'il lui réponde.

– Franck, je m'appelle. Je suis sorti hier.

– C'est des choses qui arrivent, a dit Serge.

– Sûr, faut bien sortir un jour, a fait le Vieux.

Serge a haussé les épaules et s'est approché de Franck et lui a tendu la main. Ses yeux d'or épiaient ses réactions.

– Bienvenue chez les hommes libres.

Il lui a tapé sur l'épaule puis s'est tourné vers la BMW.

– Bon… Alors cette caisse ?

Il en a fait le tour, se baissant parfois, effleurant la carrosserie, donnant de la pointe du pied dans les pneus, puis il s'est assis au volant, a mis le contact, examiné le tableau de bord puis déverrouillé le capot. Le Vieux s'est précipité pour l'ouvrir et il s'est penché au-dessus du moteur qu'il scrutait d'un air inquiet en se mordant la lèvre inférieure. Serge s'est approché et s'est penché à son tour en émettant un sifflement.

– On mangerait dedans. J'aimerais que ma fille apprenne à faire la vaisselle comme ça.

Il a claqué des doigts à l'attention de Franck.

– Démarre.

Franck s'est assis et a tourné la clé. Le moteur s'est mis à ronronner. Flottait dans l'habitacle un parfum entêtant, de menthe, peut-être. De là où il se trouvait il ne voyait que la grosse main de Serge qui portait une grosse bague ornée d'une pierre rouge sang. La main s'est levée brusquement.

– C'est bon !

Il s'est redressé et a refermé le capot.

– Combien on avait dit ? Cinq mille ?

– Non, sept, a dit le Vieux. Sept mille.

– T'es vraiment un chacal. Attends-moi là.

Serge parlait d'une voix sourde, sans quitter des yeux la voiture. Il a soupiré, a haussé les épaules et s'est éloigné vers la maison. Il y est entré par une porte-fenêtre, se faufilant dans l'étroite ouverture, comme un voleur, comme s'il prenait soin de ne pas être entendu.

Le Vieux ne bougeait pas, sous le pic du soleil, le regard fixé sur la maison, clignant des yeux sous la visière de sa casquette. Franck sentait la sueur couler sur ses tempes, dans son dos. Pas un souffle d'air. Les filles sous leur parasol s'étaient tues et regardaient dans leur direction. Quand Franck a tourné la tête vers elles, elles ont éclaté de rire bruyamment alors il a détourné les yeux et s'est approché du Vieux.

– Vous croyez qu'il les imprime les billets ?

Le Vieux a craché par terre.

– Il en serait bien capable, ce fils de pute.

Serge est ressorti et s'est arrêté sur le seuil et les a regardés comme s'il avait pu entendre ce qu'ils s'étaient dit. Il tenait à la main un sac en plastique. Il a marché vers le Vieux et le lui a tendu.

– Cinq mille. Tu peux recompter, si tu veux.

Le Vieux a ouvert le sac et a regardé et palpé les billets entassés au fond puis l'a refermé et enroulé autour de l'argent.

– C'était pas sept mille ? a demandé Franck. C'est pas ce que vous aviez dit ?

Le Vieux a secoué la tête et a marché vers sa voiture.

– Viens, il a dit. Laisse tomber.

Franck a senti la main de Serge se poser sur son épaule et peser comme une poutre qu'on y aurait chargée.

– Eh, Roland ! C'est ta comptable, que t'as amenée avec toi ? Tu veux pas me la laisser pour que je lui apprenne comment on calcule ?

Franck s'est dégagé d'un mouvement brusque et a fait face au Gitan. Il a aperçu plus loin les filles qui se levaient et quittaient l'ombre de leur parasol pour voir mieux. L'homme le toisait et son regard doré semblait s'allumer d'un feu interne. Il a approché son visage tout contre le sien.

– Allez, casse-toi, ma choute, avant que je te retourne contre la bagnole et que je te montre un peu comment tu peux les gagner tes deux mille euros. Ça va te rapporter plus qu'en taule. Allez connasse, casse-toi vite et fais gaffe à ton cul.

Il avait murmuré ça d'une voix égale, presque douce. Franck avait senti la chaleur de son haleine, l'odeur écœurante de son parfum lourd. Il est monté en voiture et le Gitan s'est penché vers le Vieux.

– Et tu me ramènes plus ce genre de fiotte, Roland. C'est pas possible qu'il soit sorti du même con que son frère !

Le Vieux a embrayé au moment où Franck refermait la portière. Les roues ont chassé dans les graviers et Serge a disparu dans un nuage de poussière. Franck l'a vu mettre ses mains dans ses poches puis tourner le dos et revenir vers la maison.

Le Gitan lui avait fait peur. Il avait déjà eu peur en prison. Il avait senti sur sa nuque des souffles courts, des murmures obscènes, il avait vu dans les yeux de types qu'on casait dans sa cellule à leur arrivée l'éclat mortel de leur folie et dans ces nuits-là il ne dormait pas, gardant sous lui la fourchette qu'il avait réussi à escamoter, aiguisée à la longue. Il se disait toujours qu'en prison tout était plus violent, plus dur, plus impitoyable à cause de l'enfermement, de la promiscuité, et il avait plus ou moins appris à se protéger dans cette jungle emmurée. Mais jamais dans la vie normale, dehors, en liberté, il n'avait eu cette sensation qu'un prédateur pouvait l'attaquer à tout moment, en plein soleil, dans un coin sombre ou au plus noir de la nuit, simplement parce que c'était son plaisir, sans contrainte ni nécessité sinon celle de dominer, humilier, jouir impunément. Il aurait été incapable de dire pourquoi il était allé se mêler de ces deux mille euros, sinon pour tester la bête comme on agace un chien mauvais ou un serpent. Sinon pour se mettre dans de sales draps comme il l'avait déjà trop fait, comme il savait si bien le faire, mais cette fois-ci sans l'aide ou la protection de Fabien, et ça changeait probablement tout.

Le Vieux a conduit nerveusement, l'œil au rétroviseur, comme s'il redoutait d'être suivi. Le regard en alerte derrière ses lunettes de soleil, visage fermé, mâchoires serrées. Dès qu'ils ont été sur l'autoroute, il a commencé à jurer entre ses dents et à remuer la tête comme si tout un tas d'idées contraires s'y heurtaient.

– Pourquoi t'es allé ouvrir ta gueule ? De quoi tu te mêles ? T'arrives juste d'hier et tu viens la ramener ?

– Il vous enflait de deux mille balles. Et puis ce mec je le sentais pas.

– Ah ouais, et avec ce qu'il t'a dit tu le sens mieux ?

– Ce qu'il m'a dit ça me regarde.

Le Vieux a secoué la tête encore. Il souriait de travers.

– Tout le monde sait ce qu'il dit et ce qu'il fait aux gens, le Serge. En dehors de son clan, tout le reste ça vaut même pas un chien. Même moi, et pourtant il me fait confiance, et il m'a aidé dans le passé. Mais le jour où j'aurai une embrouille avec lui, je peux quitter le pays pour qu'il me retrouve jamais. Tu l'as humilié, il te le pardonnera pas. C'est un pote à ton frère, putain. Ils sont en affaires ensemble, et Serge c'est rare quand il accorde sa confiance à quelqu'un. Et toi, tu le vexes et maintenant il va se méfier de nous. Il peut être vraiment méchant, t'as pas idée.

Vraiment tordu. Le genre qu'aime t'entendre chialer et demander pitié et qui s'arrête que quand tu bouges plus. Putain, voilà le genre de mec que t'es allé emmerder, pauvre con.

– Vous avez pas à me parler comme ça. J'ai cru bien faire.

– Je te parle comme je veux. Quand on sait pas, on se tait, et c'est tout. Alors tu restes à ta place et tu fermes ta gueule quand on t'invite pas à l'ouvrir.

Ils n'ont plus rien dit. Franck revoyait le regard jaune du Gitan, comme celui d'un fauve. Surtout, il entendait ses mots prononcés tout près de lui, glacials malgré l'haleine chaude soufflée sur sa peau. Au péage, le Vieux lui a demandé la carte de crédit qu'il lui avait prêtée à l'aller.

Dès qu'ils ont été dans la campagne, la décapotable s'est transformée en une baignoire d'air brûlant que la vitesse ne parvenait même plus à remuer. Le soleil vertical les tassait au fond de leurs sièges et la sueur les collait aux dossiers de cuir. Ils traversaient de nouveau un pays que midi avait vidé même de ses ombres. Quand ils ont aperçu le bosquet de noisetiers qui bordait le chemin, Franck s'est senti soulagé. Il avait envie de se retrouver seul dans sa caravane comme lorsque enfant il se cachait après une bêtise et se maudissait de l'avoir faite ou de s'être laissé prendre. Mais un gros 4 × 4 noir a surgi et a obligé le Vieux à freiner pile pour le laisser passer. On ne voyait rien de ses occupants à travers les vitres teintées et il a foncé sur la route avec une embardée, mordant sur le bas-côté herbeux.

Le moteur de la Mercedes avait calé et le Vieux tournait sans résultat la clé de contact d'un air soucieux et ce n'était pas à cause de la mécanique. Il a jeté un coup d'œil dans le rétroviseur et Franck s'est retourné mais la route était vide et vibrait au loin sous la chaleur. Quand ils ont redémarré, le Vieux a roulé au pas sur le chemin où flottait encore la poussière qu'avait soulevée le 4 × 4. Comme une colère qui ne retombe pas.

– Qui c'était ?

– Personne. Si on te le demande, tu diras que t'en sais rien.

La maison était obscure et presque fraîche. Ils ont trouvé Maryse dans la cuisine en compagnie de Rachel, attablées devant ce qui ressemblait à une salade niçoise.

– On a été retardées. On s'y met juste.

– Je vois ça, a grogné le Vieux. Sont restés longtemps ?

– Non. Une demi-heure.

La mère cherchait à croiser son regard mais il lui a tourné le dos pour ouvrir le frigo et y a pris une bouteille de bière puis a fouillé dans un tiroir pour trouver un décapsuleur.

– Où elle est Jessica ?

La mère a tendu son index vers le plafond puis a haussé les épaules avec fatalisme.

– Elle vient de monter. Elle est pas très bien, tu parles… Elle a pris des cachets.

Les deux Vieux ont échangé un regard entendu, plein de dépit. La mère a secoué la tête puis a servi Rachel qui les dévisageait tour à tour depuis un moment.

– C'est nos affaires, a dit le Vieux à Franck. T'as pas à t'en mêler. On va régler ça.

La mère a jeté à Franck un coup d'œil furtif, hostile, plein de mépris. Le Vieux lui a posé la main sur l'épaule.

– Allez. Prends-toi une bière et viens bouffer.

– Y a des assiettes dans le placard. C'est moi et la petite qu'avons fait à manger. Pas vrai ?

Rachel a hoché la tête sans lever les yeux de son assiette. Elle a soulevé quatre ou cinq grains de riz de la pointe de sa fourchette. Sa grand-mère la regardait faire avec une expression agacée puis elle s'est tournée vers le Vieux :

– Alors ? Comment ça s'est passé ?

– Alors il a raqué, tiens. Qu'est-ce que tu crois ?

– Putain de Gitan. Faut plus faire d'affaires avec lui.

– Facile à dire… T'as une autre solution ? Tu sais bien que c'est lui qui décide.

La Vieille a regardé du côté de Franck.

– Bon… On en reparlera. C'est pas le moment. N'empêche, t'avais fait ton boulot, non ?

– Serge, des fois il fait un caprice, mais c'est un mec sur qui on peut compter.

La femme a secoué la tête et n'a plus rien dit. Franck avait trouvé des assiettes et des couverts et posait tout ça sur la table en faisant le moins de bruit possible. La petite l'observait tout en pinaillant dans sa salade. Le Vieux s'est assis en soufflant qu'il avait faim et il a attiré à lui le gros saladier.

– Je peux me lever ? a demandé Rachel.

Sa grand-mère a pointé son assiette du doigt.

– Non. Finis d'abord de manger. Elle bouffe rien, cette gosse. Comme sa mère quand elle était petite. Elle sera pareille.

La petite gardait toujours le nez baissé, sa fourchette à la main, puis elle a eu un gros soupir navré et elle s'est remise à manger avec parcimonie en triant d'un côté tomates et poivrons, de l'autre le riz et les miettes de thon.

– Elle est bonne cette salade, a dit Franck. C'est toi qui l'as faite, il faut en manger un peu maintenant.

La fillette a haussé les épaules.

– T'as entendu ce qu'il a dit ? Alors tu manges maintenant.

– Je veux aller voir maman.

– Tu iras quand tu auras mangé. Et puis maman, t'as bien vu, elle veut voir personne, alors c'est pas le moment.

Ils ont fini le repas dans un silence morne. Le Vieux se resservait sans cesse du vin qu'il buvait à grandes lampées en faisant claquer sa langue et en soupirant bruyamment. Il a englouti la moitié d'un camembert puis il s'est levé brusquement en annonçant qu'il allait faire la sieste. Sa femme s'est levée aussi et a commencé à débarrasser la table, avec des gestes brusques. Elle a pris son assiette à Franck alors qu'il était encore en train d'en essuyer le fond avec son pain et à Rachel qui venait de piquer de sa fourchette une tranche de tomate. La petite s'est levée, est allée se chercher dans le réfrigérateur une crème au caramel et l'a mangée debout en marchant lentement autour de la table.

Franck aurait bien aimé boire un café mais il n'a pas eu envie de demander à la mère s'il y en avait ou s'il fallait en préparer. Elle lui tournait le dos, bricolant dans l'évier, une cigarette coincée entre les lèvres dont il voyait les volutes s'élever au-dessus d'elle. Il est resté assis à regarder cette femme dans son short blanc serré sur son large cul et ses cuisses capitonnées de cellulite et son dos voûté et ses cheveux rouges et il imaginait sa gueule, tordue autour de sa cigarette à cause de la fumée qui lui piquait les yeux, figée sans doute dans une grimace qui résumait toute sa personne : hideuse et crispée, grotesque et repoussante.

Il haïssait déjà cette femme, dès la deuxième journée passée ici, qui ne lui avait adressé qu'une vingtaine de mots et ne lui témoignait qu'indifférence ou mépris, il s'étonnait de la force et de la profondeur de ce sentiment et il se disait que la haine qu'il éprouvait relevait d'une sorte d'intuition : quelque chose de mauvais résidait en cette femme, quelque chose de toxique ou de venimeux émanait d'elle.

Rachel a quitté la pièce et on l'a entendue monter l'escalier. La mère s'est interrompue et a écouté les pas de la petite trottant sur les marches et elle a secoué la cendre de sa cigarette dans l'eau de vaisselle, a soupiré et marmonné « Merde qu'est-ce qu'elle fout ? Je lui ai pourtant dit ». Elle a semblé hésiter durant quelques secondes, une main appuyée à l'évier, l'autre tenant la cigarette dont le fil de fumée s'étirait, bleu et lent et droit dans l'air immobile.

– Va voir ce qu'elle fait et ramène-la, elle a dit à Franck. Jessica veut voir personne, ça va encore faire des histoires.

Franck est allé jusqu'au bas de l'escalier et il a entendu des petits coups frappés à une porte et la voix de Rachel qui appelait tout bas sa mère. Il a gravi lentement les marches et aussitôt arrivé à l'étage il a vu la petite se laisser glisser contre la porte en chuchotant « Maman, maman », l'oreille collée au battant, tapant doucement du plat de la main puis caressant le bois. Il s'est approché d'elle et s'est accroupi et il voyait les larmes couler sur les joues de la fillette et il cherchait les mots, le souffle court, et il ne savait quoi dire ni comment. La petite à présent gémissait et la voix de Jessica a résonné dans la chambre, assourdie, pâteuse.

– Ça suffit, maintenant. Laisse-moi tranquille. Va jouer et arrête de pleurer.

Rachel a éclaté en sanglots, frappant la porte et laissant retomber sa main les doigts recourbés, crochus comme si elle avait pu griffer le bois et s'y accrocher, toujours effondrée, ses jambes nues repliées sous elle.

Au moment où Franck se décidait à la prendre dans ses bras pour l'emmener, il a entendu Jessica crier « T'arrêtes de me faire chier maintenant ! », puis la porte a tremblé d'un choc lourd qui a fait sursauter la petite fille et a interrompu net ses pleurs, la laissant bouche ouverte, haletante, les yeux écarquillés. Franck a imaginé que Jessica avait jeté vers sa fille une chaussure ou n'importe quoi qui avait pu se trouver sous sa main.

– Viens, Rachel.

Il l'a soulevée, elle ne pesait rien, ne bougeait plus, laissait aller contre lui son corps amolli, et n'eût été la chaleur fiévreuse qui la faisait trembler, il aurait eu l'impression de tenir dans ses bras une petite morte. Quand il est passé devant la cuisine, Maryse lui a jeté un coup d'œil, les mains dans l'évier. Il s'est arrêté, a hésité sur le seuil, mais la femme lui a tourné le dos et s'est penchée vers le lave-vaisselle et y a remué assiettes et plats à grand bruit sans se soucier de rien d'autre.

Dès qu'ils ont été dehors, Rachel a commencé à se débattre mollement dans les bras de Franck alors il l'a posée au sol sur la terrasse et elle est restée près de lui un moment toujours silencieuse, pensive, peut-être, ou hébétée.

– Faut pas être triste. Maman est malade, tu vas voir ça va passer. Il faut juste la laisser se reposer. D'accord ?

Elle ne bougeait pas. Elle demeurait sur ses jambes, figée, telle qu'il venait de la poser, comme une figurine grandeur nature.

– Tu veux pas t'installer un peu, là sous les arbres ? Il fera moins chaud.

Elle n'a pas réagi. Franck a pris un transat et l'a porté sous deux gros chênes dressés devant les granges puis s'est tourné vers la fillette. Elle semblait observer quelque chose, vers la forêt, avec une telle intensité, que Franck a regardé lui aussi mais n'a rien vu à l'orée sombre du bois dominée par la masse immobile du feuillage.

– Qu'est-ce que tu as vu ?

Rachel a sursauté et a tourné la tête vers lui. Elle avait l'air étonnée de le voir là et le dévisageait gravement. Soudain, elle est rentrée dans la maison, presque en courant, et elle en est ressortie quelques secondes après en tenant à la main une grande poupée de chiffons et elle est venue vers Franck.

– C'est Lola, elle a dit en lui tendant la poupée.

Il l'a prise, molle et chaude, et a regardé ses grands yeux bleus et les taches de son sur ses joues et le sourire énigmatique, bienveillant ou moqueur, qu'on lui avait dessiné. Des cheveux faits de brins de laine orange étaient réunis en deux tresses raides.

– C'est ta préférée ?

La petite a hoché la tête puis a tendu les mains pour récupérer Lola. Elle l'a serrée contre elle puis est allée s'allonger dans le transat.

– Tu regardais quoi vers les bois, là-bas ?

La fillette le dévisageait, sa poupée couchée sur sa poitrine. Il a soutenu son regard, il a sondé la profondeur de ces yeux noirs, capables peut-être de l'absorber tout entier.

– Pourquoi tu me regardes comme ça ?

Rachel a soupiré puis tourné la tête vers les granges, affectant désormais de l'ignorer. Il aurait aimé s'approcher d'elle, forcer son silence, lui arracher un sourire, mais il n'osait pas parce qu'il n'avait pas en lui assez de douceur pour éviter de la heurter. Il se sentait la peau couverte d'écailles, capable de l'écorcher. Brusque et souillé. Indigne.

Il est rentré dans la maison et a été frappé par le silence qui y régnait, seulement parasité par le bourdonnement intermittent de mouches invisibles. Dans la cuisine flottait une odeur d'eau sale et de vinaigre. Le lave-vaisselle ronronnait. Il a ouvert le robinet de l'évier, il a rempli un verre qui séchait sur l'égouttoir et il a bu de longues gorgées d'eau et il a rempli le verre encore et il lui semblait qu'il ne pourrait plus s'arrêter de boire. Essoufflé, il est revenu dans le couloir et a tendu l'oreille en se demandant où ils étaient tous passés, la vieille chèvre et son vieux bouc stupide, leur fille sans doute un peu folle, le genre de femme qui attirait Fabien aussi sûrement que des fleurs carnivores gobent les insectes. Ouverte comme un piège. De toute façon il aimait ça Fabien, venir se brûler les ailes autour de filles auxquelles tout le monde savait qu'il ne fallait pas toucher, même pas les approcher mais lui aimait ça, le fruit défendu, comme il disait, même défendu par une lame ou un calibre.

En avançant dans le couloir, Franck a aperçu l'immense écran de télévision allumé et muet. S'y agitaient des types en costume et des femmes en tailleur discutant gravement dans un bureau vitré. Flics d'une série américaine aux airs de mannequins cool et déterminés. Et devant, affalé dans son fauteuil, bouche ouverte, son gilet de peau remonté sur sa bedaine d'alcoolique, le Vieux, dormant avec un râle de moribond. Une main pendant par-dessus le bras de cuir usé, reposant sur une bouteille de bière qu'il semblait sur le point de saisir.

Dans ce silence, l'air était lourd, irrespirable. Il est sorti sous la lumière immobile et s'est hâté vers sa caravane. La pénombre s'y faisait passer pour de la fraîcheur. Il s'est senti apaisé de s'y trouver seul au milieu des quelques affaires qu'il avait rangées et qu'il savait autour de lui comme les bornes imaginées d'un territoire intime. Il s'est déshabillé puis s'est affalé à plat ventre sur le lit. Il a dormi aussitôt. Et dans le rêve qui s'est formé, le 4 × 4 noir s'arrêtait devant la maison, conduit par Fabien dont il ne réussissait pas à voir le visage à travers le verre fumé des vitres.

Il s'est réveillé en sursaut et s'est levé et a jeté un coup d'œil par la fenêtre pour vérifier si le 4 × 4 était là ou non. Il était déjà presque cinq heures du soir. Franck est rentré dans la maison où la télévision bavardait toujours dans le silence. Il s'est demandé ce que Jessica pouvait bien faire, enfermée dans sa chambre. Une vision d'un corps nu abandonné dans les draps a surgi dans son esprit mais aussitôt il a revu la petite affalée contre la porte. Il a gravi les premières marches de l'escalier lentement, d'abord, mais elles craquaient et grinçaient comme sous les pas d'un voleur alors il a monté le reste deux à deux et a pris pied sur le palier où dans la pénombre la chaleur s'accumulait et rendait le silence plus lourd encore.

Il a tressailli en voyant se dresser la tête énorme du chien. Allongé au milieu du palier, immobile, ses longues pattes étendues bien droites devant lui. Les oreilles dressées. Ses yeux sans éclat d'une noirceur insondable. Franck est resté sans bouger pendant une minute peut-être, indécis. Le chien à trois mètres de lui, posé sur le plancher comme une idole maléfique. Il a songé à redescendre l'escalier parce qu'il lui semblait distinguer sous le pelage ras le frémissement nerveux des muscles tendus, mais il a au contraire fait un pas en avant. Il ne serait pas dit qu'il aurait reculé devant un chien couché, même monstrueux, même capable de le mettre en pièces.

Finalement, l'animal s'est laissé tomber sur le flanc avec un gros soupir. Franck a regardé la porte bleu pâle derrière laquelle Jessica dormait peut-être, et il est allé y coller son oreille mais n'a rien entendu sinon le battement de son sang à ses tempes, et il s'est redressé, le souffle court, sachant qu'à quelques mètres elle était effondrée sur le lit, hébétée et offerte, dans l'obscurité étouffante de la chambre. Il sentait la sueur glisser sur sa peau dans un frisson, pensant soudain au slip ce matin abandonné sur le mélangeur de la douche comme un signal confus, une invitation involontaire ou une provocation obscène à laquelle son corps répondait d'instinct quand toute son âme lui disait de fuir.

La porte s'est ouverte à la volée au moment où il reculait et il l'a aperçue dans la pénombre, en petite tenue, un de ses seins découvert par son débardeur de travers tombant sur son épaule, les cheveux mêlés, la peau de ses cuisses pâles dans la clarté grise du palier. Ses yeux brillaient, peut-être noyés de larmes, leur prunelle démesurée presque phosphorescente. Franck la voyait de dos dans le miroir fendu de l'armoire occupant le mur opposé, coupée en deux par la diagonale comme une reine de jeu de cartes. Elle a haussé les épaules et s'est retournée pour marcher vers le lit en disant : « Viens. »

4

Il avait mal dormi, seul, réveillé pourtant par le corps de Jessica. Par le souvenir de ce qu'elle en avait fait avec lui, par ce qu'elle l'avait laissé faire. Offerte, écartelée, béante, abandonnée. Muette. Ou bien grognant, les dents serrées, ce qui ressemblait à du plaisir. Chien et chienne collés. Griffes et dents. Bave, fluides, sueur. Elle l'avait parfois repoussé d'un coup de coude, puis l'avait retenu et gardé avec sa bouche. Il avait plongé en elle avec par moments le sentiment de se perdre, comme on se jette dans une fournaise sans espoir de retour.

Il n'avait jamais fait ça. Pas ainsi. Il avait vu des choses dans des films, il avait baisé quelques filles à la va-vite, résignées ou ivres qui disaient en vouloir encore mais tenaient à peine debout et s'endormaient entre deux coups de reins ou s'éloignaient pour dégueuler alcool et foutre en chialant. Il y avait eu quelquefois des étreintes cachées, clandestines, volées. Il avait surtout beaucoup espéré, rêvé, toujours déçu par l'empressement de sa main droite.

La veille, en sortant de la chambre, il avait descendu l'escalier à la fin de l'après-midi flageolant sur ses jambes, moite et poisseux, puis s'était jeté sous la douche, froide, se frictionnant pour réveiller les autres parties de son corps ou se défaire d'une salissure incrustée.

C'est un orage qui a fait se lever le jour. On aurait dit que les éclairs avaient allumé le ciel, et la pluie et le vent réveillé la nature. Pendant une demi-heure, dans la nuit déchirée, Franck avait écouté exploser cette fureur et trembler au-dessus de lui la charpente de la grange. Puis ça s'est éloigné comme s'enfuit une bande de gamins gueulards qui tambourinent aux portes ou font sauter des pétards dans les boîtes aux lettres. Un silence chuintant est revenu, plein de chuchotements mouillés, de clapotements sur de la tôle et du bruit des centaines de petites gorges déglutissant toute cette eau.

Il a laissé filer l'orage vers le nord et se dissiper les visions obsédantes de la nuit pendant qu'un peu de fraîcheur entrait par les fenêtres de la caravane et que la lumière se répandait partout. Il a entendu les volets de la maison s'ouvrir, le bavardage de la télé se déclencher. Il avait faim. Il savait qu'il trouverait dans la cuisine la mère attablée devant son bol de café, environnée déjà par la fumée de sa cigarette, mais ça lui était égal. Il s'est levé. La fraîcheur apportée par l'orage n'était plus qu'un souvenir, remplacée par un air tiède poussant jusqu'à lui des odeurs de terre mouillée.

Une fois dehors, il a aperçu Jessica sur le chemin menant à la forêt, lui tournant le dos, face à la masse des arbres. Elle était vêtue seulement d'un long tee-shirt, fumant une cigarette. Quand il l'a hélée pour lui dire bonjour, elle a tressailli puis s'est retournée et lui a jeté un regard hostile sans rien répondre. Il lui a demandé si ça allait mais elle a affecté de ne pas l'entendre, rentrant imperceptiblement la tête dans les épaules. Il est resté un moment à la regarder, espérant qu'elle se déciderait à venir vers lui. La forêt ne frémissait pas, encore pleine d'ombre, la cime des arbres coiffée d'un rougeoiement de soleil.

Après avoir bu trois tasses de café et avalé quelques céréales, il a traîné dans le pré, à la lisière des arbres, sous un ciel laiteux et déjà brûlant. Les deux femmes et la petite étaient parties à Bazas faire des courses et il se sentait seul et fatigué. Le Vieux bricolait dans sa remise. Des chocs métalliques lui parvenaient, des tintements d'outils jetés par terre. Il s'est approché et n'a vu de l'homme que ses jambes dépassant de sous une voiture calée sur des chandelles. Le Vieux soufflait, grognait confusément et ses pieds bougeaient au rythme de son effort dans des chaussures de sport sans lacets, vieilles et sales.

– Je peux vous donner un coup de main ?

– Non. Ça va. J'ai bientôt fini. Fallait tomber ce putain de carter d'huile.

Franck s'était accroupi. Il apercevait les bras noueux de l'homme dressés au-dessus de lui, tenant la pièce d'acier. Un écrou est tombé puis a roulé au sol et dans un dernier effort, le dos cambré, l'homme a fait venir la plaque de carter et l'a posée à côté de lui.

– Passe-moi le chiffon, là.

Franck a attrapé près d'une roue un bout de tissu, peut-être un vieux drap, souillé d'huile, et l'a tendu au Vieux qui s'est essuyé les mains et les avant-bras avant de s'extirper de sous la voiture. Il s'est assis et a respiré à fond deux ou trois fois.

– Putain c'est plus de mon âge ces conneries. Tiens, aide-moi.

Il tendait sa main à Franck qui l'a saisie pour l'aider à se remettre debout. Il a étiré sa nuque, bombé le torse puis s'est massé le bas du dos en grimaçant. Il a pris dans une des poches de sa combinaison de travail un paquet de petits cigares noirs et en a allumé un. De la même poche, il a sorti une enveloppe et l'a tendue à Franck.

– Y en a cent. Tu peux vérifier.

Franck a ouvert l'enveloppe, tenue par un élastique. Les billets de cinquante étaient neufs. Il les a sentis en feuilletant la liasse. Odeur d'encre, de papier. L'argent a cette odeur avant d'être imprégné par le suint des mains sales.

– Plus cent autres la semaine prochaine. J'ai pas voulu tout retirer d'un seul coup. C'est ton frère qui nous a dit de te donner ça pour t'aider, en attendant qu'il revienne.

– D'où il sort ce blé ?

– Je sais pas trop. Avant de partir, il a juste dit : « Donnez ça à mon frangin, ça lui filera un coup de main pour redémarrer. Dites-lui de m'attendre. »

– Et le reste ?

Le Vieux a soufflé la fumée de son cigare dans un soupir.

– Quel reste ?

– Le reste de l'argent. Y avait bien 60 000 quand on a braqué. Il a pas dépensé tout ça en cinq ans.

– J'en sais rien… Il avait peut-être de gros besoins. Ou alors il a monté des combines qu'ont pas marché, faut croire. C'est pour ça qu'il est parti en Espagne. Il avait des fonds à miser sur une affaire, il disait. Une affaire que lui a indiquée Serge, tu sais, ce mec que t'as insulté. Il avait ses plans et nous les nôtres, faut bien bouffer. Tu sais, il parlait pas trop, ton frère.

– Il a pas dit quand il rentrerait ?

– Des fois il partait des jours sans rien dire, et il revenait sans prévenir. Cette fois-ci, il nous a dit qu'il en avait pour presque un mois. Pour lui c'est comme des vacances.

– N'empêche, c'est bizarre. J'espère qu'il s'est pas mis dans les ennuis. Il était assez doué pour ça. Et à Jessica, il lui aurait dit quelque chose ?

Le Vieux a souri, son cigare planté entre les lèvres.

– Jessica, c'est à toi qu'elle fait des confidences, maintenant. Alors tu lui demandes.

Franck s'est senti rougir et n'a pas su quoi répondre. Il s'est contenté de sourire de travers et s'est retourné en s'attendant à voir Fabien debout dans l'allée l'observant d'un air narquois mais il n'y avait rien que le tremblement des branches, le remuement d'un oiseau caché.

Le Vieux a soufflé la fumée sur le côté, tordant la bouche, puis il a jeté son cigare et s'est retourné pour se pencher au-dessus du moteur, une clé plate à la main. Franck s'est retrouvé devant cette carcasse tordue et maigre dont chaque mouvement semblait s'accompagner d'un bruit de métal comme s'il était en train de devenir une excroissance de la machine. Il tenait dans sa main l'enveloppe pleine d'argent et il se demandait ce qu'il allait en faire et n'en savait rien, à ce moment-là, embarrassé, inutile et stupide auprès de ce type qui s'affairait sur cette voiture, et parce qu'il ne s'était plus posé ce genre de question depuis trop longtemps, s'il se l'était jamais posée.

Il s'est éloigné et a traîné un moment autour de la maison, tenaillé par l'envie de monter dans la chambre de Jessica comme on revient sur les lieux d'un crime qu'on n'est pas sûr d'avoir commis pour se persuader de sa réalité. Si ça se trouvait, il y aurait Fabien en train de s'habiller ou encore vautré dans les draps et qui lui dirait « Tiens, espèce d'enfoiré, je t'attendais. Alors, elle est bonne Jessica ? Tu l'as bien baisée à fond pendant que j'avais le dos tourné ? » puis qui marcherait sur lui et l'empoignerait et le collerait contre le mur en lui écrasant la gorge de l'avant-bras et lui se sentait honteux d'avoir profité de l'absence de son frère mais il résisterait, il répliquerait, et les cinq ans de taule, et le silence face aux flics et à leurs questions et leurs menaces, il n'avait pas parlé, il avait tenu bon malgré les conseils de l'avocate qui lui recommandait de dire ce qu'il savait, de ne pas aggraver son cas en prenant tout sur lui, faire le malin, jouer les durs irriterait les juges, pensez à ça, vous risquez jusqu'à dix ans, rendez-vous compte.

Il a tourné le dos à la maison et au flot amer qui le submergeait, le cœur affolé, la gorge tapissée d'un goût âcre, et il a marché vers la forêt, la masse confuse et sombre des arbres venant à sa rencontre comme une vague énorme. Il a glissé l'enveloppe dans sa poche de pantalon et il est entré sous la voûte ombreuse en pressant le pas. La fraîcheur et l'obscurité l'ont surpris. Il a regardé à travers les trous du feuillage le ciel en lambeaux qui lui a semblé plus lointain, presque irréel. La forêt pesait sur lui de tout son poids de branches et de feuilles et de troncs épais, anéantissant tout horizon, et le sable du chemin alourdissait sa marche, se dérobant parfois sous ses pas. On entendait de temps en temps un cri d'oiseau, le tapement lointain d'un pic-vert, des insectes qui venaient bourdonner à ses oreilles au hasard de leur trajectoire et qu'il écartait de la main en secouant la tête. À la fourche qu'il a trouvée bientôt, Franck a pris le chemin de droite, plus large, plus creux. L'ombre devenait moins dense parce que peu à peu les pins remplaçaient les chênes jusqu'à ce que la forêt ne soit plus qu'une rébarbative plantation de fûts noirs et droits du haut desquels tombait une lumière laiteuse et chaude.

Il s'est arrêté à l'entrée d'un cercle de galeries soutenues par des poteaux de bois, camouflées par des fougères et des panneaux de brande, percées d'étroits fenestrons. Au milieu, un espace vide planté de piquets et parcouru de fils de fer qui commandaient des leviers de bois, des poulies. On aurait pu croire à une aire sacrée dévolue à des sacrifices païens ou à des sabbats. Franck s'est avancé au milieu du cercle, et dans le silence qui lui a paru soudain plus profond, il a eu l'impression d'être observé par des yeux cachés dans l'ombre des meurtrières, épié par le regard creux de fantômes.

Il avait déjà vu ce genre de palombières où des chasseurs à l'automne venaient à l'affût en agitant des leurres pour attirer les oiseaux, mais il semblait que ce village de cabanes d'enfants, ce cercle bancal fait de bric et de broc, pour imparfait qu'il fût, le cernait d'il ne savait quelle magie noire. Il s'est retourné pour sortir de là et il a sursauté en l'apercevant à une vingtaine de mètres, au milieu du chemin. Assis, la langue pendante, haletant. Ses flancs soulevés par sa respiration rapide.

– Qu'est-ce que tu fous là ?

Le chien s'est mis debout, flairant le sol. Il paraissait plus grand encore. Il était planté au milieu du chemin et semblait en occuper toute la largeur. Franck a sifflé doucement et le chien a dressé la tête et a humé l'air sans doute pour vérifier qu'il reconnaissait bien l'odeur de cet homme-là.

Quand Franck a fait un pas en avant, l'animal s'est mis brusquement en garde, les pattes raides, tous ses muscles tendus, gonflés et bosselés sous son pelage noir qui ne jetait aucun reflet, semblant absorber la lueur grise diffusée par la voûte déchiquetée des pins. Il grondait sourdement, la tête baissée, sans perdre Franck des yeux. Rien alentour qui pût servir d'arme : pas même une branche. Franck a songé à revenir à la palombière pour y trouver quelque chose, il a commencé à marcher lentement à reculons mais le chien avançait vers lui et la distance qui les séparait se réduisait.

Franck n'avait jamais été attaqué par un chien. Ni même mordu. Il avait bien vu dans des films des types tenir au-dessus d'eux, les bras tendus, la gueule écumante d'un molosse et finir par avoir raison du monstre en l'étranglant ou en lui crevant un œil mais il ne se rappelait plus comment ils s'y prenaient, toutes leurs forces déjà très occupées à éviter que l'animal ne les égorge. Il s'est immobilisé et le chien a fait de même, toujours sur ses gardes, ses pattes légèrement pliées, ressorts tendus sur le point de bondir. Ses yeux ne rendaient aucun éclat. Ses orbites eussent pu aussi bien être vides et brûlées.

Franck savait que l'animal sentait sa peur. Entendait peut-être, même, les battements fous de son cœur. Il fallait essayer quelque chose. Un peu de colère montait en lui et bousculait son inertie effrayée. Saloperie de chien. Il n'allait pas se faire bouffer par ce clébard, là, en pleine forêt, et crever seul en se vidant de son sang, ni même se laisser intimider comme un gamin par sa sale gueule. « Bouge et je t'étripe, enfoiré. » Il s'est tourné vers la droite et s'est mis à marcher lentement, d'abord, au milieu de fougères qui lui arrivaient à la poitrine et dissimulaient le chien à sa vue. Il a décrit un large cercle, enjambé un tronc abattu, franchi une sorte de fossé à sec. Il se sentait reprendre courage, son souffle rythmé sur sa marche rapide. Il savait le chemin sur sa gauche et il a commencé à infléchir sa course. Le bois de chênes commençait à engloutir les troncs verticaux des pins.

Il a alors entendu derrière lui une galopade. Le chien était sur ses talons, les oreilles couchées. En dépassant Franck, il a heurté sa jambe de sa grosse tête puis il a disparu dans les herbes hautes et sèches qui se sont refermées sur lui en l'absorbant dans leur silence.

La lumière poudroyait au-dessus du pré et le cœur de Franck a tapé plus fort quand est apparue la maison grise aux volets tirés. Il s'est arrêté pour regarder, content de voir sans être vu. La mère étendait du linge. Rachel lui faisait passer les tee-shirts, les sous-vêtements, les pinces. Le chien couché près d'elles, la tête tournée vers Franck, la truffe en l'air, flairant. Franck a décidé de sortir du bois et a foulé l'herbe jaune et rase qui crissait sous ses pas.

– Ça va ? Il fait chaud, hein ?

La petite a pris dans la bassine une chemise puis s'est interrompue et l'a regardé approcher.

– Bon, tu me la passes, cette chemise, qu'est-ce que tu regardes ? Allez, remue-toi un peu. Toujours à rêvasser.

La femme a arraché la chemise des mains de la fillette, qui s'est empressée de tendre une autre pince à linge.

Franck se tenait à quatre ou cinq mètres du fil. Le regard de la mère passait sur lui sans s'arrêter comme s'il avait été un arbre mort ou un épouvantail posé là depuis des années. La petite, elle, le reluquait en douce et baissait les yeux sur la grande bassine dès que la femme se tournait vers elle pour récupérer du linge. Au moment où il se remettait à marcher vers la maison, il a entendu la voix de la femme :

– T'es allé faire quoi dans les bois ?

Elle ne bougeait plus, ses deux mains posées sur le fil à linge, et elle le regardait fixement.

– Rien. Je suis allé me balader.

Elle a jeté un coup d'œil en direction des arbres.

– Pourquoi vous me demandez ça ?

– Comme ça… T'as pas l'air d'être le genre à traîner dans les bois.

– Et j'ai quel genre d'après vous ?

Il a répondu d'un air bravache, le menton en avant, plus vivement qu'il ne l'aurait voulu. Dans ses mains et ses bras fourmillait une envie de frapper, d'effacer cette sale gueule, mais il aurait voulu comprendre d'abord pourquoi elle lui vouait cette haine et ce mépris. Savoir quelle place occupait Fabien là-dedans. La femme s'est raidie, lèvres pincées. Elle allait dire quelque chose, la bouche déjà ouverte, mais elle s'est ravisée et a adressé à la petite un geste impatient pour lui réclamer la pièce suivante qu'elle devait étendre. Avant de s'éloigner il s'est tourné vers la forêt dont pas une feuille ne bougeait sous le soleil de plomb. La mère avait repris son ouvrage et ne se préoccupait plus de lui. Le chien s'était couché de tout son long, comme mort, les flancs convulsés par sa respiration haletante. Au-dessus de lui pendait un drap qu'aucun souffle d'air ne faisait frémir, immobile et plat et blanc comme une cloison.

En marchant vers la maison il a senti le regard de la mère peser entre ses omoplates et il a baissé la tête et fait le dos rond pour se défaire de cette pointe d'acier prête à se planter en lui. Dès qu'il a eu refermé derrière lui, il a aimé la pénombre des volets clos et l'impression de fraîcheur. Jessica rinçait des tomates dans l'évier. Elle a tourné vers lui un regard indifférent. Elle portait une chemise d'homme, largement ouverte et échancrée, qui glissait de ses épaules, tombant sur ses fesses, et Franck s'est plu à imaginer qu'elle ne portait rien dessous.

– T'étais où ?
– Je suis allé faire un tour dans les bois.
– Et c'était bien ?
– Pas mal. Jusqu'à ce que le chien arrive.
– Oui, et alors ?
– J'ai eu l'impression qu'il allait me sauter dessus. Il était là, en face de moi, à me regarder de travers, putain je te jure, il grognait et tout…

Jessica a haussé les épaules et a commencé à couper les tomates dans l'huile chaude d'une poêle. Elle a souri avec ironie.

– Un grand garçon comme toi qui a peur des chiens…
– Non, pas des chiens. De ce chien. Je suis sûr qu'il est dangereux. Rappelle-toi hier matin, avec la gosse.
– Il lui fera jamais rien. Depuis un an qu'on l'a, il a jamais grogné après elle, ni après personne, alors arrête un peu.

Ils se sont tus. Jessica remuait les tomates qui crépitaient. Rachel est entrée, elle est venue se serrer contre sa mère, entourant ses cuisses de ses bras. Jessica lui a dit de la laisser et de mettre plutôt le couvert alors la petite est allée vers un placard suspendu et en a approché une chaise pour pouvoir l'atteindre, est montée dessus, a pris des assiettes et s'est retrouvée cambrée, son fardeau contre elle et Franck a eu peur qu'elle tombe et il s'est précipité.

– Donne ça. Descends de là.

La petite est descendue avec précaution, refusant de lui tenir la main. Elle a rangé la chaise où elle l'avait prise, elle est allée chercher dans un tiroir les couverts et les a posés sur la table. Elle agissait calmement, l'air grave, concentrée sur ce qu'elle était en train de faire comme si elle avait peur d'oublier quelque chose. Jessica s'est retournée. Elle a regardé sa fille s'affairer, qui disposait les verres avec soin, roulait les serviettes à côté des couteaux.

– Faut la laisser se débrouiller un peu seule. Sinon elle sera jamais autonome, cette gosse.

– Elle allait tomber de cette chaise. Elle est petite, tout de même.

– Mais, non elle allait pas tomber. Hein, ma puce, que t'allais pas tomber ?

La petite a levé les yeux vers sa mère et lui a répondu d'un battement de cils.

– Je t'aime, mon cœur. T'es trop une petite femme.

Jessica s'est baissée et a tendu les bras à la petite fille qui est venue se blottir, la tête basse, et s'est laissé caresser, embrasser, les bras ballants. De là où il se trouvait, Franck apercevait un sein sous la chemise trop large. Et Jessica le savait. Elle l'a regardé longuement et lui n'a pas détourné les yeux de l'échancrure qui bâillait. Elle a dit à Rachel d'aller se laver les mains et comme la fillette s'approchait de l'évier, elle lui a dit :

– Non, pas ici. Dans la salle de bains.

Rachel a obéi. Elle est sortie de la cuisine les bras loin du corps, les mains ouvertes aux doigts écartés comme si soudain elle s'était salie. Dès qu'elle a été dans le couloir, Jessica s'est approchée de Franck, une main entre les cuisses.

– J'ai vachement envie. Touche.

Il a touché. Elle a guidé sa main, alors il a commencé à frotter la douceur humide et chaude qu'il sentait sous ses doigts. Elle le regardait droit dans les yeux avec une intensité presque menaçante, campée sur ses jambes écartées, et il la sentait contre lui, raide et figée comme un grand mannequin de vitrine. Il était inquiet de voir revenir la petite fille mais il faufilait ses doigts sous le triangle de tissu. Jessica, lèvres serrées, soufflait dans son cou un râle qu'elle gardait noué dans sa gorge.

Ils se sont séparés d'un bond en entendant la mère rentrer en soupirant, marmonnant et se plaignant de la chaleur. Franck s'est approché de la table et il a feint d'arranger les couverts et Jessica s'est mise à casser des œufs sur les tomates qu'elle avait cuites. La mère s'est arrêtée à l'entrée de la pièce et a laissé traîner son regard fatigué sur l'un et l'autre qui affectaient de l'ignorer, puis elle a fini de mettre le couvert.

Roland est entré à son tour. Bermuda de toile, gilet de peau, espadrilles. Des taches de cambouis sur le ventre, des auréoles jaunâtres sous les aisselles. Des traînées noires sur la gueule comme ces types des forces spéciales qu'on voit des fois à la télévision.

Jessica lui a demandé s'il avait vu Rachel.

– Elle se peigne.

– Quoi elle se peigne ?

– J'en sais rien, moi. Elle a une brosse à la main, elle la passe dans ses cheveux. Ça s'appelle bien se peigner, non ?

– Putain, Rachel, tu viens à table, maintenant. Tu fais quoi là ?

On a entendu une porte se refermer. La petite est apparue à l'entrée de la cuisine, ses longs cheveux dénoués posés sagement sur ses épaules. À la main une poupée blonde vêtue d'un maillot de bain.

– Qu'est-ce que tu faisais ? Ça fait une heure.

L'enfant s'est assise. Elle a assis la poupée face à elle, tout près de son assiette. Elle a plié sa serviette en un long rectangle et ça faisait comme un matelas et elle a couché la poupée dessus. Elle a passé le bout de ses doigts sur les yeux, comme pour les fermer mais ils sont restés ouverts, immenses et bleus et vides. Alors elle a disposé les cheveux autour de la tête, sur la poitrine. Puis elle est restée immobile et silencieuse, les mains posées à plat sur la toile cirée. Le père s'est installé en soupirant, il a passé sa grosse main aux ongles noirs dans les cheveux bien peignés de la petite fille qui s'est dégagée et a remis en ordre sa coiffure.

Ils étaient tous là autour de cette table à boire du pastis en se coupant des tranches de saucisson, en se servant des œufs cuits sur de la tomate et en rompant de leurs mains moites de gros morceaux de pain, n'échangeant que de rares paroles en se passant du sel ou de l'eau ou des tranches de melon que la petite est allée chercher dans le frigidaire.

Franck les observait à la dérobée, mimant leurs gestes comme s'il étudiait de l'intérieur une tribu de singes. La mère qui sirotait son apéro d'un air buté ou soucieux, le regard fixe, perdu sans doute dans des pensées amères. Le père soupirant d'aise entre chaque gorgée, remplissant son assiette et saisissant avidement la nourriture qui passait devant lui. Jessica ne mangeait presque rien, mâchouillant un bout de pain, promenant sa fourchette dans le jaune répandu d'un œuf crevé. Elle ne quittait pas des yeux la petite qui tendait des miettes à sa poupée puis les posait soigneusement à côté de l'espèce de matelas qu'elle lui avait fait.

Des mouches tournaient autour d'eux, qu'ils chassaient d'un geste paresseux de la main. Franck s'est servi un plein verre d'eau fraîche et l'envie lui a traversé l'esprit de le vider sur lui, pour que la sensation glacée l'arrache à la torpeur qui l'accablait et pour voir comment les autres réagiraient et quelle gueule ferait la mère qui pour l'instant s'était mise à bouffer ses œufs, le menton presque dans l'assiette en poussant avec du pain. Jessica l'a soudain regardé avec un demi-sourire, les yeux brillants, d'un vert lumineux comme ceux des chats, qu'on aurait pu croire éclairés de l'intérieur, puis comme la mère se tournait de son côté pour lui parler elle s'est penchée vers Rachel pour lui ordonner à voix basse de manger au lieu de chipoter dans son assiette.

Il s'est levé brusquement. Sa chaise a raclé le sol et la mère s'est interrompue, sa fourchette pleine, pour le regarder d'un air hostile avant de secouer la tête d'agacement ou de dépit et de se remettre à manger. Il a quitté la table la tête pleine des petits bruits de leur repas et au moment de sortir de la cuisine il les a aperçus tous les quatre courbés et silencieux, rassemblés et tenus par cette pénombre comme un seul et même organisme étrange aux gestes sporadiques, un monstre tranquille capable de digérer sa proie avant de l'engloutir. Une créature qu'il ne fallait pas regarder dans les yeux, un monstre aux caresses vénéneuses auxquelles on ne devait pas s'abandonner, malgré l'envie folle qu'on en avait.

5

Celui qui vendait la voiture était un artisan plombier à qui le Vieux avait rendu quelques services un an plus tôt. C'était un grand type taciturne, taiseux, l'air pensif, qui semblait ne rien écouter de ce qu'on lui disait et ne répondait qu'au terme de quelques secondes de réflexion. On ne savait pas s'il pesait à chaque fois le pour et le contre ou s'il avait du mal à comprendre son interlocuteur. Pour l'instant, légèrement voûté, il ouvrait toutes les portières de la petite Renault, soulevait le capot, sortait du coffre un étui de plastique contenant des câbles de démarrage. Il expliquait à voix basse, comme s'il se parlait à lui-même, que c'était celle de sa femme, qui venait de le quitter pour un électricien, un gars qu'il connaissait depuis quinze ans. Alors il bradait sa voiture pour ne pas qu'elle ait le culot de venir la récupérer un jour, salope comme elle était. Il jurait entre ses dents et l'insultait et promettait d'aller les travailler un de ces quatre, elle et ce bâtard, au chalumeau. Il disait ça entre ses dents en tapant de temps en temps du plat de la main sur la carrosserie.

Pendant que Roland jetait un coup d'œil au moteur, Franck s'est glissé derrière le volant. Il a reculé le siège, a posé ses pieds sur les pédales. Tout était propre, comme neuf. Le compteur annonçait 110 000 km mais le reste semblait sortir d'usine. On aurait pu manger sur les tapis de sol. Au rétroviseur était accroché un bloc désodorisant en forme de sapin qui diffusait une odeur de menthe. Il se sentait bien, là. Comme chez lui. Il a passé ses doigts sur l'autoradio, il a empoigné le pommeau du levier de vitesse. Une joie profonde et tranquille le tenait, qui lui serrait la gorge. Il n'avait jamais eu de voiture vraiment à lui, le temps lui avait manqué, et l'argent aussi, alors il prenait celles qu'on lui prêtait pour quelques heures avec toujours l'impression que le type à qui elle appartenait était embusqué sur le siège arrière pour surveiller sa façon de conduire et se mettre à gueuler dès qu'il forcerait un peu le moteur ou ferait crier les pneus.

Le plombier cocu n'a même pas relevé la tête quand ils ont klaxonné en partant, occupé à recompter, pour la troisième fois, les quinze billets de cinquante que lui avait rapportés son opération de représailles. Franck l'a regardé rapetisser dans le rétroviseur, toujours concentré sur son argent, puis disparaître au détour d'un virage. La voiture allait bien. Peu lui importait la marque, le type, la cylindrée. Elle était bien à lui, papiers en règle. Il se sentait maintenant complètement libre. Il avait l'impression en roulant de laisser la taule pour de bon loin derrière lui. Le Vieux a tourné à gauche pour rentrer, et lui a continué tout droit vers Langon, seul sur cette route droite où tombait déjà du haut des pins un peu d'ombre du soir. Par les vitres ouvertes lui parvenaient des odeurs de résine, de bruyères et de sable, ces odeurs qu'il aimait tant quand il était gosse quand ils traversaient la forêt jusqu'à la dune, le bruit de l'océan montant parfois vers eux bien avant qu'ils le voient. Avec Fabien ils se mettaient alors à courir, criant de joie à chaque fois, jamais blasés, dès que cet infini s'ouvrait devant eux.

Il a roulé pendant près d'une heure dans la solitude aride de la forêt de pins qu'adoucissaient à peine les dorures du couchant. À un moment, il s'est arrêté à l'entrée d'un pare-feu et il est descendu de voiture juste pour entendre ce que le bruit du moteur et le souffle de la vitesse empêchaient d'entendre : le silence de ce désert. Son crépitement d'insectes. Cette senteur d'herbe sèche et de poussière. Il a fait quelques pas dans le sable gris, couleur de cendre. La terre semblait avoir brûlé. Les pins, les fougères, les fourrés d'ajoncs paraissaient sur le point de prendre feu. À présent tout se taisait. Plus rien ne bougeait. Franck a fait lentement un tour sur lui-même pour mieux se rendre compte.

Je suis vivant et tout le reste est mort. Ou bien l'inverse.

Il a alors eu l'idée de prendre le téléphone qu'il avait acheté le matin. Il a tapé le code de la carte *180 minutes dont 60 gratuites* puis a composé le numéro de Fabien.

Ouais, c'est Fabien. Laissez un message après le bip ou rappelez.

Les larmes lui sont venues quand il a entendu la voix de son frère. C'était bien cette désinvolture qu'il arborait toujours, cette insolence, les haussements d'épaules par lesquels il envoyait valser les ennuis, même les gros, même ceux qu'on ne bouscule pas facilement à l'image de ces brutes hostiles qu'on croise parfois la nuit, comme si pour lui rien n'était important ni grave, comme si la vie était une sorte de jeu où l'on pouvait se permettre de miser gros et de perdre et perdre encore puisque viendrait forcément un jour où on pourrait se refaire.

– Allô frangin, c'est Franck. Bon. Je suis sorti depuis cinq jours, j'ai un téléphone que depuis aujourd'hui. J'aimerais bien te voir… Ils me disent que t'es en Espagne, putain qu'est-ce que tu fous là-bas ? T'aurais pu attendre que je sorte, on y serait allés ensemble ! Parce qu'ici… enfin bon, tu me raconteras. Allez, je te laisse. Tu me rappelles ? Je t'embrasse, mon frère.

Il détestait les répondeurs. Parler dans le vide. Il ne savait jamais quoi dire à ces machines. La communication coupée, il s'est aperçu qu'il était en sueur, le cœur battant.

Il a pris dans son portefeuille le bout de papier où il avait noté quelques numéros de copains d'*avant*, les trois ou quatre qui s'étaient souciés de lui quand il était au trou, lui avaient écrit ou lui avaient passé le bonjour par l'avocate. Les deux premiers n'étaient plus attribués. Aucun nom n'était mentionné devant le troisième. Non. Plus tard. Je l'appellerai plus tard.

Il a composé le numéro. Il a espéré que ça sonne occupé. Ou qu'un message quelconque l'oblige à annuler son appel.

– Oui ?

– Salut, c'est Franck. Ça va ?

On entendait la télé beugler.

– Attends. Je vais baisser, je t'entends pas. Ouais. Où tu es, là ?

– Je suis sorti. Y a cinq jours. Je suis hébergé chez des copains de Fabien.

– Où ça ?

– Dans la cambrousse. Près de Saint-Symphorien.

– Bon. Ça va bien ? Et ton frère ?

– Je l'ai pas vu encore. Il est en Espagne, il rentre dans trois semaines. Et toi ?

– Quoi moi ?

Franck entendait son père respirer fort. Il essayait d'imaginer ce qu'il pouvait bien faire tout en téléphonant. S'il était devant une fenêtre ou s'il avait un œil sur le poste de télévision muet. Il aurait aimé savoir s'il avait vieilli, s'il s'était voûté. Il se rappelait l'avoir vu assis sur les bancs réservés au public, le dernier jour du procès. Rasé de frais, les cheveux coupés court, sa carrure imposante dans ce costume anthracite qu'il ne lui avait jamais vu. Il se rappelait ce regard. Le regard de son père, ce bleu si pâle comme si l'alcool et les larmes l'avaient délavé. Ce regard qui ne l'avait pas quitté de toute l'audience. Il a tenté de relancer.

– Je voulais juste savoir si ça allait.

– Oui, ça va. Je bricole.

– Le jardin ?

– Oui, le jardin. Et d'autres trucs. Y a de quoi, par ici.

Le silence, encore. Fossé puis gouffre. Franck est allé chercher loin son souffle. Il a ravalé la boule amère qui montait dans sa poitrine.

– Bon. Je vais te laisser. C'est peut-être l'heure d'aller cueillir des tomates.

– Je les cueille le matin. C'est meilleur.

– Alors salut, à plus.

– Oui, c'est ça. À plus…

Comme il éloignait le téléphone de son oreille, il a entendu :

– Je vous embrasse tous les deux.

Il s'est précipité pour dire Oui, moi aussi, mais le père avait raccroché et Franck a craché le sanglot qui l'empêchait de respirer et il a essuyé ses yeux et s'est assis par terre parce que ses jambes tremblaient. Il a laissé se bousculer puis s'enfuir en désordre des images d'enfance, des voix et des rires, ses parents un peu partis un soir de réveillon, hilares tous les deux. C'était du bonheur simple et bête. Il s'est aperçu au bout d'un moment qu'il souriait à ces souvenirs, assis par terre, pas plus grand que lorsqu'il avait huit ans.

Il s'est remis debout et a secoué la tête comme si les souvenirs, pris dans ses cheveux comme des brins de paille, allaient tomber à ses pieds. Il fallait qu'il parle à quelqu'un. Il fallait qu'il entende une voix amie, chaude, souriante. Les sourires ça s'entend.

Il a été surpris d'entendre une voix, justement, lui répondre, cassante, hostile, mais bien vite effilochée en un petit cri de joie quand il s'est présenté. C'était Nora qui n'en finissait pas de dire son plaisir de l'entendre, « Putain depuis tout ce temps, il faut que tu viennes et qu'on arrose ça, c'est Lucas qui va être content ! ». Lucas c'était *son homme*, comme elle disait, il l'avait littéralement enlevée de chez elle un soir où son père Hocine, fou d'alcool, menaçait de les tuer elle, sa mère et ses sœurs, avec une cloueuse qu'il avait rapportée du chantier où il travaillait. Lucas l'avait assommé d'un coup de chaise puis, avec l'aide de Nora, l'avait cloué bras en croix à une porte par les manches de sa chemise et les jambes de son pantalon en conseillant aux femmes de le laisser dessaouler là toute la nuit, ce qu'elles avaient fait, parvenant à dormir malgré ses plaintes et ses imprécations et tout le malheur qu'il appelait sur elles. Un mois plus tard, Hocine chutait depuis le deuxième étage d'un immeuble et s'empalait sur des fers à béton, cinq mètres plus bas. Ni fleurs, ni couronne. Son épouse s'était empressée de faire expédier le corps au Maroc, auprès de sa famille de paysans misérables.

Tout en lui parlant de la prison, de Fabien, des gens qui l'hébergeaient, Franck retrouvait la voix rugueuse, enrouée de Nora et repensait à la haine qu'elle avait gardée envers son père dont elle parlait souvent, la bouche pleine d'injures et de grossièretés, regrettant de ne lui avoir pas planté une lame dans le bas-ventre toutes les fois où il s'approchait un peu trop d'elle-même ou de ses sœurs.

– Bon, tu viens quand ? On a des tas de choses à te raconter, nous aussi. Y a du nouveau, ici. Je te dirai rien. Tu verras ça en venant.

Un enfant s'est mis à pleurer derrière elle, pas bien vieux, mais Franck n'a rien osé dire parce que tout d'un coup il avait envie de raccrocher, déçu sans trop savoir par quoi. Il voulait que cesse cette conversation, que se dissipe cette illusion de retrouvailles, comme on renonce à courir après un train qu'on a raté. Il a expliqué qu'il avait pas mal de choses à faire, de problèmes à régler, l'affaire de quelques jours, mais qu'il viendrait les voir, elle et Lucas, impatient de les serrer dans ses bras. Elle l'a embrassé bien fort, il lui a promis qu'il apporterait du champagne, et ils ont raccroché en même temps.

Franck a eu envie de balancer le téléphone dans les fougères parce que cet engin ne le renvoyait qu'à l'absence ou aux ponts effondrés entre le passé et lui. Il n'avait jamais pensé à ces choses et à présent il était assailli de sensations bizarres qu'il ne savait nommer, la gorge nouée d'une tristesse d'enfant délaissé.

Il est monté en voiture, a démarré en trombe et a roulé vite, heureux d'affirmer sa maîtrise de la machine et la sûreté de ses réflexes. À un moment il a poussé un cri par la fenêtre ouverte et il ne savait pas si c'était de plaisir ou de solitude qu'il criait dans ce désert gris et brun.

Quand il est arrivé devant la maison, le Vieux s'est levé du banc où il était assis, une boîte de bière à la main, et a marché vers lui d'un pas traînant.

– Alors ? Elle va bien, pas vrai ? C'est des bons moulins, ça. Pas trop d'électronique, pas besoin d'avoir trois ordinateurs pour les réparer.

Il tournait autour de la voiture d'un air content pendant que Franck en descendait. Il a brandi sa bière vers lui.

– Va t'en chercher une, on va arroser ça !

La peau de sa figure luisait, tendue, rosâtre, et ses yeux aux paupières rougies larmoyaient. Il s'agitait avec une jovialité forcée par l'alcool, fatiguée par la chaleur, et Franck ne savait pas si dans son regard poché on voyait passer l'ombre d'une tristesse profonde ou l'éclat de la fausseté. Il s'attendait à ce que le Vieux s'effondre à tout moment en pleurs ou se mette à le menacer en l'injuriant.

Il a repensé à son père. C'était comme ça dans les mauvais jours, c'est-à-dire souvent. Avec Fabien ils l'observaient en douce quand il rentrait pour savoir s'il avait bu, et surtout quelle quantité il avait ingurgitée. Il valait mieux qu'il arrive complètement ivre parce qu'il avait la cuite plutôt enjouée, il souriait bêtement en leur demandant avec entrain ce qu'ils voulaient manger, chancelant dans la cuisine, vacillant devant le frigo ouvert, avant d'aller s'asseoir devant la télé en leur expliquant qu'il avait besoin de se reposer, pour s'endormir presque aussitôt.

En revanche, les jours où il rentrait entre bille et bande, il ne parlait pas ou bien marmonnait des choses, un peu raide sur ses jambes, et il avait cet air triste et mauvais et il allait et venait dans la maison, ouvrant puis claquant les portes. Jamais il ne le disait mais il la cherchait, elle. Les deux garçons l'avaient vite compris, et ils l'entendaient marmonner des choses indistinctes et furieuses et finir par sangloter, des fois. Alors sans un mot ils mettaient le couvert, ils faisaient réchauffer un plat surgelé au micro-ondes en espérant que ça lui conviendrait pour ne pas voir encore la barquette ou le plat s'écraser contre un mur ou éclater par terre. Et eux ne bougeaient plus. Se taisaient, sans oser rien regarder, les yeux baissés.

Il est entré dans la cuisine et l'endroit l'a surpris, tant il avait basculé dans l'univers souterrain de ses souvenirs, encore assis sous l'abat-jour jaune devant son assiette à écouter le souffle court de son père, à surveiller ses grosses mains qui tremblaient, rassuré par la présence de Fabien. La fraîcheur du réfrigérateur ouvert, le chuintement de la boîte de bière quand il l'a décapsulée ont fini de le ramener au présent. Pénombre des volets mi-clos, odeur d'eau croupie remontant dans l'évier, bourdonnement de quelques mouches.

Il n'avait pas vu Jessica ni sa mère depuis le matin. Elles avaient prévu d'aller à Bordeaux faire des courses. Elles devaient emmener Rachel avec elles pour lui changer les idées, avait dit Jessica, elle va devenir une vraie sauvage si ça continue. Il est sorti dans le couloir, au pied de l'escalier. À travers le silence de la maison il a entendu leurs voix, dehors de l'autre côté, près de la piscine. Il a hésité sur ce qu'il voulait faire puis a marché vers elles.

Le soleil bas tapait fort encore par-dessus la forêt. Pas un souffle d'air. Jessica était étendue sur une chaise longue, en maillot de bain, et quand elle a aperçu Franck elle s'est levée et a ôté de ses oreilles les écouteurs de son téléphone.

– Alors, cette voiture ?

Elle souriait, les yeux brillants. Elle laissait ses bras baller le long de son corps, les épaules en arrière, campée sur ses jambes légèrement écartées et pour Franck elle n'aurait pas pu être plus nue, offerte à son regard, sachant qu'il la regardait. Il a bu une gorgée de bière en hochant la tête.

– Impeccable, il a dit. J'ai roulé un peu avec.

– Tiens, passe-m'en un gorgeon.

Elle s'est approchée et a tendu la main vers la canette. Ses doigts sur les siens. Le parfum d'une crème solaire flottant entre eux. Elle a bu en le regardant, un sourire dans les yeux. Un peu de bière a coulé sur son menton, qu'elle a essayé de récupérer du bout de la langue. Ensuite, elle a fait rouler la canette froide sur son ventre puis l'a glissée dans l'élastique de son slip et l'a retirée presque aussitôt. Elle le regardait toujours, se mordant doucement la lèvre inférieure.

– Tiens, elle a dit tout bas en lui rendant sa bière. Je suis sûre que maintenant elle est chaude.

– À quoi tu joues ?

Elle a cessé de sourire et a relevé la tête, son menton vers lui.

– Je joue pas.

Sa voix tremblait un peu. Pendant deux ou trois secondes elle n'a plus bougé, son regard fixe et vague posé sur lui mais sans doute incapable de le voir. Franck a cru qu'elle allait se mettre à pleurer. Puis brusquement, elle a semblé revenir à elle :

– Ça te dirait d'aller en boîte ?

– Quand ? ce soir ?

– Oui, ce soir. À Biscarosse. Je te présenterai des gens. Faut que tu voies du monde !

– Ça fait deux heures de bagnole, non ?

– Non, pas autant… Si on part assez tôt on y arrive pour bouffer un morceau avant d'aller danser, on dort sur la plage et on rentre demain matin après le petit-déj. Qu'est-ce que t'en dis ?

Elle se dandinait devant lui, mains sur les hanches. Il a frémi en entendant soudain la voix rugueuse de la mère appelant Rachel. Elle parlait mieux au chien. Jessica a haussé les épaules.

– C'est rien. Elle est comme ça. Elle sait pas bien être gentille. Pas commode. Mais au fond, elle aime bien les gens. C'est pas le genre à le montrer. Elle se foutrait dans les flammes pour la petite.

Franck a préféré ne rien répliquer. Il n'arrivait plus à penser à autre chose qu'aux deux heures qu'ils allaient passer seuls en voiture. À l'arrêt qu'ils feraient forcément à un moment, au milieu de nulle part. Il avait l'impression qu'elle se retenait à grand-peine de s'écarteler sur lui. Il lui semblait sentir cette odeur, cette envie, par-dessus le parfum douceâtre de la crème à bronzer. Et il se demandait s'il aurait résisté à un tel assaut, malgré la présence de la mère et de Rachel.

– Je vais me préparer.

En lui tournant le dos il a volontairement effleuré sa cuisse du bout de l'index et il s'est arraché à cette promiscuité qui lui faisait presque mal.

Ils roulaient dans l'ombre allongée des pins sur des routes droites et désertes, et l'air encore chaud grondait autour d'eux. Ils ne se parlaient qu'aux moments où Jessica indiquait à Franck les directions à prendre. Elle était enfoncée dans son siège, des écouteurs dans les oreilles, glissant souvent son doigt sur son téléphone pour choisir un morceau de musique qui jamais ne semblait la satisfaire. Un pied sur le tableau de bord, une petite chaîne dorée à la cheville. Quand Franck lui avait demandé si c'était de l'or elle avait répondu, sans le regarder : « D'après toi ? » et il n'avait pas su quoi dire après ça parce que déjà elle hochait la tête au tempo de ce qu'elle écoutait et il s'était contenté, les mains serrées sur le volant, de regarder en douce ses jambes moulées dans le pantalon blanc, le buste sculpté par une sorte de boléro noir, le pli boudeur de sa bouche. Il jetait parfois un coup d'œil aux chemins tranquilles, aux pare-feu isolés où ils auraient pu s'arrêter et se jeter l'un sur l'autre mais elle l'avait à peine regardé depuis qu'ils étaient partis, et la tension électrique qui avait parcouru tout à l'heure le corps de Jessica était retombée et avait éteint jusqu'à l'éclat de ses yeux. Le parfum dont elle s'était aspergée couvrait sa peau d'un voile artificiel et masquait les effluves de désir et de sexe qu'il avait cru deviner quand ils s'étaient tenus si près tout à l'heure.

Quand ils sont arrivés à Biscarosse, le soleil rougissait sur l'océan au-dessus de bandes nuageuses mauves. Ils se sont garés sur le front de mer, face à la dune, et Franck a été déçu de ne pas voir la mer, cachée par l'étendue de sable. Des gens s'en revenaient de la plage par une trouée, serviette sur l'épaule, parasol ou glacière à la main. Franck les a regardés avec envie. Il imaginait la marée basse, les derniers baigneurs soulevés mollement par la houle calme. La brise le rafraîchissait et annulait sa fatigue. Il aurait voulu courir jusqu'à l'eau et plonger tout de suite, même habillé, pour sentir le choc de l'eau fraîche et crier et battre des pieds et se débattre comme quand ils étaient gosses, mais il savait derrière lui Jessica impatiente, ses semelles crissant sur le sable qui saupoudrait le macadam. Il s'est retourné vers elle et aussitôt elle s'est mise à marcher vers le centre-ville en disant qu'elle avait faim.

La chaleur stagnait encore entre les maisons, montant de la chaussée, émanant des murs. Les magasins avaient allumé leurs vitrines, les restaurants leurs enseignes et leurs lanternes. Des jeunes gens distribuaient des menus, des invitations, des bons de réduction. Dans la foule des vacanciers, Franck s'étourdissait à croiser ou frôler ces corps de femmes à peine vêtus, parfois sublimes, toujours libres, et il ressentait de l'arrogance dans cette désinvolture de seins, d'épaules, de ventres, de cuisses et il se faisait l'effet d'un affamé devant un buffet auquel il ne devait pas toucher. Visages bronzés, cheveux fous. Lèvres entrouvertes, sourires clairs. Regards dédaigneux ou effrontés. La nuit qui venait lézardait les pudeurs, réduisait les distances. Il lui semblait que tout cela allait bientôt se toucher, se bousculer, se confondre, et il contractait ses épaules pour empêcher ses mains de se lancer au hasard de la foule.

Jessica s'est agrippée soudain à son bras.

– Putain où tu vas ?

Son visage était contre le sien, tendu, cireux sous la lumière bleue d'une terrasse de restaurant bondée.

– On bouffe ici. Je connais. À l'intérieur, c'est plus calme.

Une très jeune fille les a placés dans un coin, sous une applique imitant un falot de navire. Franck allait s'asseoir face à la salle, pour voir et voir encore toute cette agitation et peut-être calmer son vertige, mais Jessica l'a arrêté net.

– Non. Moi ici. Je veux voir qui entre.

Elle a accroché son minuscule sac à main au dossier de la chaise puis s'est installée et a commencé aussitôt à lire le menu. Derrière elle pendait au mur un filet de pêche dans lequel étaient pris des étoiles de mer et des poissons en plastique. Franck regardait autour de lui les clients attablés, les allées et venues des serveuses, les seaux remplis de glace d'où dépassaient des bouteilles de vin blanc, les plateaux de fruits de mer, et il cherchait à se rappeler la dernière fois où il avait mangé dans un restaurant, un vrai, pas un fast-food, et il s'est souvenu d'une virée sur la côte basque avec Fabien, ils avaient foncé vers le sud dès qu'ils avaient pu faire démarrer cette vieille Peugeot et ils s'étaient arrêtés à Ciboure, un peu au hasard, un soir de tempête, et ils avaient regardé en dévorant des *piquillos* farcis les vagues d'écraser au pied du fort de Socoa. Ils avaient bu, aussi, trop, et ils étaient sortis étourdis et titubants sous les bourrasques en accusant le vent de les bousculer. Franck se rappelait le retour vers Bordeaux, leur lutte contre la somnolence, la radio presque à fond, d'une station à l'autre, le silence dans lequel ils avaient écouté une chanson de Serge Reggiani, sa voix plaintive, *« C'est moi c'est l'Italien / Est-ce qu'il y a quelqu'un / Est-ce qu'il y a quelqu'une »*, le chanteur préféré de leur père, celui qu'il écoutait parfois dans sa soûlographie, effondré dans un fauteuil, les larmes aux yeux, les congédiant d'un geste vague de la main quand ils venaient le chercher pour passer à table. Fabien avait éteint le poste à la fin de la chanson et pendant un moment il n'y avait eu rien d'autre que la nuit noyée de pluie et le grondement du moteur rythmé par le glissement sourd des essuie-glaces.

Jessica a reposé son menu puis elle s'est levée brusquement.

– Faut que je téléphone. Je prendrai un tartare frites et un coca.

Elle a filé vers la sortie tête baissée, déjà en train de manipuler son téléphone. Franck l'a aperçue sur le trottoir, de dos, l'appareil collé à l'oreille. Elle a allumé une cigarette puis ses épaules se sont voûtées et elle s'est éloignée de quelques pas pour parler. Franck s'est remis à parcourir la carte sans parvenir à se décider. Il avait faim, et tout lui faisait envie. Coquillages et crustacés. Poissons.

Une serveuse s'est approchée et il a commandé le tartare de Jessica et pour lui des gambas à *la plancha* et des moules et du vin blanc en carafe parce que les bouteilles lui semblaient trop chères.

– Il est bon, le vin en carafe ?

La fille a haussé les épaules. C'était une jolie brune avec des yeux gris. Elle portait un tablier de toile noir par-dessus un pantalon rouge. Elle souriait d'un air bienveillant.

– Je ne peux pas vous dire, je ne bois pas de vin. En tout cas, on n'a pas eu de plainte.

– Alors, si personne n'est mort, ça devrait aller. Ah oui… Et puis un coca pour ma copine.

– Un coca, a fait la jolie brune en griffonnant sur son carnet. C'est parti.

La salle bourdonnait autour de lui. Il a regardé encore tous ces gens qui avaient l'air heureux d'être là. À une table, de l'autre côté de l'allée étroite où circulaient les serveuses, un petit garçon traquait gravement un bigorneau au fond de sa coquille pendant qu'autour de lui les quatre adultes présents parlaient fort et mangeaient des huîtres. Quand il a eu capturé la chose, il l'a examinée de près en grimaçant puis l'a déposée au bord de son assiette. Il a fait la même chose deux fois encore jusqu'au moment où l'homme assis à sa droite lui a demandé s'il n'aimait pas ça. Le gamin a secoué la tête, les mains entre les cuisses, le nez au ras de la table. Tiens, regarde, a dit l'homme, et il a piqué de sa fourchette le morceau de chair brune et l'a gobé en roulant de gros yeux. C'est vachement bon, tu devrais goûter.

La serveuse est venue apporter une carafe de vin blanc ruisselante de buée. Franck l'a empoignée et a laissé sa main quelques secondes posée sur la froidure du verre puis il s'est servi. La première gorgée lui a fait venir les larmes aux yeux tant elle était bonne. Il a vidé son verre goulûment, comme si c'était de l'eau. Il s'est aperçu qu'il avait chaud. La sueur mouillait sa chemise au bas de son dos. Il avait la tête lourde, comme s'il avait été ivre. La rumeur du restaurant, les éclats de voix qui lui parvenaient, les bribes de conversations qu'il entendait pesaient sur lui et il se sentait écrasé par toutes ces présences, par cette agitation, ce manège chaotique.

Il s'est servi encore du vin, en a bu un peu, puis s'est retourné pour savoir ce que faisait Jessica. Il n'a vu que les passants sur le trottoir, des gens debout devant le panneau où était affichée la carte. La serveuse a posé devant lui une demi-douzaine de gambas et un grand verre de coca. En face de lui, la chaise vide le gênait. Il s'est trouvé minable d'être assis seul dans cette salle pleine et bruyante.

Quand il s'est levé, la serveuse plus loin l'a regardé d'un air surpris.

– C'est par là, elle a dit en lui montrant la porte des toilettes.

– Non, je vais la chercher et je reviens tout de suite.

La fille a hoché la tête, lui a tourné le dos, les bras encombrés d'assiettes et de plats, puis elle a enfoncé la porte battante des cuisines.

Dehors, la nuit était venue, et du jour ne subsistait plus qu'une pâleur bleuâtre au bout de la rue, vers l'océan. Il a vu Jessica aussitôt, à une vingtaine de mètres de là, assise au bord du trottoir devant un magasin de vêtements. Jambes repliées, la tête posée sur ses bras croisés. Dans sa main droite elle tenait son téléphone. Quand il lui a demandé si ça allait, elle n'a pas réagi. Il s'est accroupi et lui a caressé la tête, mais d'un mouvement doux elle s'est dérobée. Les gens passaient près d'eux, indifférents. Franck voyait leurs jambes, entendait leurs pas traînants, le claquement de leurs semelles sous leurs pieds nus. Il a pensé qu'ils étaient là tous les deux comme des chiens, si bas tombés, parce qu'il ne savait pas quoi faire, perdu dans cette forêt mouvante. Il gardait sa main au-dessus des cheveux de Jessica sans oser les toucher. Il avait envie de fuir. De la laisser là avec ses sautes d'humeur. Puis elle a levé vers lui ses yeux clairs pleins de larmes et il a passé son bras sur ses épaules sans chercher à l'attirer contre lui, en s'efforçant de ne pas peser sur elle.

– Qu'est-ce qui se passe ?

Elle a essuyé ses joues du revers de sa main. Sa poitrine se soulevait encore de quelques sanglots.

– Rien. C'est mes affaires…

– C'est si grave ?

– Non… C'est rien.

Elle regardait autour d'elle les gens déambuler, les lumières de la rue d'un air effaré comme si elle venait de se réveiller sur ce trottoir. Elle s'est levée, presque vacillante. Elle a jeté un coup d'œil à son téléphone puis a suivi Franck vers le restaurant. Elle a semblé hésiter sur le seuil, puis s'est dirigée vers leur table. La serveuse les a regardés passer et elle a souri à Franck.

– Qu'est-ce qu'elle a à nous mater cette pute ?

– Laisse. Elle se demandait ce qu'on foutait, elle savait pas si elle devait nous servir. Elle est sympa.

Dès qu'elle a été assise, Jessica a vidé la moitié de son verre de soda. Elle a posé son téléphone près d'elle et l'a encore consulté.

– Y a un souci avec Rachel ?

– Quoi Rachel ? De quoi tu me parles ?

– Non, j'ai cru que…

– T'as cru quoi ? Laisse-la où elle est, Rachel. Rien à voir. Ce sont mes affaires, je t'ai dit. Alors arrête avec ça.

La serveuse est venue apporter le tartare et les frites. Jessica lui a adressé un regard hostile et la fille a tourné les talons en s'essuyant les mains à son tablier.

– Bon appétit, a dit Franck.

Jessica n'a rien répondu. Elle a jeté autour d'elle un coup d'œil circulaire puis s'est occupée de son steak tartare. Tout en décortiquant ses crevettes, Franck la regardait faire, tout absorbée par sa petite tambouille, picorant de temps en temps une frite. Il ne voyait que ses longs cils baissés, ses lèvres serrées. Ses gestes rapides, précis.

Pas une seule fois elle ne l'a regardé, pendant tout le repas. Sans un mot. Elle a observé les tables alentour, elle a dévisagé la moitié des dîneurs, jusqu'à devoir baisser les yeux ou les détourner dès que quelqu'un s'apercevait de son insistance. Elle a même souri aux éclats de rire qui secouaient une table, un peu plus loin. Elle a consulté trente fois son téléphone, elle a examiné de près quelques frites qu'elle s'apprêtait à manger.

Elle aurait pu être seule, ou face à un mur.

Franck s'est demandé s'il existait encore. Ou si le vin blanc ne l'avait pas rendu invisible. Il a songé à se lever et sortir, pour voir si elle s'en rendrait compte. Il a eu envie de lui écraser la figure dans son assiette. Il la regardait et essayait de trouver en elle la moindre trace de charme. Il savait tout de son corps, de sa perfection, de ses replis intimes. Il se rappelait ce qu'ils avaient fait, avec rage, il se rappelait leur plaisir dément, proche de la perdition. Mais il se demandait à présent pourquoi il avait tellement eu envie de recommencer parce qu'en face de lui se tenait une créature impossible, presque irréelle, peut-être inimaginable. Un être artificiel. Une de ces femelles robots qu'il avait vues dans des films, qui essayaient d'avoir le Terminator et son protégé. Peut-être cet après-midi de corps-à-corps n'existait-il que dans son imagination. Une hallucination d'un réalisme effrayant.

Il s'est occupé à ces pensées confuses et n'a rien dit ni rien fait, juste pour savoir jusqu'où elle était capable d'aller, si jamais elle faisait exprès de jouer ce jeu. À un moment, elle a hélé la serveuse parce qu'elle voulait un dessert. Elle a commandé des profiteroles et Franck a repris une carafe de vin.

Jessica s'est jetée sur les gâteaux, sans un mot. Elle se salissait de chocolat le pourtour de la bouche sans s'essuyer au fur et à mesure, comme une gamine. Une fois qu'elle a eu terminé, elle s'est replongée dans la consultation de son téléphone et a tapé quelques SMS. Quand il n'a plus été capable d'avaler une goutte de vin, Franck s'est levé et s'est approché du comptoir pour payer. Au deuxième pas qu'il a fait, il a senti tout le poids de son corps tomber dans le bas de ses jambes, transformer ses tennis en chaussures de plomb. Une blonde à la peau cuivrée, de larges anneaux dorés accrochés aux oreilles, trônait derrière une caisse enregistreuse. Elle a demandé à Franck si ça lui avait plu et il a répondu que oui, que c'était très bon. Il sentait dans son estomac macérer une soupe acide, et sous son crâne monter la migraine. Il lui semblait qu'il faisait plus sombre soudain, malgré les plafonniers qui éclairaient crûment le bar.

– C'est toi qui invites ?

Jessica avait posé son menton sur son épaule et collait son ventre contre ses fesses.

La blonde leur a souhaité bonne soirée en refermant son tiroir-caisse et Franck a marché vers la sortie sans se soucier de Jessica. Il était près de onze heures et les passants dans la rue étaient moins nombreux. Franck s'est dirigé vers la plage. Il ne savait pas s'il devait aller se jeter à l'eau et se laisser tomber dans les vagues pour se laver de cette moiteur, de cette transpiration malsaine qu'il avait sécrétée toute la soirée, ou bien prendre la voiture et rouler toutes vitres baissées dans la nuit sur des routes désertes au milieu de nulle part en abandonnant derrière lui cette fille qui lui faisait peur, imprévisible, insondable, vénéneuse. Il l'entendait marcher derrière lui et il réfléchissait à toutes ces idées qui lui venaient, il pensait à certaines plantes carnivores et à leurs stratégies pour piéger leurs proies, il avait vu ça un soir en taule à la télé, et il se rappelait ce type, Hamid, qui devant une fleur longue et profonde comme une flûte à champagne avait dit qu'il valait mieux ne pas y fourrer sa bite et ils avaient ri, les trois qu'ils étaient là dans la cellule, ri comme jamais ça ne leur arrivait.

– Où tu vas ?

– Me baigner.

– Maintenant ?

Il s'est dirigé vers le passage menant à la plage. L'estomac lourd, il respirait par la bouche, la migraine cognant derrière ses yeux. Jessica l'a rattrapé et a pris son bras et s'est laissé traîner un peu, paresseuse, en disant qu'elle avait froid. Il n'a rien fait pour la retenir contre lui mais elle s'accrochait en trébuchant parfois dans le sable. Ils ont quitté les lumières du parking pour s'enfoncer dans l'ombre. Des couples, des groupes d'adolescents allaient ou revenaient et leurs paroles et leurs rires étaient étouffés par la dune mais d'un coup le murmure de l'océan a couvert toutes les voix des promeneurs pour les mêler en une rumeur anecdotique et Franck a pressé le pas et a marché vers l'eau, puis a couru. Sous la lune il voyait la houle monter lentement en un rouleau clair puis s'effondrer dans un éclat tranquille. Pendant un court instant il lui a semblé que son malaise se dissipait, mais son estomac s'est contracté comme sous un coup de poing et Franck s'est cassé en deux et a vomi. Il est tombé à genoux et a continué à vomir. À la manière des chiens. Le ventre creusé par la crampe, le dos bombé par l'effort.

– Ça va ?

Ta gueule. Je finis mon château de sable et je me relève. Il a préféré ne rien répondre. Elle était au-dessus de lui.

– Tiens.

Elle lui tendait un mouchoir en papier. Il a repoussé sa main. Il pleurait. À cause de ce goût de cadavre collé au fond de sa gorge. À cause de l'acidité qui lui brûlait l'œsophage. Il a aperçu la ligne d'écume à deux mètres de lui et il s'est mis debout, il a marché et a ôté ses chaussures et s'est rincé la gueule à l'eau de mer, il crachait, il se gargarisait, écœuré par le sel il laissait venir avec quelques derniers spasmes des rots sonores et il toussait avec une sorte de râle de colère et de dégoût.

Enfin, il a pu se redresser et regarder l'étendue luisante et noire devant lui, cette colossale tranquillité qui lui soufflait à la figure le vent de la nuit. Jessica lui a posé une main sur l'épaule. Il l'a ignorée et a remonté la plage vers la dune. Ses jambes étaient lourdes et ses pas, dans le sable mou, hésitants. Il entendait Jessica peiner derrière lui.

– Tu m'en veux ?

Quand ils sont parvenus sous la lumière des lampadaires, Franck s'est arrêté et l'a regardée s'approcher. La peau luisante de ses épaules. Le décolleté de son débardeur, la rondeur de ses seins nus dessous. Elle s'est serrée contre lui, ses mains autour de sa taille.

– J'étais pas bien. J'ai appris une mauvaise nouvelle.

Elle collait son bassin contre le sien, la figure dans son cou. Franck s'est dégagé.

– C'est pour ça que tu m'as traité comme une merde pendant tout ce temps ? Comme si j'existais pas ?

– Excuse-moi. Des fois, je suis trop triste et je sais plus où je suis.

Elle se frottait maintenant à lui et lui il durcissait et il appuyait sur son cul du plat des mains. Il a voulu l'entraîner vers la plage mais elle a résisté.

– Non. Pas maintenant. Après, on aura tout le temps. Et puis on va se foutre du sable partout.

Elle a dit ça en le touchant à travers la toile de son pantalon, avec un regard qui se voulait provocant. Il aurait aimé la baiser là, tout de suite, mais il ne se sentait plus assez de force pour essayer de l'entraîner, encore moins de commencer à discuter. À bien y réfléchir, il ne se sentait pas la force de grand-chose. Force ou volonté, d'ailleurs, il ne savait pas bien quel mot convenait le mieux.

– On va danser. Je vais te présenter des copains, tu vas voir.

Elle l'a pris par la main. Elle marchait devant lui d'un pas léger. Il avait dîné en face d'une autre femme. Il avait vomi ce repas et voilà qu'une créature différente apparaissait. Il ne savait pas que penser d'un changement aussi rapide, il n'avait d'ailleurs pas vraiment envie d'y réfléchir. Ce dont il avait envie, c'était dormir. Quand ils ont approché de la voiture, il a failli dire à Jessica d'aller toute seule jusqu'à la boîte, de s'y amuser avec ses copains. Il l'attendrait dans la voiture le temps qu'il faudrait. Il se voyait déjà installé sur la banquette arrière, replié en chien de fusil, les vitres entrouvertes pour laisser entrer la fraîcheur, sa chemise calée sous la tête. Dormir.

Jessica a dû lui répondre qu'ils ne resteraient pas longtemps, qu'elle avait promis. Il ne savait plus trop. L'ivresse revenait brouiller ses idées et cogner dans son crâne. Il l'a rattrapée et l'a prise doucement par l'épaule juste pour toucher sa peau à cet endroit, arrondi et tendu qui luisait à la lueur des lampadaires. Il a laissé glisser sa main jusqu'à un sein qu'il s'est contenté d'effleurer d'un doigt ou de la paume. Elle l'a laissé faire un moment puis s'est dégagée quand ils sont arrivés près de la boîte.

Une trentaine de personnes attendaient sagement devant l'entrée. Les videurs dominaient la situation, postés en haut d'une volée de trois ou quatre marches. L'un d'eux, un géant noir, parlait dans son micro-casque en regardant le bout de la rue sans se soucier des gens qui patientaient à ses pieds. Franck a supposé que c'était un boxeur à cause de son nez cassé. Un poids lourd par son gabarit, ses longs bras noueux, sa façon de bouger ses épaules, larges et souples.

– C'est bon, y a Cyrille, a dit Jessica.

Elle montrait l'autre videur, plus petit, plus mince que le boxeur, qui observait la petite foule d'un air méfiant, ou hostile. Cheveux noirs tirés en arrière, retenus par un catogan. Moustache et bouc strictement taillés. Pour l'instant, il se tenait immobile, les mains jointes devant le bas-ventre, comme engoncé dans son veston gris clair, à la façon des flics de la protection rapprochée, les lunettes noires en moins. Jessica s'est hissée sur la pointe des pieds et lui a fait un signe de la main en appelant : « Cyrille ! » Le type l'a dévisagée avec indifférence puis a détourné le regard, croisant au passage celui de Franck, qui a baissé les yeux.

– Tu le connais ?

– Je connais du monde, ici, qu'est-ce que tu crois ? Pourquoi tu demandes ça ?

Les gens devant eux se sont mis à avancer. Les deux videurs inspectaient rapidement les sacs, toisaient sans rien dire filles et garçons. Ils gardaient un visage impénétrable, s'exprimant par gestes ou par monosyllabes. Quand Jessica s'est trouvée devant celui qu'elle disait connaître, elle lui a demandé si un certain Pascal était déjà là. L'homme a répondu sans la regarder, la poussant vers l'entrée, faisant signe déjà d'avancer à ceux qui venaient derrière.

– Quel Pascal ? J'en connais plein des Pascal.

– Schwarzie.

– Oui, il est là.

Franck a payé les entrées puis Jessica l'a poussé en avant avec de petits cris impatients. Aussitôt, le son l'a percuté au creux du ventre comme si un type profitait de l'obscurité pour lui marteler le plexus à coups de poing. Il n'y avait pas grand monde. On distinguait quelques groupes assis sur des banquettes de skaï autour de tables basses, une douzaine de silhouettes sur la piste, fracassées par les éclairs stroboscopiques et les boules miroirs. Jessica s'est avancée près du bar avec l'assurance d'une habituée et elle a commencé à scruter les ténèbres intermittentes pour y apercevoir ceux qu'elle cherchait. Derrière le comptoir, deux jolies filles arborant des tee-shirts moulants rouges aux armes de la boîte dansaient mollement en essuyant des verres, pendant qu'un grand jeune homme blond faisait rouler un shaker sur les muscles rebondis de ses bras.

Franck était allé quelquefois dans des boîtes de nuit, mais le plus souvent il en était ressorti trop saoul pour se souvenir vraiment d'ambiances ou de sensations. Ils y allaient avec Fabien pour trouver des filles, passant une partie de la nuit à mater et frotter, à baratiner les moins farouches en hurlant parmi le vacarme de la sono, et parvenaient parfois à entraîner sur le parking ou dans une voiture des paumées aussi alcoolisées qu'eux et se précipitaient dans des étreintes bâclées, dont ils forçaient la conclusion, pour un plaisir furtif et animal, abrutis par l'ivresse.

Il a commandé au bar un cocktail sans alcool parce que son estomac brassait encore une acidité instable qui venait parfois lui brûler l'œsophage. La fille qui l'a servi lui a largement souri. Ses seins libres bougeaient sous son tee-shirt. Elle avait de jolies dents, de grands yeux bleus et doux. La regarder lui faisait du bien. Comme un siège était libre, il s'est installé et a commencé à boire en portant un toast discret à la fille, qui lui a répondu avec un clin d'œil et un éclat de rire muet, écrasé par le bruit. Il a siroté son cocktail. Frais, sucré. Il sentait son ébriété se dissiper. Il aurait aimé du silence, ou bien seulement le bruit de la mer, un peu de vent. Une obscurité paisible.

– Tu restes là ?

Jessica s'était accoudée près de lui sans qu'il la voie parce qu'il était tourné vers les deux serveuses qui papotaient en préparant des verres, en rangeant des bouteilles dans les glacières.

– Ils sont là-bas, dans le fond.

Elle lui a montré un coin situé à droite de la petite scène équipée de barres chromées. Il y avait deux hommes et une femme. Malgré la pénombre Franck pouvait voir que l'un d'eux était une sorte de colosse bodybuildé, serré dans son tee-shirt noir d'où sortaient de longs bras épais bosselés de muscles. Jessica a semblé hésiter un instant, puis elle a traversé à grands pas la piste de danse en balançant son petit sac à main avec détermination. Franck a pris son verre et l'a suivie. En quittant le comptoir, il a adressé un petit salut à la barmaid qui ne lui a prêté aucune attention. Le colosse s'est levé en apercevant Jessica et lui a tendu les bras et l'a enlacée avec effusion, l'embrassant dans le cou, dans les cheveux, sur les yeux et la bouche et elle lui rendait ses baisers en se blottissant contre lui.

Puis elle a fait les présentations : Pascal, dit Schwarzie, Franck, le frère de Fabien.

Pascal a serré la main de Franck avec empressement en lui demandant comment il allait. L'autre homme était resté assis et observait la scène d'un air amusé, ou narquois. Il avait des cheveux très courts, blonds ou gris, et il était difficile de lui donner un âge. La quarantaine, peut-être, ou beaucoup moins. Une fille assez jeune, très brune aux lèvres épaisses, écarlates, était appuyée contre lui, une main sur sa cuisse. Il buvait à la paille un mojito et s'est contenté de saluer Franck d'un signe de tête. Jessica s'est penchée vers lui pour l'embrasser et quand elle s'est redressée il a posé ses yeux clairs sur Franck.

– Et lui, c'est Franck, comme je disais tout à l'heure. Le frère de Fabien. Je t'en ai parlé.

L'homme s'est levé et lui a serré la main par-dessus la table.

– T'es sorti quand ?

– Y a une dizaine de jours.

– Ça s'arrose. Moi, c'est Ivan.

Il a fait signe aux filles derrière le bar. Celle qui avait servi Franck est venue. Toujours souriante. Franck se demandait comment on pouvait sourire de cette façon, si franche, si fraîche.

– Apporte-nous du champ', on a un truc à arroser. Et bien frais, hein…

Ils se sont assis. Franck a regardé la salle qui commençait à se remplir. Le DJ encourageait les gens à venir danser, à taper dans leurs mains, à lever le poing et la foule lui obéissait, cependant que des rampes de projecteurs pivotaient et semblaient projeter les corps au plafond ou contre les murs quand ce n'étaient que leurs ombres. Deux filles sont venues chalouper sur le plateau où les platines étaient installées. Franck ne savait pas si c'étaient des clientes ou des employées chargées de chauffer la salle. Elles étaient vêtues de minishorts et de bustiers laissant voir leur nombril et elles se déhanchaient sous les encouragements du DJ et les cris de la foule.

– Elles dansent bien, non ?

Franck s'est tourné vers la fille brune qui jusque-là n'avait rien dit. Son visage était tout près du sien et ses lèvres charnues brillaient sous les spots d'un bizarre éclat bleuté. Elle sentait le chèvrefeuille. Elle avait une voix aiguë aux intonations un peu niaises. Franck s'est demandé quel âge elle pouvait avoir.

Peut-être quinze ou seize, vieillie par le maquillage et ses rondeurs.

– Comment tu t'appelles ?

– Farida.

– T'as l'habitude de venir ici ?

– Non. C'est le Serbe qui m'a amenée. C'est un mec génial.

– Le Serbe ?

– Oui, Ivan. C'est comme ça qu'on l'appelle. Le Serbe.

La serveuse est venue apporter le champagne. Ivan lui a tendu deux billets de cinquante et lui a dit que ça allait comme ça, qu'il allait ouvrir lui-même la bouteille.

Ils ont trinqué. À la libération de Franck, à son retour parmi les vivants, en émettant des vœux de bonheur et de réussite. Pendant un moment ils ont échangé des banalités sur la prison, la liberté, quelques bonnes choses de la vie comme le champagne, un joint chargé à bloc, une ligne de coke, une bonne partie de baise.

– C'est mieux que la mère Paluche, a dit Pascal, geste à l'appui.

Chacun a approuvé en riant. Les regards se sont mis à briller un peu plus sous l'éclairage intermittent et violent comme des rafales de mitrailleuse. Franck observait Jessica, qui se laissait parfois tomber sur Pascal dès qu'elle éclatait de rire. Pendant une ou deux secondes, il a douté de cette réalité. Il lui a semblé qu'il allait se réveiller dans la cellule, parmi les ronflements des deux autres, la lueur du chemin de ronde bleuissant à la lucarne. Il essayait de se rappeler chacun des jours écoulés depuis qu'il était sorti mais il n'en retenait que la chaleur, la lumière, un sentiment d'oppression, de souffle court. Un éblouissement presque douloureux.

Plus personne ne parlait. Chacun sirotait son champagne en regardant les gens s'agiter sur la piste. Franck regardait ces étrangers et se demandait ce qui l'empêchait de les plaquer là et de sortir, et d'aller faire un tour sur la plage, mais il se sentait faible et lourd, enfoncé dans cette banquette trop molle. Parfois, il surprenait le regard du Serbe posé sur lui, curieux, peut-être méfiant. Puis Jessica s'est levée d'un bond et a exhorté les autres à venir danser. Elle leur tendait la main et les tirait un par un pour les aider à se mettre debout. Franck s'est levé le dernier et la migraine a explosé sous son crâne et l'a obligé à se rasseoir, ébloui, groggy. Comme Farida s'inquiétait de lui, il a fait signe que tout allait bien. Il a bu une gorgée de champagne, déjà tiède, en voyant les autres s'éloigner dans un chaos tour à tour aveuglant ou obscur. Deux filles sont venues s'asseoir à côté de lui, essouflées, un verre à la main. L'une d'elles a tourné vers lui sa face ronde, essoufflée, stupéfaite, des perles de transpiration brillant au-dessus de sa lèvre supérieure. Il s'est laissé aller contre le dossier et a fermé les yeux. Il entendait les deux filles rire bruyamment. Il s'est demandé si c'était de lui puis a décidé qu'il s'en foutait.

Quand Franck a rouvert les yeux, les filles n'étaient plus là. À leur place un type dormait sur la banquette, renversé en arrière, bouche ouverte, un verre à demi plein devant lui. Franck a regardé l'heure à sa montre. Il était plus d'une heure du matin. Il a fait jouer les articulations de ses épaules, de sa nuque, pour en chasser la raideur qui les bloquait. Il avait l'impression de porter sur la tête un casque de vingt kilos à travers lequel les basses et les aigus lui parvenaient en une purée assourdie. Il s'est levé. Le type qui dormait s'est redressé brusquement, les yeux écarquillés, puis s'est abattu d'un bloc à l'endroit où Franck avait été assis.

Il a fait quelques pas vers la foule en train de danser. De l'endroit où il se tenait, il voyait un troupeau de têtes qui remuaient en tous sens, bombardées d'éclairs blancs et de flashes de couleurs comme si la violence du son les percutait pour les faire rebondir les unes contre les autres. Des visages apparaissaient, hilares ou grimaçant des sourires, ou bien graves et fermés, les yeux clos. Des bras levés. Des poings brandis en cadence. Il cherchait Jessica, croyait l'apercevoir dans un éclat de lumière puis la perdait et retrouvait un visage inconnu. Il ne voyait pas non plus les deux types, Pascal et Ivan, se demandant s'il les reconnaîtrait, d'ailleurs. Il a fait le tour de la salle, a longé le bar où s'accrochait une grappe de gens qui gueulaient leurs commandes à l'oreille des serveuses. Deux barmen s'activaient à préparer des cocktails qu'ils versaient dans de grands verres à moitié remplis de glaçons.

Au bout du comptoir, il a aperçu Farida, baratinée par un jeune type aux tempes rasées, coiffé comme un footballeur, une mèche de cheveux décolorés lui tombant sur l'oreille.

Quand il s'est approché, Farida a d'abord feint de ne pas le voir, puis lui a souri d'un air gêné.

– T'as pas vu Jessica ?

La fille a tordu la bouche puis a secoué négativement la tête.

– T'es sûre ?

Le type à qui il tournait le dos l'a attrapé par le bras.

– Oh, elle t'a dit non, alors maintenant tu dégages.

Il n'a rien vu venir quand Franck l'a saisi par la gorge, son pouce et l'index serrant sa pomme d'Adam. Le type essayait de peser sur son bras mais il suffoquait déjà, le visage gonflé, les yeux exorbités. Son sang battait sous les doigts de Franck qui sentait les muscles et les tendons trembler et durcir.

– Bouge plus. Dans trente secondes, tu vas t'évanouir. Et si t'insistes, je t'écrase la gorge. Tu comprends, ou je te montre tout de suite ?

Il lui parlait dans le visage. Autour d'eux, les gens continuaient à crier et rire et chahuter et se prendre en photo avec leurs téléphones, et pas un ne voyait le jeune homme agiter sa mèche décolorée pour se défaire de l'étranglement.

– C'est bon, il a râlé. Arrête.

Franck l'a lâché et il a reculé d'un pas, heurtant une fille derrière lui, et il a commencé à tousser en se tenant la gorge, courbé en deux, reprenant son souffle avec des efforts grinçants.

Farida n'avait pas bougé de sa place, un verre de gin tonic à la main. Elle regardait le type se débattre contre la suffocation en suçotant une paille.

– Ils sont sortis tous les trois y a dix minutes. Ils m'ont dit de les attendre ici.

Franck s'est arraché de là comme d'un roncier. Il s'est retrouvé au milieu de la rue, engourdi sous une cloche bourdonnante et chaude. Quelques fumeurs traînaient çà et là, causant à voix basse avec des rires étouffés. Un peu plus loin, deux hommes débraillés, titubants, essayaient d'entraîner avec eux un troisième larron qui trébuchait et beuglait qu'il allait trépaner ce fils de pute avant d'enculer sa salope de mère et tous ses morts. Ils se sont éloignés, ils ont tourné au coin de la rue, mais la nuit a résonné longtemps des vociférations de l'ivrogne et des cris des deux autres qui lui gueulaient de se calmer.

Franck est revenu vers les deux videurs en train d'inspecter les sacs à main de deux filles.

– Vous avez vu Jessica sortir ?

Le plus petit des deux, catogan et bouc, n'a pas levé la tête pour lui répondre.

– Quoi Jessica ? De qui vous parlez ?

– La copine de Pascal. Elle vous a parlé tout à l'heure.

– Ah oui. Par là-bas. Elle avait pas l'air très bien.

Il a montré le fond de la rue. Au moment où Franck lui tournait le dos, il a ajouté :

– Laisse tomber. T'es pas de taille.

– Laisse tomber quoi ? Qu'est-ce que tu dis ?

– Rien. Et maintenant, dégage, on a du boulot.

Comme Franck revenait vers lui, le géant noir s'est interposé.

– Ça va, monsieur. Laissez-nous faire notre travail. Allez…

Voix posée. Une main en avant, large comme un panneau de sens interdit. Pas de contact. Cet homme savait y faire, en toutes circonstances. Franck a levé les yeux vers son visage étrangement bienveillant, rassurant comme un dernier avertissement.

En redescendant la volée de trois marches il commençait à imaginer ce qui était en train de se passer. Il a songé à revenir vers sa voiture pour aller y prendre une manivelle. Défoncer le crâne d'un de ces deux types. Le tuer, peut-être. Sans doute. Et après ?

Il s'est lancé dans la direction qu'avait indiquée le videur au catogan, des frissons sur tout le corps dans l'air frais. Il s'est arrêté au premier croisement, a tendu l'oreille dans le silence qui rampait le long des trottoirs. Une portière a claqué, un peu plus loin, sur sa droite. Une voix d'homme. Un rire bref. Il a couru et la migraine est revenue le cogner au front alors il s'est jeté en avant parce que percuter un bloc de béton ne lui aurait pas causé davantage de douleur.

C'était un crossover BMW, portière chauffeur ouverte, un homme penché à l'intérieur. Franck a vu la silhouette se redresser au moment où il arrivait à la hauteur du coffre. C'était Pascal. Le pistolet presque insignifiant au bout de son gros bras noueux. Le coup a percuté Franck sur l'oreille et il a crié en s'abattant à plat ventre. Le canon s'est logé entre ses omoplates et il n'a plus osé respirer vraiment, malgré son essoufflement.

– Reste tranquille. Si je tire, tu crèves, ou tu restes paralysé du cou jusqu'aux pieds. Je préfère pas. Toute cette merde ça te regarde pas alors reste à l'écart. Compris ?

Franck a essayé de dire oui. Il a gémi sa réponse en bougeant la tête.

– Écarte les bras en croix. Et bouge plus.

Il a senti le froid tomber sur lui et le coller au sol, et il s'est mis à pisser sans pouvoir retenir la tiédeur honteuse qui coulait entre ses jambes.

– D'accord, a dit l'autre avec un ricanement.

Il entendait à peine les voix résonner au-dessus de lui. Ils parlaient calmement, presque à voix basse. T'as fini ? Et lui ? On verra après. Portières claquées. La voiture s'est éloignée dans un ronronnement sourd. Puis le silence. Tellement profond. Il aurait pu être dans un gouffre, un puits de mine abandonné. Mort sous la terre. La douleur lui tordait le pavillon de l'oreille. Il y a porté sa main puis l'a retirée vivement tant ça lui faisait mal, surpris de ne distinguer sur ses doigts aucune trace de sang. Il s'est mis à quatre pattes, il lui semblait pouvoir de nouveau respirer alors il s'est levé et a fait quelques pas au milieu de la rue et il a entendu bouger puis gémir dans un passage étroit entre deux maisons.

Il n'a pas compris tout de suite ce qu'il voyait. Il s'est approché et a distingué Jessica à plat ventre, nue depuis la taille, son pantalon jeté en boule près d'elle.

– C'est moi, Franck.

Il allait lui demander ce qui s'était passé, il a failli lui demander comment elle allait.

– Tu peux te retourner ? Assois-toi.

Elle s'est mise sur le côté, appuyée sur un coude. Pommette droite enflée, lèvre inférieure fendue. Un peu de sang sur le menton.

– T'as mal ?

Elle a fait signe que non. Elle respirait fort, reniflait, s'essuyait le nez du revers de la main. Il a pris son pantalon, le lui a tendu. Elle a regardé autour d'elle dans l'obscurité, puis s'est appuyée sur son bras pour s'asseoir. Elle a passé ses pieds dans les jambes du pantalon, avec effort, en soufflant. Il l'a aidée à se mettre debout. Elle chancelait, son pantalon sur les chevilles. Franck gardait autour d'elle ses bras ouverts en garde-fou, sans oser la toucher, puis il s'est accroupi et a commencé à remonter le pantalon sur les genoux puis les cuisses. C'est à ce moment qu'il vu le sang. Le visage à quelques centimètres de son ventre, il lui semblait sentir l'odeur de ce sang et du foutre qu'ils y avaient lâché. Il a serré les dents et s'est redressé pour finir de l'ajuster mais elle a pris avec brusquerie le pantalon par la ceinture et a fini de l'enfiler et l'a boutonné. Comme elle restait immobile, les yeux baissés, il lui a demandé si ça allait.

– Mon sac. Où il est ?

Franck a allumé son téléphone et éclairé et fouillé le passage où ils se trouvaient. Le petit sac blanc avait été jeté au pied d'un mur de briques qui empêchait d'aller plus loin. Le slip de Jessica était tombé juste à côté.

– Tiens.

Il lui a tendu le sac.

– Tu veux ça aussi ?

Il montrait le slip, sans oser le toucher. Elle a secoué la tête et a rejoint le trottoir. Elle a regardé la rue à droite puis à gauche, s'est retournée vers Franck.

– Par ici. Pas la peine de repasser devant la boîte.

Ils ont marché lentement, sans rien dire. De temps en temps l'un ou l'autre soupirait bruyamment. À présent, Franck sentait sur ses cuisses l'humidité froide et il lui semblait que son pantalon le serrait davantage, tendu sur sa peau comme sa honte. Jessica l'a pris par le bras. Elle pleurait, et à chaque sanglot elle crispait ses doigts et agrippait le tissu de sa chemise.

Sur le front de mer, ils ont rejoint la voiture et sont restés un moment dans l'air frais que soufflait l'océan. Ils tournaient le dos à la ville, regardant devant eux la clarté froide de la lune. Jessica ne pleurait plus et elle se tenait raide, le dos cambré. Franck a pris dans sa poche son paquet de cigarettes mais il était humide alors il l'a froissé et jeté loin de lui avec dégoût.

– Je pue. Je me suis pissé dessus quand l'autre enculé m'a braqué. T'as mal ?

– Un peu. Sauf que c'est moi, l'enculée.

Il allait lui demander pourquoi elle disait ça. Puis il a tressailli en comprenant. Il s'est senti stupide et lourd, comme souvent. Piteux et misérable. Il a cherché quelque chose à dire mais Jessica s'est approchée de la voiture.

– Bon. On y va ?

Sa voix disait presque avec douceur tout son épuisement. Pendant qu'il manœuvrait en marche arrière, elle a posé la main sur son bras.

– Pas un mot aux Vieux. C'est mon affaire, tu fermes ta gueule.

Ils ont roulé dans le silence, la nuit autour d'eux, les pins dressés dans la lueur des phares comme une multitude de géants. Franck a ouvert sa vitre à un moment pour tâcher de rester éveillé et une odeur âcre d'herbe sèche s'est engouffrée dans l'habitacle en même temps que l'air encore tiède qui montait de la terre brûlée tout le jour. Jessica dormait, écroulée contre la portière, ses mains jointes entre ses jambes. Ils auraient pu se perdre mais un instinct obscur les a ramenés jusqu'à la maison. Sans doute parce que perdus ils l'étaient déjà.

Jessica n'a pas voulu aller dormir dans sa chambre. Elle n'avait pas la force de monter l'escalier, et puis elle craignait de réveiller ses parents et la gosse. Je dors chez toi. Franck l'a presque portée jusqu'à la caravane et l'a laissée s'effondrer sur le lit. Il s'est nettoyé d'un coup de gant mouillé, il s'est changé. Puis il s'est glissé près d'elle et il l'a suivie, au fond du sommeil, dans sa chute.

6

« Je me suis cassé la gueule en dansant. J'étais un peu bourrée. »

Jessica buvait son café en tordant la bouche pour éviter la coupure qui avait fait gonfler sa lèvre pendant la nuit. De l'autre côté de la table, Franck sentait les effluves du parfum dont elle s'était aspergée après sa douche. La mère a hoché la tête. Elle a jeté un regard en coin à Franck qui ne disait rien, s'appliquant à beurrer une tartine puis à la couvrir de confiture.

– Et toi ? T'étais là ?

– J'étais dans le coin mais je dansais pas.

La mère les a regardés tour à tour en se forçant à sourire.

– Et si c'est pas vrai, le menteur n'est pas loin…

– Pourquoi vous dites ça ?

– D'après toi ? Je connais ma fille. Je sais ce qu'elle est capable d'inventer pour se tirer d'un mauvais pas. Mais toi, je te connais pas. Et je sais pas de quoi t'es capable.

Franck allait répondre mais il a croisé le regard de Jessica planté dans le sien, qui lui interdisait de parler.

– Je suis tombée, je te dis. Arrête de faire chier avec ça.

La mère a plongé le nez dans son bol de café et a bu en grimaçant parce que c'était chaud. Elle a allumé une cigarette et elle a commencé à tousser, reprenant son souffle avec des râles, les larmes aux yeux, se frappant la poitrine du poing, furieuse et suffocante. Franck l'a regardée s'arracher les bronches en se disant que ses quintes de toux seraient bien les seules occasions où il verrait pleurer cette vieille garce. Un jour, peut-être, elle tomberait de sa chaise, jetée au sol par une attaque. Il a pensé encore qu'il ne lèverait pas alors le petit doigt pour lui porter secours. Il a dévisagé la femme en train de reprendre son souffle et a croisé son regard écarquillé par l'effort, posé sur lui comme un reproche.

Rachel est entrée en murmurant un bonjour auquel seul Franck a répondu. Elle portait une petite robe rouge et elle traînait ses pieds dans des espadrilles trop grandes pour elle. Jessica lui a tendu les bras et la fillette est venue contre elle et s'est laissé couvrir de baisers sonores. Bonjour mon cœur, t'as bien dormi ? Elle a fait oui d'un signe de tête puis s'est dégagée en douceur de l'étreinte et a regardé sa mère.

– T'as mal ?

Jessica a porté sa main à sa lèvre fendue.

– Non. C'est rien. Je suis tombée.

– Et à moi tu dis pas bonjour ?

Maryse a posé sa cigarette dans le cendrier et a pris sa petite-fille dans ses bras. Effusions de tendresse. Bruits de lèvres claquées. La gamine a fait sur les joues creuses deux baisers silencieux avant de venir s'asseoir à côté de Franck.

– Tu veux que je te fasse une tartine ?

Elle lui a dit oui, les yeux dans les yeux. Franck cherchait toujours à lire dans ces yeux noirs, en amande, un peu chinois. Démêler ce qu'il y trouvait de tristesse et d'effarement. Une ombre permanente qu'il ne savait nommer. Il a étalé du beurre sur une tranche de pain de mie, il a ajouté de la confiture. Maryse s'est levée avec effort puis est sortie. La petite l'a suivie du regard avec surprise, ou curiosité, et elle a continué de fixer pendant un moment la porte qui bougeait parfois en grinçant, au gré d'un courant d'air.

Jessica lui a servi son lait puis a annoncé qu'elle allait faire un peu de lessive. Elle a caressé les cheveux de sa fille avant de quitter la pièce mais Rachel n'a pas levé les yeux de son bol dans lequel elle remuait son chocolat en faisant tinter à peine la cuillère contre l'émail. Franck observait la petite fille sage dans sa robe rouge. Il aurait aimé lui parler mais il ne savait pas quoi dire ou comment le dire. Depuis longtemps c'était ainsi : les mots ne lui venaient pas et ce qu'il cherchait à dire lui échappait comme une eau ou du sable.

À un moment, elle s'est levée et a attrapé son bol, qu'elle a serré entre ses mains. Elle aimait finir de le boire au soleil, assise sur le seuil de la porte.

– Je peux te demander quelque chose ?

Elle s'est retournée, l'a regardé et a attendu.

– Il était gentil, Fabien ?

– Non, elle a dit d'une voix nette.

Elle a tourné les talons et s'est faufilée avec son bol par la porte entrouverte.

Il a songé à la rattraper pour qu'elle lui en dise davantage mais il savait que c'était peine perdue. Il est sorti de l'autre côté et a rejoint Roland dans le potager. Le Vieux était en train de cueillir des tomates. Il avait arraché des mauvaises herbes.

– Tiens, il a dit. Regarde ça.

Entre deux rangs de haricots verts s'étirait le cadavre d'une énorme couleuvre. Dos noir, flancs jaunes. Peut-être un mètre vingt de long. La tête écrasée, presque séparée du corps. Franck n'a pu empêcher un frisson de lui courir sur l'échine.

– C'est le deuxième cette année. Doit y avoir un nid quelque part.

Franck ne pouvait détacher son regard du serpent. Il lui semblait qu'à tout moment le long cylindre noir pouvait reprendre ses ondulations forcément dangereuses et sournoises.

– T'en as pas peur, non ?

– Non, mais j'aime pas trop ça.

– Personne aime ça. C'est pour ça que je lui ai écrasé la gueule.

Le Vieux a fini de remplir son cageot de tomates. Il soufflait à chaque fois qu'il devait se baisser et a soulevé sa charge en serrant les dents.

– Qu'est-ce qui s'est passé hier soir ?

– Rien. Jessica a glissé en dansant comme une folle et elle s'est mal reçue.

– Elle s'est mal reçue, hein ?

Roland a posé le cageot sur un vieux banc en bois.

– Me raconte pas d'histoires. Elle s'est encore foutue dans les ennuis, comme d'habitude.

Il a ramassé le serpent, le tenant dans son poing comme un bout de corde, puis il s'est approché de Franck.

– Depuis ses quinze ans elle est comme ça. Elle attire les embrouilles comme la merde attire les mouches.

– Pourquoi depuis ses quinze ans ? Et avant ?

– Avant, elle était seulement chiante. Mais gentille. Elle foutait rien à l'école, elle était punie souvent parce qu'elle bavardait et qu'elle était insolente.

Mais intelligente, ça oui. Tous les profs le disaient. Une mémoire d'éléphant, et puis toujours à poser des questions qu'étaient pas de son âge. Ils disaient qu'elle était trop mature. À douze ans, elle était à peu près déjà comme aujourd'hui, formée et tout… Et belle, et avec le feu au cul. Sa mère lui en a mis des branlées pour que ça lui passe. Tu parles… Avec les années ça s'est pas arrangé. Il a fallu aller voir des docteurs, des psys, tous ces fils de putes, avec leurs pilules miracles… Enfin… Pourquoi je me mets à parler de tout ça ? C'est du passé. Enfin, du passé…

Il s'est interrompu, a jeté un coup d'œil méfiant à Franck.

– Bon… Faut que j'aille foutre ça dans les bois. Tu prends les tomates ?

Franck a soulevé le cageot. Le Vieux marchait devant lui, balançant contre sa jambe le serpent mort. Le chien est apparu et il est venu flairer le cadavre et a commencé à le mordiller.

– Tiens, tu le veux ?

Roland a jeté le serpent au loin et le chien a couru et l'a pris dans sa gueule puis l'a secoué comme s'il voulait lui briser le dos, après quoi il s'est couché et a commencé à le dévorer en commençant par la tête, avec des grands claquements de mâchoires. Franck s'est arrêté pour regarder l'animal arracher de longs lambeaux de chair pâle et la mastiquer, ce qui restait du reptile coincé entre les pattes. Chien et serpent. Il n'aurait su approcher sa main de l'un ni de l'autre.

– Il boufferait n'importe quoi, ce chien, a fait le Vieux.

– Ou n'importe qui.

Roland a plissé les yeux pour mieux voir le molosse couché au pied d'un mur.

– Moi, ça va, je le connais et il m'obéit. Mais avec lui j'insiste jamais trop. Essaie de le gratter entre les oreilles. Tous les clébards ils aiment ça mais lui, au bout de cinq secondes, il commence à gronder et à montrer les crocs. J'en voulais pas ici. C'est Maryse qui l'a ramené, un jour. Il était encore jeune, il traînait au bord de la route. Quelqu'un avait dû le balancer d'une voiture. On l'a soigné mais il était pas commode. Ma femme et Jessica ont insisté pour qu'on le garde. Elles en font ce qu'elles veulent, il se laisse faire. Peut-être qu'il est comme moi, qu'il préfère les femmes. Mais bon, je vais pas lui foutre un coup de fusil pour ça.

Il parlait du chien sur le même ton monocorde et résigné qu'à propos de Jessica, comme d'un risque habituel, une calamité dont on s'arrange. Franck s'est remis à marcher vers la maison mais la voix du Vieux l'a arrêté.

– Moi je crois que t'as raison : hier soir, Jessica elle est mal tombée. Comme sur un os, je crois.

Ses yeux brillaient sous le soleil entre ses paupières presque closes.

– Pourquoi vous dites ça ?

Le Vieux s'est esclaffé en silence.

– Vous vous êtes bien trouvés, elle et toi. Vous aimez prendre les gens pour des cons. De sa part, on a l'habitude. Mais toi, je croyais que tu ressemblais à ton frère. Que t'étais un type loyal.

Franck n'avait rien à répondre à ça. Si Jessica avait décidé de mentir à ses parents, ça les regardait eux, tous les trois, emmêlés dans leur sac de nœuds familial.

Roland a ouvert une porte et a laissé entrer Franck dans une sorte de remise aux étagères pleines de bocaux de verre vides, ternis de poussière. Tout un bric-à-brac s'entassait là : des chaises en formica aux pieds rouillés, des placards de cuisine, de vieux outils de jardinage aux lames et aux pointes gainées de toiles d'araignées. Odeur de poussière et de moisi. Franck a posé le cageot sur une étagère.

– Il fut un temps où Maryse faisait des confitures et des conserves. Au début où on s'est installés ici. Elle disait qu'elle avait grandi à la campagne et que ça la connaissait. Tu parles. Deux ans ça a duré. Maintenant, ça pourrit sur pied ou dans des cageots…

Franck a entendu la porte d'entrée claquer et sa vitre vibrer et la voiture de Jessica démarrer en trombe. Le Vieux s'est redressé pour tendre l'oreille, lui aussi, puis il a secoué la tête et soupiré de dépit. Franck est sorti de la remise en éternuant. Il s'est frotté la tête pour en chasser la poussière et les toiles d'araignées qu'il croyait sentir tomber dans son cou. Il avait envie de prendre une douche, encore. Depuis la veille au soir, il se sentait sale et pitoyable. Il se revoyait à plat ventre sur le macadam, il sentait encore contre ses vertèbres la pression du pistolet. Et puis l'urine tiède entre ses jambes et le long de ses cuisses, l'odeur dans la voiture, les vitres baissées sur l'air frais de la nuit, Jessica recroquevillée contre la portière, dormant peut-être. Il a laissé derrière lui le Vieux parmi son bric-à-brac et il s'est dirigé vers la caravane.

Il a traversé le périmètre de feu qui séparait les granges de la maison et c'est à ce moment-là qu'il a vu Rachel traverser l'allée en courant, suivie de près par le chien. Il a eu le temps d'apercevoir son épaule nue, la bretelle de sa robe défaite. Il a couru pour la rejoindre mais quand il a tourné le coin de la maison il s'est trouvé face au chien couché sur le trottoir et qui s'est dressé d'un bond. La petite était plus loin, assise sur le seuil de la maison, dans un coin d'ombre, comme elle faisait souvent.

– Rachel ?

Le chien a tourné la tête vers l'enfant. Quand Franck a fait un pas en avant, il a grondé. Ses babines frémissaient.

– Rachel, qu'est-ce que tu as ?

Le chien a regardé la gamine, tendant son mufle vers elle. Il a jeté un coup d'œil à Franck puis il s'est éloigné. Franck est venu près de Rachel. Elle gardait la tête baissée, ses cheveux noirs tombant sur ses genoux.

– T'es triste ?

Il a relevé la masse brune pour voir son visage. Des larmes partout. Une bosse bleuissait à son front. La pommette était rouge. Arrachée, la bretelle de sa robe rouge.

– Qui t'a fait ça ?

Le chien s'était couché plus loin et les observait, la tête posée sur ses pattes.

La fillette reniflait et Franck a fouillé dans ses poches à la recherche d'un mouchoir qu'il n'avait pas. Il a essuyé du revers de la main le nez de la petite d'où s'écoulait sans cesse une morve transparente. Ses mains voletaient autour du visage baissé sans savoir quoi faire.

– Il faut mettre de la glace là-dessus. Viens.

Il s'est levé mais elle demeurait assise, le front sur les genoux, soulevée parfois par un gros sanglot. Il lui a dit « Allez, Rachel, viens, il faut soigner ça ». Voix étranglée. Sa main tendue vers elle. La petite a levé les yeux vers lui. Il s'est baissé et a posé ses mains sur ses épaules, son visage tout près de celui de l'enfant. Il avait envie d'embrasser doucement ses cheveux, de caresser son épaule découverte par la bretelle déchirée mais il n'osait pas. Il trouvait ça trop intime, ou déplacé. Ces gestes, lents et doux, il ne les connaissait pas. Elle s'est levée. Debout, elle était aussi grande que lui accroupi.

Il l'a conduite dans la cuisine et a pris des glaçons dans le réfrigérateur et les a enveloppés dans une serviette de table qui traînait sur le dossier d'une chaise.

– Tu tiens ça sur ta joue pendant un quart d'heure, pour faire dégonfler. Ça va ? T'as mal ?

Rachel a secoué la tête.

– Merci, elle a dit.

Comme il s'était baissé pour lui parler, elle a posé un baiser sur sa joue avant de quitter la pièce. Franck a frissonné. En regardant la petite s'éloigner puis sortir, il s'est aperçu qu'il n'avait pas eu depuis longtemps autant envie de prendre et de serrer quelqu'un dans ses bras.

La Vieille est arrivée à ce moment-là, en traînant des pieds, ses cheveux rouges en désordre.

– Qu'est-ce qui s'est passé ?

Elle a vu la petite avec son paquet de glace sur la joue et s'est accroupie près d'elle pour la regarder mieux.

– C'est maman ?

La petite a répondu d'un battement de paupières.

– Elle vient de partir. J'ai entendu sa voiture, a dit Franck.

– Ça recommence. Je sais où elle est allée.

La Vieille a posé un baiser rapide sur le front de Rachel puis s'est redressée. La petite fille s'est éloignée à petits pas puis est entrée dans le séjour. On a entendu la télévision émettre des cris, des hurlements de sirène de police, des bribes d'informations, des bruitages de dessins animés.

Le Vieux est entré. Il s'est gratté l'entrejambe à travers son short délavé. Un vieux tee-shirt taché accroché à ses épaules osseuses.

– Où elle est partie Jessica ?

– Devine.

Roland s'est aspergé la figure au robinet de l'évier. Franck ne voyait de lui que son dos voûté, sa carcasse maigre. Sa figure était dans l'ombre, grise, ses joues mal rasées hérissées de poils blancs.

– Faut que t'ailles la chercher.

Franck a regardé la mère. Elle s'était éloignée vers la table et allumait une cigarette.

Le Vieux s'est tourné vers lui. Il s'essuyait les mains dans un torchon où il laissait encore des traces sales.

– Faut que tu y ailles. Toi, elle te suivra sans faire trop d'histoires.

La Vieille alors s'est enrouée puis a toussé.

– Tu parles ! Qui il est lui, pour qu'elle le suive ? Il a couché avec elle, et alors ? Il est pas le premier, sûrement pas le dernier ! C'est vrai qu'elle a suivi tous ceux qui l'ont baisée, tu sais comment elle est, elle changera jamais ! Mais lui, à part être le frère de l'autre, qu'est-ce qu'il a de plus ?

Elle était appuyée à la table et fumait. Franck a marché vers elle, a pris son paquet de cigarettes posé à côté d'elle et en a allumé une, face à la femme qui le considérait sans bouger.

– Il habite où ce mec ?

Il a parlé sans se retourner, soutenant le regard de la mère qui haletait presque de colère, les yeux exorbités, fous, le visage tendu vers lui comme si elle allait le frapper d'un coup de tête.

– Viens, je vais te montrer.

Ils sont revenus à l'atelier. Le Vieux lui a écrit l'adresse sur un bout de papier puis a déplié une carte au 1/25 000. C'était à Lacanau, dans le Médoc. Franck se souvenait du trajet interminable, des embouteillages le soir pour rentrer à la maison, avant, dans son autre vie.

– J'y suis allé deux fois. Tu dépasses le centre-bourg et tu tournes là, à gauche. Et la rue, c'est là. C'est côté forêt. Tu verras. Une grande maison landaise perdue dans les arbres. Il s'appelle Patrice Soler. Il bosse dans les télécoms, quelque chose comme ça. Une sorte d'ingénieur, je sais pas trop. Du fric, en tout cas. Méfie-toi quand même. C'est pas un méchant, mais quand il a pris de la dope il peut être vicieux. La dernière fois, j'y suis allé avec Serge, il s'est tenu tranquille. Si tu veux, j'irai avec toi. On part demain matin, à la fraîche. Ce soir, c'est pas la peine.

Franck a fait non de la tête. Il avait envie d'être seul. S'éloigner d'ici, au moins pour quelques heures.

– Non. J'irai tout seul.

– Comme tu veux.

Le Vieux a ouvert une armoire de fer avec une clé qu'il était allé chercher au fond de sa poche, et il en a sorti un fusil de chasse à canons superposés et une boîte de cartouches.

– Prends ça, en cas. C'est du petit calibre, mais ça devrait le tenir tranquille si jamais il s'énerve un peu.

Il a cassé le fusil et l'a chargé.

– Tiens.

Il a tendu à Franck deux cartouches supplémentaires.

Franck a pris l'arme, encombrante et lourde, et a mis les cartouches dans sa poche. Il ne savait pas bien comment tenir le fusil alors il l'a posé sur l'établi.

– Pourquoi elle va voir ce mec ?

– Ça fait des années qu'elle le connaît. Je sais pas trop d'où. Il lui fournit sa came gratis. Elle le paye à sa façon, je te fais pas un dessin. Je sais pas exactement ce qui vous est arrivé hier soir, mais ça l'a fait plonger alors elle va au ravitaillement. Dans ces cas-là, quand on ne va pas la récupérer, elle revient huit jours après complètement cassée, folle à lier. Sinon, elle ne consomme plus. Un joint par-ci, par-là, et c'est tout. Faut juste supporter ses changements d'humeur, comme pour la météo. Le matin, avec elle, tu sais jamais s'il va tomber des seaux d'eau ou s'il fera beau, et même si ça durera toute la journée. Et les seaux d'eau, quand ils sont vides des fois tu les prends sur la gueule…

Franck a été tenté de lui raconter, pour hier soir, mais il s'est ravisé parce qu'il ne voulait plus entendre le Vieux pleurnicher sur cette débâcle. Sans un mot, il est sorti de l'atelier en emportant le fusil et la carte routière dans sa caravane.

Le lendemain, le Vieux lui a encore proposé de venir avec lui, lui expliquant qu'à deux ce serait plus facile. Franck lui a dit de ne pas s'en faire et a fermé sa portière et a aimé se trouver enfermé, et seul, dans l'habitacle déjà surchauffé. Quand il s'est éloigné sur le chemin, il a aperçu Rachel le regardant partir. Au moment où il tournait sur la route, il lui a semblé qu'elle lui faisait un petit au-revoir de la main.

Il est arrivé là-bas vers midi et il avait faim. Il a trouvé à se garer sur l'immense parking face à l'océan avant d'aller casser la croûte à la terrasse d'une guinguette à vacanciers. Il a croisé la même foule que l'autre soir, les enfants en plus, criards ou cavaleurs. Lunettes noires et parasols. Glacières. Chapeaux de paille et casquettes américaines. Épidermes cuivrés, épaules écarlates, presque à vif. Ça parlait toutes les langues. Il a jeté un coup d'œil à la plage surpeuplée aussi loin que portait son regard. Mer d'huile. Baigneurs agglutinés tout au bord, de l'eau jusqu'aux genoux.

Un jeune type avenant lui a servi une bière et un sandwich thon/crudités débordant de mayonnaise, compliqué à manger, dont la garniture s'échappait au moindre coup de dents. À l'ombre brûlante du store déplié, il a siroté sa bière en regardant l'incessant va-et-vient des estivants piétinant leur ombre au soleil vertical. Il essayait de se rappeler comment c'était, avant, dans l'enfance, et la torpeur lui fermait les yeux malgré lui et il s'est surpris à attendre de les voir passer tous les quatre, ses parents, Fabien et lui, au milieu de cette cohue tranquille, encombrés comme les autres de leur attirail de plage. Il se sentait glisser dans un état de demi-sommeil où la réalité se mêlait à des visions, où il lui semblait que Fabien venait s'asseoir auprès de lui et qu'il lui parlait et que son frère ne l'entendait pas et se contentait de le regarder en souriant. Alors il a déplié sa carte et a cherché à se repérer. Il s'est levé puis a marché vers la plage, comme les autres, dans la rumeur des conversations, des rires, des appels. Vêtu comme il l'était, en jean et tee-shirt, il avait l'impression de débarquer d'un monde lointain au milieu de ce peuple presque nu.

Il a trouvé la rue, puis la maison, perdue au milieu des arbousiers et des mimosas, à peine visible sous les chênes. Deux pins immenses penchaient là-dessus leurs têtes sombres. Il a escaladé le portail, un peu gêné par le fusil, et a pris pied sur la rampe qui descendait vers un garage en sous-sol. Il a traversé sur des pas japonais une pelouse desséchée bordée de dahlias rouges. Devant la porte d'entrée, il a tendu l'oreille et n'a perçu à l'intérieur aucun bruit, et il a redouté qu'ils soient sortis, peut-être partis à la plage, et il commençait à réfléchir à l'endroit où il se poserait pour les attendre puis le loquet a simplement cédé quand il a appuyé dessus. Il faisait sombre et frais. Le petit hall d'entrée donnait directement sur le séjour. Canapés de cuir, fauteuils profonds, home-cinéma, tableaux et gravures aux murs. Franck avait l'impression de se trouver devant la photo d'un catalogue ou d'une de ces revues de décoration intérieure. Tout invitait à s'installer pour boire un cocktail entouré d'amis, uniquement des jolies femmes ou des hommes élégants et cool.

Il s'est étonné que Jessica n'ait pas semé dans ce décor de série télé le chaos qui l'accompagnait partout. Peut-être qu'elle n'en avait pas eu le temps. Le silence était profond, tranquille. Il ne sentait ici aucune menace, aucune tension, dans ce cliché en trois dimensions, et il s'est trouvé ridicule, son fusil à la main, les poches pleines de cartouches. Par la baie vitrée on apercevait une terrasse et la surface turquoise d'une piscine. Franck s'est approché et un rire bref, celui d'un homme, l'a fait tressaillir. Il s'est posté en retrait de la fenêtre et a tendu le cou pour voir quelque chose, mais il a sursauté quand Jessica a surgi en courant et a sauté dans l'eau. Elle était nue. Elle flottait à présent, sur le dos, les yeux fermés, en tapant des pieds et des mains et l'eau jaillissait autour d'elle dans un fracas étincelant.

Franck a fait coulisser la baie. La piscine était six ou sept mètres de lui. Jessica ne l'avait pas vu, et sur sa droite, l'homme allongé à plat ventre sur un matelas ne pouvait pas le voir non plus. Franck a marché vers lui et à ce moment-là Jessica a crié :

– Putain qu'est-ce que tu viens foutre ici ?

– Je viens te chercher. Sors de là.

Elle a nagé vers l'autre côté du bassin, comme pour se mettre à l'abri.

– Casse-toi, sale pédé !

Le type sur son matelas s'est retourné puis s'est assis. La cinquantaine, cheveux poivre et sel, courts. Athlétique, bronzé. Il bandait comme un cheval. Près de lui traînaient deux bouteilles presque vides. Gin, whisky. Et des canettes de soda. Et un saladier où finissaient de fondre des glaçons.

– Qu'est-ce qu'il veut celui-là ?

Franck a épaulé.

– C'est toi Soler ? Je viens la chercher. Va la sortir de l'eau.

Derrière le cran de mire, l'homme paraissait hésiter, peut-être gêné. Puis il s'est levé, son érection désormais en berne.

– Qui t'es, putain ?

– Va la sortir de l'eau. Dépêche-toi. Je l'emmène avec moi.

Soler a marché vers le bassin d'un pas mal assuré. Jessica faisait la planche, immobile, les yeux clos.

– Bon, viens, a fait l'homme, une main tendue vers elle.

Jessica a ouvert les yeux.

– Non. Pas question. Pas avec ce bâtard. Chuis trop bien ici.

Voix pâteuse. Visage paralysé par une sorte de sourire crispé. Elle a refermé les yeux, qu'elle semblait ne pas pouvoir garder ouverts.

– Viens. Il a un fusil.

– Qu'il se le plante profond, son fusil.

Franck s'est approché de l'homme. Il le tenait en joue presque à bout touchant.

– Va la chercher. Plonge et va la chercher.

Soler a balayé du bras l'espace derrière lui en essayant de saisir le canon de l'arme, mais Franck s'est dégagé et lui a balancé un coup sur l'oreille du plat de la crosse. Le type est tombé assis en gémissant de douleur, une main sur le côté du crâne, examinant ses doigts pour voir s'il saignait. Il grimaçait, il geignait. Franck a baissé son fusil parce que le corps bronzé et svelte qu'il avait aperçu en arrivant n'était plus à ce moment, replié sur lui-même, que celui d'un animal craintif et tremblant, dans une nudité pitoyable.

Jessica s'est mise à battre l'eau de ses mains, un peu comme si elle s'essayait à la nage papillon mais elle n'avançait pas, la tête parfois sous l'eau, râlant et toussant pour reprendre son souffle. L'homme s'était accroupi au bord du bassin et la regardait faire d'un air égaré, sa main toujours sur l'oreille. Franck lui a ordonné de sauter à l'eau, d'aller la chercher parce qu'elle était en train de faire un malaise mais il n'a pas réagi, même quand il lui a collé le canon du fusil sur la nuque, merde elle va se noyer, fils de pute, va la chercher, mais l'autre ne bougeait pas, alors Franck a sauté sans même ôter ses espadrilles, son fusil à la main qu'il a lâché aussitôt, et il a rejoint Jessica et l'a prise sous les bras au moment où elle sombrait pour la quatrième fois, se débattant de moins en moins, sans force même pour pomper de l'air. Il l'a entraînée vers l'échelle chromée et s'y est accroché, tiré en arrière par le poids du corps inerte dont les mains mouillées ne saisissaient ni ne tenaient plus rien. Il a essayé d'affermir sa prise autour d'elle mais elle a glissé et a commencé à couler d'un bloc, à la verticale, alors il a fallu qu'il plonge pour la rattraper avant qu'elle touche le fond. Quand Franck est revenu à la surface, il a vu le type debout, de dos, immobile, qui semblait réfléchir ou sortir de son hébétude, puis il s'est dirigé vers la maison, et a disparu par une porte vitrée qu'il a refermée lentement derrière lui.

Franck a déposé Jessica sur le carrelage, couchée sur le flanc. Il ne savait pas quoi faire et la regardait respirer faiblement, quand elle s'est mise à tousser soudain et à cracher et vomir de l'eau. Il l'a assise et l'a saisie sous les aisselles et l'a secouée violemment pour qu'elle finisse d'évacuer tout ce qui l'encombrait encore. Il lui semblait avoir vu faire ça il ne savait plus trop où. Elle a fini par respirer normalement, essoufflée, et elle a retrouvé assez d'énergie et de lucidité pour se défaire de ses mains en poussant un grognement. Il a vu alors le type revenir vers eux une batte de baseball à la main. Il avait enfilé un short et un tee-shirt et marchait lourdement, plombé par l'alcool et par les produits qu'ils avaient dû prendre tous les deux.

Sans savoir pourquoi, Franck a plongé au fond de la piscine pour aller y récupérer le fusil qu'il avait lâché en attrapant Jessica. Quand il est remonté à la surface, Soler l'attendait sur le bord, un peu vacillant, sa batte brandie. Franck a braqué le canon vers lui et a appuyé sur la détente. Un grésillement s'est fait entendre puis le canon s'est mis à fumer. L'autre s'est figé comme s'il attendait que le coup se décide à partir. Franck en a profité pour lui faucher les chevilles d'une volée de crosse et l'homme est tombé sur le cul en criant de douleur, sa massue roulant à côté de lui.

Franck s'est hissé hors de l'eau et a saisi la batte. L'envie de faire éclater la tête de ce type, d'entendre craquer son crâne sous ses coups était tellement forte qu'il s'est mis à trembler, debout au-dessus de lui, hors de souffle. Soler a levé les yeux vers lui, l'air désemparé, implorant, comme s'il avait deviné ce qui le menaçait. Franck a jeté la batte dans le bassin et lui a balancé un coup de genou dans la tempe. L'homme s'est effondré d'un bloc sur le côté, sa tête heurtant le carrelage avec un bruit sourd.

Jessica essayait de se remettre debout mais elle chancelait puis retombait à quatre pattes en gémissant. Franck l'a aidée à se relever puis l'a soutenue jusqu'à la baie vitrée et l'a laissée tomber sur un canapé de cuir blanc.

– Où sont tes affaires ?

Elle dodelinait de la tête, le souffle court, en se massant les seins. Elle le suivait des yeux entre ses paupières mi-closes, avec une moue d'enfant malade ou contrariée. Il lui a ordonné de ne pas bouger, tout en sachant qu'elle était incapable de faire deux pas sans s'affaler, et il est parti dans la villa et a poussé quelques portes jusqu'à trouver une salle de bains immense, couverte de céramique bleue, où étaient pendus deux peignoirs. Il en a pris un, qui sentait encore l'assouplissant, puis il en a vêtu Jessica, ses bras mous, son corps inerte et lourd compliquant tout. Elle geignait et grognait et l'injuriait confusément. Il avait envie de la gifler, pour la réveiller mais aussi pour lui faire mal et laisser faire sa colère et son dégoût. « Connasse », il disait entre ses dents, son corps mince affaissé contre le sien pendant qu'il se débattait avec les pans du peignoir.

Quand elle a été rhabillée, il l'a laissée s'étendre et il est sorti pour aller voir comment allait Soler qui bougeait vaguement, toujours à plat ventre au bord de la piscine comme s'il essayait d'atteindre le bassin à la nage. Franck lui a pincé violemment une joue et il a gémi de douleur. Il avait un gros hématome au front, un œil enflé, bleu, sanglant.

– Qu'est-ce que tu lui as fait prendre ?

Soler s'est mis sur le flanc, en chien de fusil, la tête posée sur le bras. Il a ricané.

– Elle a pris la même chose que moi, qu'est-ce que tu crois ? Je lui ai dit de pas aller se baigner.

– Qu'est-ce que vous avez pris ?

L'autre a soupiré.

– J'en sais rien, moi. Les trucs habituels…

Il s'est soulevé sur le coude puis est retombé lourdement et a commencé à être secoué d'un rire silencieux et convulsif, les yeux fermés.

Franck l'a saisi par une oreille et a tourné d'un quart de tour ses doigts qui glissaient sur la peau humide. Soler a essayé de se débarrasser de la prise mais son bras sans force est retombé mollement.

– Je vais te foutre à l'eau. Tu vas couler comme une pierre, sale con.

Le type a cessé de rire et l'a regardé.

– C'est pas une bonne idée.

Il a pouffé, avec une sorte de couinement.

– Cette conne, elle avait jamais goûté d'opium. Tu le crois ça ? Avec tout ce qu'elle a pu s'enfiler depuis des années que je la connais, elle avait jamais touché à ça.

Soler a ri encore, puis a semblé s'endormir soudain. Franck lui a donné un coup de pied dans l'épaule, auquel il n'a pas réagi, et il a jeté un coup d'œil circulaire au décor dans lequel il se trouvait et qu'il n'avait jamais vu que dans des films ou des reportages à la télévision : une villa de deux cents mètres carrés, un jardin immense, une piscine… Il s'est approché des chaises longues près desquelles les bouteilles étaient posées. Il a pris dans le saladier une poignée de glaçons presque fondus et en a empli sa bouche et les a croqués et s'est vidé l'eau restante sur la tête. Il avait l'impression que sa peau, ses os avaient durci à ce contact glacé et ça l'a secoué de la fatigue qui commençait à se substituer à sa colère. Par terre était posé un sac de toile rouge. Il a jeté un coup d'œil dedans et y a trouvé tout un fouillis féminin, des cigarettes, un portefeuille contenant les papiers de Jessica.

Quand il est revenu dans le salon, Jessica dormait sur le canapé, le peignoir dénoué déployé autour d'elle en une grande corolle vert pâle. Ses mains croisées sur son ventre, sa nudité tranquille, offerte, la faisaient ressembler au modèle d'un tableau, déesse, vierge ou putain, et Franck ne savait pas où il avait bien pu voir déjà un motif de ce genre.

Il a mis son fusil en bandoulière et a soulevé Jessica complètement inerte, bras ballants, la tête renversée en arrière, et il a eu peur qu'elle se rompe le cou alors il l'a ramenée contre lui et son visage masqué de cheveux collés par la sueur est venu se poser sur sa poitrine. Elle ne pesait rien, comme une sorte d'enfant qu'il serait venu sauver et qu'il devait éloigner d'ici au plus vite. Il s'est contorsionné pour ouvrir la porte et a presque couru jusqu'à la voiture. Il a déposé Jessica sur le siège arrière. Une décapotable est passée, avec trois filles à l'intérieur qui ont toutes tourné vers lui l'éclat noir de leurs lunettes de soleil. Avant, il leur aurait fait un signe et les aurait interpellées en leur fixant un rendez-vous incertain sur la plage, à droite ou à gauche du chalet des MNS, en face du drapeau, s'attirant des regards méprisants, recueillant peut-être un éclat de rire. Avant, il aurait fait du stop en les voyant arriver, rêvant d'être assis auprès de leurs corps presque nus.

Il a attendu qu'elles aient tourné le coin de la rue, il a regardé autour de lui si personne ne l'observait mais il ne distinguait des villas que leurs toits au milieu des arbres, et il ne pouvait pas savoir si des yeux l'épiaient derrière les haies ou les bosquets de mimosas. Il s'est mis au volant et a démarré en surveillant le rétroviseur. Il s'attendait à voir sortir d'un portail une voiture qui l'aurait pris en chasse ou un type en short, le ventre en avant et la main en visière, qui aurait relevé avec soin le numéro de la plaque.

Jessica est restée inconsciente pendant plus d'une heure, jusqu'au moment où elle a dit d'une voix étranglée « Je vais gerber ». Franck lui a demandé de se retenir et il a accéléré jusqu'à l'aire de repos qui s'annonçait à deux kilomètres. Il a pu se garer entre deux voitures de touristes et dès qu'il a ouvert la portière, Jessica a sauté à quatre pattes sur le bitume et a vomi sur la roue d'une Mercedes. Franck l'a aidée à se mettre debout et l'a soutenue pour marcher jusqu'au bloc sanitaire. À chaque pas ses genoux se pliaient sous elle et ça lui faisait la démarche d'un automate mou ou d'une ivrogne au bord du coma et les gens qu'ils croisaient s'écartaient de leur chemin, rebutés par les vomissures qui souillaient le peignoir ou se retournaient sur la nudité entrevue entre les pans mal joints.

Elle a poussé un beuglement quand Franck l'a aspergée d'eau pour lui nettoyer le visage et pour rincer le peignoir. Il a insisté mais elle s'est débattue et a commencé à se déshabiller. Dans ce vacarme de cigales et de chasses d'eau et de portes grinçantes, au milieu du va-et-vient des vacanciers, il a eu envie de l'abandonner devant les lavabos comme on laisse un chien dont on ne sait plus que faire. Elle vacillait devant lui, une épaule et un sein dénudés, incapable, la main crispée sur le tissu, de poursuivre son geste. Franck a remonté le peignoir sur ses épaules et l'a prise par le bras. Elle marchait un peu mieux mais elle pesait davantage sur lui et toussait et crachait pour se débarrasser de ce qui encombrait encore sa gorge. Elle s'est laissée tomber sur le siège arrière et il a fallu qu'il replie ses jambes tendues pour pouvoir fermer la portière.

Il a roulé toutes vitres baissées pour tâcher de dissiper l'odeur de vomissure qui collait à elle, vautrée sur la banquette, nue, débarrassée du peignoir. Il espérait qu'au péage il n'y aurait pas de gendarmes en faction après les barrières, à scruter l'intérieur des voitures et la tête des conducteurs. Quand ils ont approché du portique et de ses voies de passage, il a demandé à Jessica de se couvrir mais elle n'a pas réagi. Elle était pourtant assise, les yeux ouverts, mais son regard faisait penser à quelqu'un sous hypnose ou à ces gens plongés dans un coma profond qui ne voient ni n'éprouvent plus rien.

Quand il est descendu de voiture, la Vieille est sortie aussitôt et a ouvert la portière pour aider sa fille à sortir. Jessica a regardé autour d'elle et a semblé reprendre conscience, elle a repoussé sa mère en grognant une injure et elle a titubé jusqu'à la porte. La mère l'a suivie, les mains tendues, prête à la recevoir si jamais elle tombait. Deux minutes plus tard, elle est apparue à la fenêtre de la chambre. Elle a jeté un coup d'œil dédaigneux à Franck puis elle a fermé les volets. Derrière elle, on entendait Jessica pleurer avec des gémissements d'animal.

7

La Vieille est sortie de la cuisine pour monter à Jessica un bol de café et une tranche de brioche. Quand ils ont été seuls devant leurs bols de café, le vieux Roland a resservi Franck et lui a demandé comment ça s'était passé la veille à Lacanau. Franck lui a raconté en quelques mots. Le Vieux s'est inquiété pour le fusil, qu'il faudrait démonter et nettoyer puis graisser.

– J'aurais pu le tuer, ce fils de pute. Il s'en est fallu de peu, je crois.

– L'aurait plus manqué que ça…

La Vieille est revenue. Son mari l'a interrogée du regard.

– Ça va mieux. Elle a bien dormi, elle a pris son traitement. Là, elle est bien réveillée et elle a faim.

Elle a jeté un coup d'œil au plafond et a allumé une cigarette. Plus rien ne s'est dit pendant un moment. Franck les observait tous les deux, plongés, songeurs, inquiets. Il n'était pas bien sûr de savoir ce qui les inquiétait le plus.

– Elle n'a pas eu le temps de prendre trop de drogue, elle devrait s'en remettre.

La Vieille a soufflé fort sa fumée en haussant les épaules.

– Ah tu crois ça, toi. Parce que tu t'y connais dans toutes ces saloperies.

– Moi je connais rien à rien. Mais ce que je sais c'est que votre fille elle a de mauvaises fréquentations.

– À commencer par ton frère et toi, hein ?

– Violée un soir, défoncée le lendemain. C'est pas mon frère et moi qui avons fait ça. Parce que les deux fumiers qu'on a vus l'autre soir, elle les connaissait avant nous.

La Vieille allait répondre quelque chose, mais Rachel est entrée en courant et s'est rempli un verre d'eau au robinet de l'évier, dressée sur la pointe des pieds. Elle agissait exactement comme si elle était seule, buvant face à la fenêtre où bougeait la cime des arbres. Entre deux gorgées, elle a demandé si elle pouvait se baigner. La Vieille a vérifié l'heure à la pendule et a dit oui. La petite a posé le verre sur l'égouttoir puis elle est sortie en sautillant. Le Vieux s'est levé à sa suite. Franck avait eu le temps d'apercevoir l'ecchymose sur la pommette de la fillette, un hématome à son épaule.

Il s'est retrouvé seul avec la mère qui s'est levée et s'est mise à fouiller dans un tiroir, lui tournant le dos, dans un fracas métallique de couverts remués. Il s'est dit qu'elle était bien capable de sortir un couteau et de l'en menacer pour qu'il quitte la pièce. Il aurait bien aimé voir ça rien que pour lui casser une chaise sur la gueule. Comme rien ne se passait, et qu'elle n'attendait que ça, il s'est levé et l'a laissée écumer tout son fiel. Il s'est arrêté au bas de l'escalier et a tendu l'oreille vers la chambre de Jessica. Il a entendu un raclement sur le plancher, le grincement d'une porte. Il a gravi l'escalier étonné de ne pas trouver le chien couché devant la porte. Il a demandé s'il pouvait entrer.

– Qu’est-ce que tu veux ?

– Te parler.

Il l’entendait bouger, aller et venir, comme si elle faisait du rangement.

– Parler de quoi ? J’ai pas envie de parler.

– Même de Rachel ?

La porte s’est ouverte brusquement, poussant vers lui une odeur âcre de tabac froid. Jessica restait en travers du passage, une main sur le loquet. Large tee-shirt, pantalon de survêtement. Les yeux plissés par la colère et la fatigue. Dans le courant d’air, la fumée de sa cigarette posée sur un cendrier filait avec lenteur par la fenêtre ouverte.

– Alors quoi ? T’as des conseils à me donner sur son éducation ?

– Elle a encore des traces de coups sur la figure et sur le corps. T’as vu un peu ?

– Elle a la peau qui marque pour un rien, de toute façon. Et puis quoi ? J’ai dû y aller un peu fort, c’est bon ! Elle fera attention la prochaine fois à pas faire n’importe quoi. Elle jouait avec ses saloperies de poupées au milieu du passage et j’ai failli me casser la gueule ! Et quand je lui ai dit, mademoiselle a soupiré ! Merde ! Elle se prend pour qui ?

– C’est une gosse ! Tu peux pas la cogner comme ça !

Jessica a haussé les épaules. Elle a ouvert la bouche pour dire quelque chose puis s’est ravisée. Elle lui a tourné le dos et a marché vers la fenêtre. Dans le flot de lumière qui vibrait autour d’elle, elle n’était qu’une silhouette frêle et sombre. Tremblante. En face de lui, le miroir fendu de l’armoire tranchait en deux son reflet.

– Déjà toute petite elle était compliquée. Elle dormait pas, il fallait que je lui file du sirop. Le toubib était pas d'accord, il disait que ça allait lui faire du mal, mais c'est pas lui qui se réveillait en pleine nuit parce qu'elle faisait des cauchemars ou qu'elle se pointait au pied du lit et restait là à me regarder jusqu'à ce que je me réveille en sursaut comme si c'était une zombie ! Et du sirop, je lui en donne encore, des fois, quand elle est trop bizarre ou énervée. Sûr que ce soir, elle y a droit !

Elle s'est tue, essoufflée, et s'est accoudée à la fenêtre.

– Qui c'était les mecs l'autre soir ?

– T'as pas à le savoir.

– Ah bon ? Ils m'ont collé un flingue dans la nuque, et j'ai pas le droit de savoir ?

– Tant qu'ils te l'ont pas mis dans le cul, t'as pas trop à te plaindre. Moi, ils m'ont bien défoncée, ces bâtards. Et je pleure pas.

– De toute façon, je vais aller voir les flics et porter plainte. J'ai le numéro de leur bagnole.

Jessica s'est retournée et l'a dévisagé.

– T'es sérieux ?

– Bien sûr que je suis sérieux. Tu te fais violer et tabasser, je suis menacé avec un calibre, je trouve que ça fait plein de raisons pour porter plainte, non ? Et la fille qui était avec eux, Farida, on doit pouvoir la retrouver. Pascal et Ivan, c'est bien ça ? Ivan le Serbe. Pascal, dit Schwarzie. Ils ont l'air connus dans la boîte. Et sûrement aussi dans les fichiers des flics. Je vais leur balancer tout ça aux gendarmes, ça va les changer de la viande saoule des fins de soirées ou des bagnoles roulottées.

– Tu vas leur dire aussi que tu t'es pissé dessus aux gendarmes ? Comme une fiotte ? Ça aussi ça va leur plaire.

Elle s'est retournée vers l'armoire pour ranger du linge propre. Quand elle a ouvert la porte, la glace brisée a jeté sur les murs un éclair blanc. Il aurait pu se précipiter sur elle et la cogner contre un montant de bois mais il avait envie qu'elle parle alors il a laissé refluer la colère qui lui coupait le souffle.

– Tu n'iras pas.

Elle ne le regardait pas. Elle restait immobile, les mains posées sur une pile de draps.

– Et pourquoi ?

– Parce que si les flics mettent leur nez là-dedans, le Serbe et ses copains vont nous massacrer. Tu les connais pas. Alors tu me laisses régler ça à ma façon et tu te tiens tranquille.

– Et toi, tu les connais depuis longtemps ?

Il s'est approché et l'a saisie par les épaules.

– Réponds-moi. Tu les connais depuis longtemps ?

Elle a planté ses yeux si clairs dans les siens, sans ciller.

– Lâche-moi. Lâche-moi, je te dis. Et sors d'ici.

– Je ne sors pas. Tu peux gueuler, te taper la tête contre les murs. Tu me dis tout ou je vais voir les flics. Rien à foutre. Je t'écoute.

– T'es bien un fils de salope, toi aussi. Comme ton frère. Normal…

Elle a souri la bouche tordue, contente d'elle. Elle le défiait du regard, hochant la tête d'un air narquois. Elle n'a pas vu arriver le revers de la main qui l'a frappée sur la pommette et l'a jetée au sol. Elle s'est redressée et s'est assise et a glissé à reculons au pied du mur, sous la fenêtre. Franck a marché vers elle et l'a saisie par les cheveux, il a approché son visage du sien jusqu'à ce que leurs nez se touchent. Elle serrait les mâchoires, lèvres pincées, et elle le regardait droit dans les yeux, des larmes débordant de ses paupières.

Il lui a cogné la tête contre le mur, sans force, sèchement.

– C'est moi qui vais te massacrer. Tu le sais ça ? Fils de salope t'as dit ? Je vais te faire ravaler ça avec ta propre merde, moi.

Il lui parlait dans la figure en lui donnant au front de petits coups de tête et à chaque fois sa tête à elle cognait le mur. Il avait calé son genou entre ses jambes alors il l'a remonté un peu, il a senti le pubis dur à travers le tissu mais aussi plus bas ce qu'il y avait de doux alors elle a grimacé de douleur et les larmes se sont mises à couler.

– T'as encore mal à la chatte, hein ? Ils auraient dû te tringler plus fort, ces deux pourris, te la défoncer pour que tu puisses plus jamais t'en servir.

Elle s'est laissée glisser sur le côté et s'est recroquevillée au pied du mur, les mains entre les cuisses. Elle pleurait avec de longs sanglots.

Franck s'est redressé et l'a regardée gémir et suffoquer. C'était insupportable. Trois coups ont été frappés à la porte et la voix de la mère a retenti :

– Ça va ? Qu'est-ce qui se passe ?

Jessica s'est brusquement assise, appuyée sur une main, et a répondu que ça allait, qu'elle lui foute la paix.

– T'as besoin de rien ? T'es sûre ?

– C'est bon, je te dis !

On a entendu les pas de la mère descendre l'escalier. Franck s'est penché sur Jessica et a posé sa main dans son cou puis a caressé sa nuque, sous ses cheveux. Elle ne cessait plus de pleurer, avec de petits étranglements aigus comme en ont les enfants. Elle a pris la main de Franck et l'a serrée contre sa joue.

– Excuse-moi, elle a dit. Je voulais pas.

Il s'est assis près d'elle. Il l'a attirée contre lui, elle s'est laissée venir, sa figure mouillée dans son cou.

– Je t'ai fait mal ?

– Non.

Elle a saisi sa main et l'a conduite entre ses jambes et l'a appuyée et a serré les cuisses.

– Plus maintenant, elle a murmuré. Là. Oui.

Ils sont restés ainsi un moment, souffle contre souffle, dans la lumière qui tombait sur eux de la fenêtre ouverte. Puis Jessica a gémi avec un spasme puis l'a repoussé doucement et il s'est écarté d'elle et il ne comprenait pas ses yeux pleins de larmes, la tristesse qui la submergeait, il ne comprenait plus rien.

– Ils vont revenir. Ils m'ont dit qu'ils reviendraient.

– Quand ?

Elle a haussé les épaules.

– N'importe quand. Cet après-midi, cette nuit, dans deux mois. Hier soir, j'ai cru que je pourrais m'arranger avec eux, mais ils n'ont rien voulu savoir. Ils cherchent aussi Fabien. Ils savent qu'il est en Espagne, et ils aimeraient qu'il rentre.

Franck a frotté ses bras pleins de frissons. Il aurait aimé aussi masser son cœur pour calmer ses battements fous. Il s'est efforcé de respirer à fond, il s'est levé et ses yeux ont été éblouis et la pièce a rougeoyé autour de lui. Jessica restait assise, adossée sous la fenêtre.

– Passe-moi une clope.

Il a cherché le paquet, tournant sur lui-même. « Là, sur la table de nuit. »

Ils ont commencé à fumer en silence. La chaleur emplissait la chambre, épaisse, suffocante.

– Explique.

– Je leur dois du fric. Enfin… Mes parents et moi.

– Combien ? depuis quand ?

– Trente mille. Ça fait six mois.

Elle a secoué sa cigarette dans le cendrier posé par terre entre ses jambes. Ses doigts tremblaient.

– C'est quoi ce fric ? À quoi il doit servir ?

– En fait c'est pas du fric. C'est de la came. Un peu de coke, du shit, des cachets. J'avais un plan pour la revendre sur Bordeaux.

– Quel plan ?

– Le mec que t'as cogné hier. Soler. Il connaît du monde. Des gus qu'ont de l'argent, dans des tas de milieux différents. Ici, et sur la côte basque et aussi à Paris. Alors ils m'ont donné la came contre une sorte de caution, 20 %, genre. C'est Fabien qui a payé. Il avait presque pas touché au blé de votre braquage. Il pensait que ça pouvait marcher. Mais ce bâtard de Soler il s'est dégonflé et il a presque rien vendu, du coup le Serbe s'impatiente et il me met la pression. L'autre soir, je lui avais donné rendez-vous pour parler avec lui, et j'avais trois mille euros pour qu'il se calme mais il n'a rien voulu savoir. C'est aussi pour ça que je suis allée voir Soler. Pour qu'il me file un dédommagement, si tu veux. Et puis parce que j'avais besoin de me déchirer à fond, et lui il a tout ce qu'il faut. Je me disais qu'il aurait peut-être une solution.

Elle s'est remise debout pour aller prendre une autre cigarette, puis s'est appuyée au rebord de la fenêtre. Les contours sombres de son corps semblaient sur le point de se dissoudre dans le flot de lumière.

Franck avait l'impression d'avoir mis les mains dans un sac plein de serpents.

– Et Fabien ? Il est en Espagne pour écouler le reste de la came ? C'est ça ?

Jessica a hoché la tête en soufflant fort la fumée devant elle.

– Il avait des contacts sérieux près de Valence, c'est Serge, le Gitan, qui lui en a parlé. Il pensait pouvoir faire quelque chose alors il est parti. Il sait qu'on est ici à leur merci, il va faire ce qu'il faut.

– Pourquoi il donne pas de nouvelles ? C'est bizarre, non ?

Elle a haussé les épaules.

– Parce qu'il est prudent, tiens. Il a pas envie d'être repéré. Et puis ton frère, il aime bien qu'on lui foute la paix. Là, il doit se taper des tas de filles, il a dit qu'il en profiterait pour faire la fête. C'est pas des affaires qui se règlent comme ça en trois jours. Quand il sera prêt, t'en fais pas, il appellera.

Elle a écrasé sa cigarette dans le cendrier comme si c'était une saleté d'insecte venimeux ou puant puis elle s'est mise à faire son lit, lui tournant le dos.

Franck avait envie de la secouer encore pour qu'elle lui dise tout.

– Qu'est-ce que tu comptes faire ? Attendre qu'ils reviennent ici et s'en prennent à tes parents ou à la petite ?

– Qu'ils y viennent, ici, ces bâtards. On a de quoi se défendre. Tu proposes quoi, toi, avec ta gueule ?

– D'aller les voir et de leur montrer de quoi on est capables, nous autres. Pas les laisser faire comme ils veulent…

Jessica s'est retournée et l'a regardé avec ironie.

– *Nous* ? Qui *nous* ? T'es qui, toi ? Ici, tu dors, tu bouffes, t'attends que ton frangin revienne. Le reste, c'est nos affaires, alors tu t'en occupes pas.

– Je suis le frère d'un mec qui y est embringué jusqu'au cou dans vos affaires. Je suis juste le pauvre con qui se demande ce qu'il est devenu et même s'il est encore vivant, alors tu vois, vos affaires c'est aussi les miennes, tu piges ? Le fric qu'il a mis dans votre bizness il est autant à moi qu'à lui, parce qu'on l'a pris tous les deux et que j'ai tiré cinq ans de taule à cause de ça et parce que j'ai su fermer ma gueule. Tu piges, ça ? Donc je vais y mettre mon nez, dans ce merdier, et j'y foutrai le bordel jusqu'à ce que Fabien revienne. Et s'il faut aller chez les flics, j'irai. Si tu me lâches pas la vraie vérité, j'irai leur raconter le peu que je sais, je m'en fous.

Jessica a haussé les épaules. Elle avait mis ses mains dans les poches de son pantalon de survêtement et hochait la tête en le considérant avec dédain.

– Ça y est ? T'as fini ?

– Demain matin je vais aux flics. Si tu m'as rien dit d'autre, je leur balance tout. Là, je vais faire un tour à Bordeaux, voir un copain. Quelqu'un en qui j'ai confiance, ça me changera. Réfléchis bien en attendant. T'as compris connasse ? Demain.

Il est sorti sans lui laisser le temps de répondre. Sur le palier, le chien couché de tout son long s'est levé si brusquement que soudain dressé il a semblé à Franck plus grand et plus massif encore. L'animal l'a suivi des yeux, le nez au ras du sol, son échine bosselée de muscles. Arrivé au bas de l'escalier, Franck a vu sa gueule énorme tendue vers lui, humant l'air comme pour y déceler les traces de sa peur.

Une fois dehors, il a fait le tour de la maison pour apercevoir Rachel, mais le soleil commençait à chasser de sa lumière les êtres et les ombres. Il a levé les yeux vers la fenêtre de Jessica. C'était un rectangle obscur qu'a traversé soudain une lueur vague, comme un feu follet, quand elle a refermé la porte de l'armoire au miroir fendu. Le silence était total. Entre les épaves de voitures et de machines agricoles, l'herbe sèche grésillait comme une promesse d'incendie. Il est allé dans la caravane pour s'allonger et tâcher de digérer tout ce qu'il venait d'apprendre et démêler le vrai du faux, et ça a commencé à tourner en rond dans son esprit comme un manège de chevaux fous ruant et se cabrant et mordant jusqu'au sang ceux qu'ils heurtaient, jetés les uns contre les autres par un roulis démentiel, mais à un moment un soubresaut l'a réveillé : ce rêve de chevaux s'était glissé dans son demi-sommeil alors il s'est levé pour aller s'asperger le visage au petit évier. L'eau était d'abord tiède puis il a frissonné quand elle a fraîchi et il a gardé un moment la tête sous le robinet en se mouillant la nuque et les bras.

Debout au milieu de la caravane, il pensait à sa main tout à l'heure entre les cuisses de Jessica et il regrettait maintenant de ne pas l'avoir prise là, par terre, pour aller débusquer en elle la douleur et le plaisir qui l'avaient tour à tour fait pleurer et avaient tordu son visage de la même façon. Il ne savait pas si elle avait mal de jouir ou si elle jouissait d'avoir mal. Il lui semblait que cette fille était en plusieurs morceaux rassemblés dans le même corps, et que ce corps n'était qu'une enveloppe sans valeur pour elle. Quand il lui parlait, il avait parfois l'impression de ne pas savoir à qui il s'adressait. Dans la chambre, dans cette lumière qui les aveuglait, il aurait pu croire qu'une autre venait par moments la remplacer pour se glisser entre ses bras ou lui cracher des injures au visage.

Il fallait qu'il en parle à Fabien. Qu'il sache comment elle était avec lui et ce qu'il pensait de cette fille compliquée. Peut-être qu'elle lui réservait à lui, Franck, ses sautes d'humeur parce qu'elle le sentait plus faible, plus vulnérable que son frère ? Peut-être qu'elle était tout miel avec lui parce qu'il savait comment s'y prendre et se faire respecter ?

Il a composé le numéro de Fabien. Ça a sonné huit ou dix fois avant qu'il tombe sur le message de la boîte vocale. Il a coupé la communication et a eu le geste de jeter le téléphone dans l'évier, puis s'est ravisé. Il a repensé à Lucas et Nora.

La voix de Nora. Elle a reconnu aussitôt la sienne et s'est mise à ronronner. À parler de la chaleur, de la sueur, de la pénombre où elle s'était rencognée depuis le matin, quand Lucas était parti.

– Où tu crèches en ce moment ?

– Là où vit Fabien, près de Bazas. Il m'a dit de venir ici. Sauf qu'il est pas là, il est parti en Espagne, alors j'attends ici qu'il rentre.

– C'est bien de lui, ça, jamais là où on le croit. Oui, il nous a parlé de ces gens. Ça fait un an qu'il est chez eux. Il les a connus par Serge, le Gitan.

– T'es sûre ? Il m'a pas plu ce type. Il était en affaires avec Fabien ?

– Oui, il me semble bien. T'auras qu'à demander à Lucas, il est au courant. Moi, moins j'en sais… Et puis je m'en fous de leurs histoires.

Elle s'est tue soudain. Franck l'entendait soupirer, respirer fort.

– Putain je suis à peine habillée et j'ai chaud quand même, tu te rends compte ? Je prends une douche presque froide toutes les heures et ça me rafraîchit à peine ! C'est vrai qu'en ville on crève encore plus qu'à la campagne. Et toi ? Comment ça va ? Tu viens nous voir quand ?

– Là, cet après-midi, si ça vous dérange pas. Il rentre quand Lucas ?

– Vers cinq heures, il m'a dit. On s'en fout, tu viens et tu resteras manger avec nous, ça fait longtemps ! On se boira quelques bières en l'attendant. Tu sais où on habite ? Toujours pareil.

– J'arrive.

Il n'a pas osé lui demander si elle le recevrait en petite tenue ou si elle l'inviterait à prendre une douche avec elle dans la fournaise de Bordeaux. Il s'est rappelé ce soir avec elle où, lors d'une bringue, Lucas, Fabien et d'autres vautrés à moitié comateux, ils s'étaient retrouvés elle et lui dans une chambre et avaient fait ça par terre, vite et mal, presque sans plaisir, parce qu'ils tremblaient à l'idée que quelqu'un les surprenne et que Lucas les massacre parce qu'il en était capable, parce que depuis qu'il avait arraché Nora à sa famille de dingues il la considérait comme sa propriété exclusive, un peu comme un chien ou un chat qu'on sauve et qu'on soigne des coups qu'il a reçus, ou qu'on a trouvé boitant, maigre et tremblant au bord d'une quatre voies. Malheur à elle et à celui qui la laisserait se frotter à ses jambes ou quémander des douceurs. Lucas le disait souvent à qui voulait l'entendre, avec un sourire figé de grand malade au bord du passage à l'acte. Chacun ainsi recevait cinq sur cinq le message, comme un avertissement sans frais, le premier et le dernier. Nora dans ces cas-là baissait les yeux, serrait un peu plus fort les jambes, un sourire de Joconde à la bouche.

Franck a entendu les pneus d'une voiture écraser le gravier du chemin et a vu passer la sale gueule de la mère dans sa japonaise, raide, accrochée à son volant. Elle partait à la maison de retraite « faire la bonniche », comme elle disait, c'est-à-dire donner un coup de main à la vaisselle et au ménage pour remplacer le personnel en congés d'été. Elle y allait trois fois par semaine travailler quatre heures d'affilée, le matin ou le soir, elle en revenait écœurée et ricanante à cause de tous ces vieux sales et hébétés et vicieux parfois, elle se mettait à raconter ça certains soirs, les revues pornos trouvées dans la chambre d'un vieux type quasi muet, un ancien prof dépressif qui avait voulu se suicider deux fois déjà, qu'on avait sauvé sans peine tant il s'y était mal pris, « Franchement qu'est-ce que ça peut foutre maintenant d'aller l'empêcher s'il a envie de se tuer, ça fera de la place pour ceux qui attendent et qui font chier leurs enfants, non ? », ou bien les lettres d'amour qu'elle avait trouvées une fois dans un tiroir chez une mémé pratiquement aveugle qui les écrivait à un destinataire inconnu, sans les envoyer, « des lettres comme on en écrit à vingt ans, enfin pas moi, c'était pas trop mon genre d'écrire ces conneries, à qui d'abord j'aurais écrit, pour ça faut aimer quelqu'un et moi à vingt piges je voulais juste me caler un mec pas trop feignant entre les cuisses pour savoir enfin ce que ça fait le grand saut, la grande cavalcade qui te fait grimper aux rideaux en aboyant, comme une chienne, mais macache, enfin bref, je vais pas insister ». En faisant les chambres, avec une collègue, elles fouillaient parfois dans les affaires des pensionnaires pour savoir leurs petits secrets, leurs journaux intimes, leur correspondance, les photos jaunies parfois gardées entre deux livres, et elles se marraient bien à leurs dépens, « tiens, mate mémé en maillot de bain à quarante ans, putain elle a un peu changé », méprisant le temps passé et la jeunesse des autres, sournoises et impitoyables.

Un soir, à table, elle avait déversé sa bile, en disant d'une voix grinçante tout son effrayant dégoût à l'égard de ceux qu'elle appelait les zombies, « t'en as qui trouvent même plus leur bite pour pisser, franchement à partir d'un certain stade faudrait décider que c'est fini, on les endort pour de bon et ce sera une bonne chose pour tout le monde, non mais à quoi ça rime, vraiment ? Je te jure que si un jour Roland il sait plus où est sa bite je lui fous de la mort-aux-rats dans son café, ça sera vite fait ! Déjà que je me demande s'il en a encore une… » Roland avait ricané puis s'était servi un verre de blanc : « Quand je vois ta gueule, je me demande vraiment ce que j'en ferais ! » Ils se sont mis à rire tous les deux en trinquant puis ils ont vidé d'un trait leurs verres avant que ne retombe autour de la table un silence morne sous la noria des papillons de nuit et des moustiques.

Franck a entendu la voiture s'éloigner en cahotant sur le chemin puis accélérer sur la route et il a attendu sans bouger qu'elle disparaisse dans le silence. Quand il est sorti il a senti dans l'air une odeur de feu et il a regardé s'il n'apercevait pas un nuage de fumée au-dessus des arbres mais le ciel était blanc et aveuglant comme un acier en fusion et il a pensé que le feu aurait pu tout aussi bien tomber du ciel comme dans les histoires de fin du monde.

* * *

Il s'est perdu un peu dans le dédale triste d'une banlieue déserte, jaunie par la sécheresse, avant de retrouver les six cubes de béton qui constituaient la résidence où vivaient Nora et Lucas. Sur le parking presque vide, un fourgon blanc sans roues reposait sur les moyeux, ses vitres occultées par du carton. Dans le silence, on entendait la rumeur lointaine de la rocade et tout près, sur un balcon, le chant solitaire d'un oiseau dans sa cage.

Nora est venue lui ouvrir presque aussitôt. Elle portait une sorte de djellaba mauve, ses cheveux rassemblés sur son crâne en un chignon confus d'où s'échappaient des torsades de cheveux noirs. Dans la pénombre du couloir d'entrée son sourire éclairait tout son visage brun aux grands yeux brillants. Elle lui a sauté au cou et s'est collée à lui et l'a embrassé dans le cou, sur la bouche, en glapissant de joie. Elle était plus lourde, plus ronde. Les mains de Franck ne trouvaient plus les courbes et les chutes qu'il aimait sentir sous ses paumes et dont il aimait épouser le dessin à la moindre occasion.

– Viens, on va boire quelque chose. Lucas va arriver. Il donne un coup de main à un copain sur un chantier au black. Il pose du placo, il fait les peintures, de l'électricité. Lucas, il sait un peu tout faire, tu te rappelles. S'il voulait, ce con, au lieu de magouiller tout le temps…

Elle a marché devant lui jusqu'à la cuisine. Il devinait sous l'ample robe le balancement des hanches plus larges, des cuisses plus épaisses. Tous les volets étaient clos mais la lumière blanchissait à la moindre fente, forçait le moindre interstice, sur le point, peut-être, de faire céder tous les obstacles qu'on lui opposait pour ensuite se ruer dans les pièces et tout y calciner. Il faisait là-dedans une chaleur lourde et moite que les ventilateurs se contentaient d'agiter comme s'ils barattaient de la poix. Une odeur d'encens, entêtante, rendait l'atmosphère presque nauséeuse et Frank a demandé à Nora s'il pouvait fumer, rien que pour sentir autre chose que ce relent âcre et sucré.

– Oui, bien sûr que tu peux fumer. Tu vas même m'en offrir une.

Elle a pris deux bières dans le frigo puis ils sont allés dans la salle de séjour, meublée seulement d'un canapé et de trois fauteuils disposés en demi-cercle devant un immense poste de télévision. Elle a posé les bières sur une table basse constituée d'un grand plateau de cuivre martelé soutenu par quatre briques. Ils ont trinqué en heurtant leurs boîtes d'aluminium puis ils ont bu à longues gorgées sans rien dire, se regardant, échangeant des sourires. Nora a allumé une cigarette puis s'est calée au fond de son fauteuil, remontant sur ses jambes les pans de sa djellaba.

– Je suis contente de te voir. Ça faisait un bail.

– Plus de cinq ans. T'as pas changé.

– Bien sûr que si, j'ai changé. Et toi aussi.

Tout d'un coup il ne savait plus quoi dire. Ou comment. Il avait tellement pensé à ce qu'il dirait en sortant de prison à tous ceux qu'il connaissait que les mots maintenant lui semblaient insuffisants, trop faibles pour exprimer ce qu'il ressentait, cette rage, cette tristesse, ce bonheur, pourtant, de voir autour de lui s'étendre le monde aussi loin que portait son regard, sans les murs, sans les matons, sans la gueule des autres détenus, leurs yeux posés, pesant sur lui, leurs corps comme autant de chicanes à éviter pour tracer sa route. Nora s'apprêtait à parler et il savait ce qu'elle allait dire et il préférait qu'elle garde ça pour elle.

– Mais bon, maintenant ça va. C'est fini.

Il a parlé vite, précipitamment. Elle a compris. Elle a posé un doigt sur sa bouche et a hoché la tête. Ils ont fini leurs bières en silence, écrasé leurs cigarettes au fond du cendrier.

Nora ne le quittait pas des yeux. Elle le dévisageait, les lèvres entrouvertes, et à ce moment-là Franck trouvait parfait ce long visage brun, les grands yeux noirs aux cils épais, et il ne savait plus. Avant, dans un moment pareil, il se serait levé et ils se seraient emmêlés aussitôt, sans un mot, avec cette douceur qui avait toujours accompagné leurs étreintes. Il se contentait de la regarder, profitant sans détour de la beauté de son visage, il ne comprenait pas pourquoi il restait immobile sous son regard tranquille et profond. Il ne comprenait pas ce qui l'empêchait de s'approcher. Peut-être tout ce temps qui avait passé, sans que personne l'attende, et dont il ne restait que des souvenirs inaccessibles.

– Et t'es bien, chez ces gens ?

– Tu les connais toi ?

– Moi, non. Lucas, oui. Il a dû y aller une ou deux fois pour un bizness avec ton frère. Le Vieux, là-bas, il faisait des affaires avec le Gitan, tu sais ? Serge. Je sais pas trop ce qu'ils ont foutu. Ça m'intéresse pas leur bordel. Pourquoi tu me demandes si je les connais ? Y a un problème ?

– C'est la fille.

– Quoi la fille ? Tu l'as baisée toi aussi ?

– Pourquoi moi aussi ?

Nora a secoué la tête avec un sourire navré.

– Vous êtes bien tous les mêmes.

On a entendu soudain pleurer un nouveau-né. Franck ne savait pas si ça venait du fond de l'appartement ou de chez des voisins mais Nora était déjà debout.

– Elle s'est réveillée. Avec cette chaleur, elle dort mal. Je reviens.

En passant près de lui elle a effleuré sa joue du bout des doigts. Il aurait dû prendre son bras, la retenir, relever sa robe et plonger sa figure au bas de son ventre puis la faire s'asseoir sur lui. Au lieu de quoi, quand il a levé la main pour toucher la sienne, elle était déjà presque sortie de la pièce. L'instant d'après il l'a entendue parler au bébé avec une voix de petite fille et les pleurs se sont apaisés et on n'entendait plus que la voix de la mère qui parlait dans le silence en débitant des mots idiots mêlés à un sabir chantant et à des bruits de bouche, de petits rires aussi censés exprimer le bonheur et l'amour.

Franck essayait de réfléchir. Il se disait que sans ces cinq ans de prison il aurait pu être le père de ce qui pleurnichait là-bas, au fond de ce couloir, il repensait à la fois où avec Nora ils avaient baisé, collés, encastrés l'un dans l'autre, bras et jambes noués, bouches soudées, presque sans bouger, étouffant leurs souffles pour que les autres dans la pièce à côté, terrassés par le gin et les cachets, vautrés dans un coma spasmodique, ne reviennent pas tels des zombies de leur mort momentanée pour les arracher l'un à l'autre et les punir.

Nora est rentrée dans la pièce et lui a posé entre les bras une petite chose vivante, presque nue à l'exception d'une couche bleu pâle, qui gesticulait en babillant, lançant au hasard pieds et poings ou mains aux doigts écartés.

– Je te présente Clara, 9 mois. L'amour de ma vie. Je te la laisse pendant que je lui prépare son biberon parce qu'au sein ça lui suffit jamais.

Les yeux noirs comme ceux de sa mère se sont arrêtés sur le visage de Franck et pendant quelques secondes la petite fille n'a plus bougé, l'air stupéfait, puis un grand sourire édenté lui est venu, après quoi, soudain grimaçante, elle a commencé à se tordre en tous sens pour se défaire des bras et des mains qui la tenaient à peine, n'osant se resserrer autour d'elle.

Nora était dans la cuisine, où un poste de télévision parlait fort.

– Qu'est-ce que tu as ? a murmuré Franck à l'oreille de la petite.

Mais son corps continuait de se débattre et de se cambrer en geignant et Franck sentait sous la peau si tendre et chaude la dureté des muscles tendus. Il s'est levé et l'a portée contre lui et de sa tête le bébé poussait comme si elle avait pu se propulser ainsi loin de lui. Il a eu envie de la serrer plus fort encore pour empêcher tout mouvement et la neutraliser comme on immobilise un type qu'on a mis par terre. D'une main il plaquait la fillette sur lui et de l'autre bloquait ses bras et ses jambes. « T'arrêtes, oui ? » Il a coincé la tête contre son cou et pendant quelques secondes le petit corps n'a plus bougé. Franck sentait seulement la respiration courte se soulevait sous sa paume et il lui a semblé soudain percevoir au bout de son pouce le battement affolé du cœur, « Qu'est-ce que je fais, putain, qu'est-ce que je fais ? », alors il a relâché sa pression sur la gamine et aussitôt un cri a jailli, éraillé, déchiré, une toux, un crachat d'air vicié et de peur enfin expulsé après une apnée, puis des sanglots ont secoué le corps de l'enfant couvert de sueur et Franck, qui cherchait à embrasser le petit visage rougi, a vu les larmes couler de ces yeux qui ne le regardaient plus.

Il est allé dans la cuisine et Nora, qui fumait debout devant l'écran de télé, s'est détournée pour regarder sa petite fille hurlante.

– Qu'est-ce qu'elle a ? Elle était de bonne humeur y a pas cinq minutes. Va comprendre ce qui se passe dans ces petites tronches.

– Je crois qu'elle m'aime pas.

– Lucas dit pareil. C'est pour ça qu'il me la refile tout le temps et que je me démerde seule. Donne. Elle a faim.

Elle a jeté sa cigarette dans l'évier et a pris le bébé contre elle et lui a chuchoté des choses douces en un mystérieux langage, embrassant les fins cheveux noirs collés sur le crâne par la transpiration. Les sanglots se sont calmés, la gosse a posé sa tête sur la poitrine de sa mère, suçant son poing, le regard dans le vide, encore plein de larmes.

– Je vais y aller, a dit Franck. Je vais vous laisser.

Nora a déboutonné le haut de sa djellaba et a sorti un de ses seins. Franck a eu le réflexe de détourner le regard parce que ce n'était plus là la nudité qu'il avait désiré voir et caresser. Nora a souri.

– Ça va, tu t'en remettras, va.

Franck a haussé les épaules d'un air blasé. Il s'efforçait de se concentrer sur le visage de Nora incliné vers sa fille.

– Reste un moment, Lucas ne va pas tarder, il a dit que comme tu étais là il rentrerait plus tôt. De toute façon, faut que je parte bosser. Je fais 16 heures-22 heures à Auchan, putain faut bien que quelqu'un rapporte de quoi acheter des couches et de quoi la nourrir. Ça te fait peur les bébés ?

– Non, c'est moi qui leur fais peur. Faut que j'y aille.

Franck s'est approché pour embrasser Nora, la petite sur un bras, tenant de l'autre main son sein contre la bouche de la fillette. Elle lui a tendu la joue et soudain il n'y avait plus rien entre eux, si jamais il y avait eu quelque chose. Il posait ses lèvres sur la peau d'une mère dont le corps semblait désormais ne plus exister que lié à cet autre corps minuscule et fragile, le portant, le nourrissant, le protégeant, entièrement dévolu à cette vie qui captait toute sa capacité d'aimer et détournait sa sensualité à son seul profit. Penché vers Nora, Franck sentait l'odeur de la petite fille, ce mélange douceâtre de crème hydratante, de désinfectant et de lait, et il a su qu'il devait partir. Il a serré doucement la main minuscule du bébé et a quitté la pièce sans entendre ce que Nora lui disait et il s'est trouvé sur le palier la gorge serrée par des mains invisibles et il a descendu les trois étages à la hâte, comme s'il s'enfuyait après un mauvais coup. Il a presque couru vers sa voiture et s'est enfermé dans l'habitacle surchauffé, presque haletant, et il a eu envie soudain de voir en combien de temps il s'évanouirait, déshydraté, puis mourrait.

Il repensait à la toute petite qu'il avait tenue dans ses bras et qu'il aurait pu étouffer contre lui pour qu'elle cesse de lui résister. Il essayait de savoir ce qui avait bien pu se passer en lui pour être tenté de le faire, et il se dégoûtait, et il revoyait en taule la gueule des pointeurs qui rasaient les murs dans les ateliers, regroupés dans un coin sous la protection de deux matons, il se rappelait son mépris et sa haine pour ces types si discrets qui parlaient bas, jamais un mot plus haut que l'autre, qui ne hasardaient autour d'eux que des regards furtifs, en biais, pour évaluer sans doute la menace que même le silence des autres détenus faisait peser sur eux. Il vomissait leurs airs polis, leur ton doucereux, leurs bonnes manières, les livres qu'ils venaient chercher à la bibliothèque et qu'ils affectaient de feuilleter en attendant devant les portes que les surveillants fassent claquer les verrous et grincer les gonds de fer. Ce qu'ils avaient fait à des enfants, tout le monde le savait. Ça se répandait dans les couloirs et les cellules comme une odeur de merde dès qu'un nouveau arrivait et les motifs d'incarcération étaient connus avant même que le gus ait fini de poser sa brosse à dents sur le lavabo. Ça se murmurait dehors en marchant autour de l'espèce de terrain de sport et chacun y allait de son information exclusive qu'il tenait d'un maton et tout y passait, fille, fils, neveu, bébé de 9 mois, gamin de CM2, enfant de chœur… Et parfois, quand on en croisait un dans une coursive, serré de près par un surveillant, on crachait devant ses pieds ou on marmonnait une injure ou la promesse d'un châtiment et bien sûr aucun d'eux ne relevait l'affront, et chacun continuait son chemin en traînant des pieds, les mains dans les poches de son pantalon de survêtement.

Il ne valait pas mieux que ces pervers. Quelque chose était monté en lui, barbare et sombre et bestial. Une colère de gamin contrarié. Il avait pu dominer ça au bon moment, voilà tout. Il n'avait pas brisé le poupon vivant qui luttait contre lui. Il avait déjà rêvé qu'il tuait quelqu'un. Avec une arme à feu ou à mains nues. Mais dans ces rêves il n'allait jamais au bout. Les balles avaient des trajectoires lentes et courbes comme s'il avait lancé des boules de papier, et ses mains au moment de serrer pour de bon se relâchaient à son réveil, toujours en sursaut, le cœur battant débordant de rage, ou bien soulagé de n'être pas un criminel. Mais avec cette petite dans les bras, il ne dormait pas. Il avait cherché à la maîtriser comme s'il s'était battu avec un type de sa taille et de son poids. Il ne manquait que quelques kilos à son étreinte sur ce petit corps pour le tuer.

Il a tressailli quand on a tapé à la vitre. Une grosse chevalière claquait contre le verre.

Il a eu du mal à reconnaître Lucas avec son crâne rasé et ses joues creuses. Il était vêtu d'un jean usé jusqu'à la corde, blanc de plâtre et constellé de taches de peinture, et d'un tee-shirt sans couleur troué par endroits. La portière s'est ouverte et l'air du dehors s'est rué dans la voiture, presque frais, et Franck s'est mis à le gober à pleine gueule.

– Qu'est-ce que tu fous là-dedans ? Tu vas crever ! Un peu plus et je te voyais même pas !

Franck a senti sa grosse main l'attraper par l'épaule et le tirer hors de la fournaise. La lumière l'a obligé à fermer les yeux et il a dû s'appuyer à la voiture pour ne pas tomber.

– Tu pars, ou t'arrives ?

Franck reprenait peu à peu son souffle mais sa gorge sèche et gonflée l'empêchait de parler.

Lucas l'a pris par le bras et l'a entraîné vers le bâtiment. Dans le hall, l'ombre était rouge et il sentait la sueur couler sur lui comme une pluie. Il a porté ses doigts à son front parce qu'il lui a semblé soudain que du sang suintait de sa peau. Quand ils sont arrivés sur le palier, Lucas respirait fort, le visage ruisselant.

– Trop de clopes, il a soufflé.

– J'allais partir, a fini par dire Franck. Je suis resté un moment avec Nora, on a bu un coup, elle m'a présenté la petite.

– Ah bon ? Et t'allais partir sans m'attendre ?

Lucas a ouvert la porte d'un geste brutal, comme si derrière quelqu'un lui résistait. Nora les attendait dans le couloir. Quand elle a vu Franck, elle s'est approchée et lui a posé la main sur la joue.

– Qu'est-ce qui t'est arrivé ?

– J'ai eu une sorte de malaise dans la voiture. C'est sûrement la chaleur.

– Va te foutre la gueule sous l'eau, a dit Lucas.

Il a ouvert une porte et l'a poussé dans la salle de bains. Quand il a été seul, Franck s'est aspergé la figure en buvant dans le creux de ses mains. Il s'est passé de l'eau sur la nuque puis a mis sa tête sous le robinet en haletant. Des frissons couraient dans son dos. Il est resté un moment devant le miroir et l'être blafard, ruisselant d'eau et de sueur, qui lui faisait face, l'air hagard.

Il est revenu vers le salon où la télé marmonnait et jetait dans la pénombre des lueurs pâles. Lucas était vautré dans le canapé, en short et chemisette ouverte sur une poitrine glabre et des abdominaux fermes, un joint aux lèvres, une bière à la main. Le bébé était étendu près de lui, calé entre deux coussins, ses petits pieds battant doucement sur les cuisses de son père.

– Ça va mieux ? Putain, tu m'as fait peur, enfermé dans ta bagnole. Ça t'a pas suffi cinq ans de placard ? Prends-toi une bière. Elle est bien fraîche.

Franck a attrapé une canette sur la table basse puis il a regardé la petite fille qui bougeait avec des gestes lents, ses quatre membres battant l'air autour d'elle, et il a pensé à quelqu'un en train de couler dans une eau sombre.

Lucas a pris entre pouce et index le pied miniature posé sur sa cuisse.

– Ça fait bizarre, pas vrai ? T'as beau te dire que tu t'en fous, que t'en voulais pas, tu t'attaches quand même. Hein, ma pisseuse ? T'es l'amour de ton papa sauf quand tu gueules la nuit !

La gamine a attrapé le doigt qu'il agitait devant elle et l'a serré dans son poing puis l'a porté à sa bouche. Il a pris la sucette tombée à côté d'elle et la lui a fourrée entre les lèvres.

– C'est Nora qui voulait un gosse. Faut bien que je m'en occupe un peu.

– Elle est où Nora ?

– Partie bosser. Elle dit qu'elle veut un boulot honnête. Elle travaille comme une esclave, les horaires c'est n'importe quoi pour les caissières comme elle, c'est ça qu'elle appelle un taf honnête. Elle dit qu'elle fait ça pour la petite. Enfin… Bon raconte. Qu'est-ce que tu deviens ?

Franck a haussé les épaules.

– Un pauvre con qui sort de taule… Rien de bien original. Tu connais, de toute façon.

– Cache ta joie, putain. On dirait que t'y retournes demain.

– T'as eu des nouvelles de Fabien ?

– Non, pas depuis avril, ou mai, je sais plus. Il avait trouvé un boulot là-bas, vers Langon. Il surveillait des entrepôts, des camions… Je sais plus ce qu'il m'a raconté. Il bossait la nuit, avec un chien… Tu vois le genre… Et puis il est parti en Espagne au début du mois, je sais pas pour y faire quoi.

– C'est lui qui te l'a dit ?

– Oui. Il m'a dit qu'il en avait pour trois ou quatre semaines, à tout casser. Depuis, plus de nouvelles. Il n'a même pas appelé. Même au Gitan il a pas donné de nouvelles alors qu'ils étaient en affaires tout le temps.

– Tu le connais depuis quand le Gitan ?

– Depuis deux ans. C'est ton frère qui me l'a présenté. Ils m'ont mis dans leur affaire quand je suis sorti de taule. Les bagnoles. C'est Serge et un cousin à lui et le Vieux, là-bas, celui chez qui tu crèches, qui les maquillent. Après, ça part en Roumanie ou en Pologne. Ça rapporte pas gros, alors faut se démerder autrement. On fait dans les métaux, le cuivre. Les pots catalytiques, tiens. Ça, ça paye bien. Y a des mecs qui récupèrent le platine. Mais c'est chaud parce qu'il y a des équipes de Bulgares, c'est des familles entières avec un daron qui commande tout et une chiée de frères et de cousins, ils veulent tout bouffer, ils aiment pas qu'on vienne marcher sur leurs plates-bandes alors on y va doucement. Même les Gitans font attention à eux, parce que c'est des méchants.

Il s'est tourné vers la petite fille qui s'endormait, une main levée au-dessus d'elle retombant doucement le long de son corps.

– Si elle dort trop, elle va nous faire chier cette nuit. Je m'en fous, c'est sa mère qui se lèvera.

Il a posé son joint dans le cendrier et s'est levé et a installé le bébé dans son couffin. Il est resté debout quelques secondes à la regarder, hochant la tête, soupirant.

– Qu'est-ce qu'on va faire de toi ?

– Pourquoi tu dis ça ?

– Pour rien... C'est juste qu'elle a pas d'avenir, cette petite. Entre moi et sa mère, elle a tiré deux mauvais numéros. Un voleur, une tox.

– Elle a arrêté, Nora, non ?

– Sauf quand ça la reprend. Mais bon... C'est vrai qu'en gros elle tient le coup.

Lucas a inspiré une longue bouffée puis a gardé longtemps la fumée dans ses poumons. Il a pris la télécommande et a coupé le son chuchotant de la télévision.

– Ça me fait plaisir de vous voir, toi et Nora.

Lucas a écrasé son joint dans le cendrier puis a allumé une cigarette.

– On dirait pas. Pourquoi t'es venu ? Moi, je te trouve bizarre, pour tout te dire.

Franck s'est efforcé de sourire. Il a jeté un coup d'œil au bébé endormi, si tranquille, et il repensait à la force avec laquelle cette toute petite l'avait repoussé tout à l'heure.

– Faut que je trouve mes marques. C'est pas évident.

– Et là-bas comment ça se passe, avec les vieux et Jessica ?

– Tu la connais ?

– Je l'ai vue souvent avec Fabien dans des soirées, comme ça...

– Et alors ?

Lucas s'est esclaffé en silence.

– Alors elle est dingue, tiens.

– Comment ça dingue ?

– Me dis pas que tu t'es aperçu de rien !

– Elle est un peu bizarre, mais bon…

Lucas secouait la tête en regardant l'écran de télé muet où des hommes et des femmes, jeunes, en maillot de bain, faisaient des allers-retours entre le vaste salon spacieux d'une villa et le bord d'une piscine.

– Regarde-les, ces putes…

Franck a regardé aussi. Ces gens semblaient se quereller, agissaient avec des gestes brusques. Il s'est dit qu'il aurait aimé cette villa pour lui tout seul, à Miami ou ailleurs.

– Alors pour toi Jessica, elle est seulement bizarre… Même ton frère il m'a dit que certains jours il la reconnaissait pas, qu'elle le mettait plus bas que terre et que le lendemain elle l'aurait sucé toute la journée et voulait qu'ils se marient et qu'ils aient des gosses. Il m'a dit qu'il a l'impression qu'elles sont deux, des fois. Sans parler de tout ce qu'elle est capable d'ingurgiter quand elle va mal. Alcool, dope, médocs… Putain, Nora, à côté, c'était une accro à l'homéopathie.

Le bébé a geint dans son sommeil et Lucas s'est penché au-dessus du couffin et a posé sa main sur le petit ventre rond.

– Merde, elle a chaud cette gosse. Je vais la ramener dans la chambre, il fait plus frais. Va te prendre une bière, y en a au frigo. Tu m'en ramènes une.

Franck l'a regardé s'éloigner, le grand panier d'osier et la petite fille endormie au bout de son gros bras musculeux. Il s'est demandé si Lucas continuait à soulever de la fonte et s'il allait toujours à ses entraînements de boxe. Il s'est levé et s'est rendu dans la cuisine en tâchant de faire circuler un peu d'air sur sa peau moite pour la sécher. Le frigo lui a soufflé sa froidure au visage et il est resté devant ce bienfait artificiel quelques secondes et le souvenir de la climatisation poussée à fond dans l'usine à vacanciers sur l'autoroute lui est revenu. Il a pris les bières et a refermé la porte dans un tintement de bouteilles. Lucas l'observait depuis le seuil de la cuisine.

– Bon, il a dit. C'est quoi le problème ?

Il a raconté. La dette de trente mille euros, la drogue pas écoulée, Fabien parti pour en vendre une partie en Espagne, près de Valence. Ce type que connaissait Jessica et qui prétendait avoir un bon filon de vente puis s'était dégonflé. Et le Serbe qui perdait patience, et ce qui s'était passé l'autre soir à Biscarosse.

Lucas l'a écouté, bien calé sur son canapé, les bras déployés sur le dessus du dossier, sa chemisette béant sur son torse large, et il ressemblait ainsi à une sorte de parrain débraillé sûr de son emprise sur son visiteur.

– Voilà, a conclu Franck. Voilà le merdier où je suis. Demain, je vais chez les flics pour tout leur dire.

Lucas a ramené les mains derrière sa tête, sans rien dire, fixant Franck de derrière ses paupières plissées.

– Déjà, les flics, t'oublies. Si tu veux revenir direct au trou, va les voir. Et tu viens pas me dire ça ici, chez moi, à moi. Pigé ?

– Non, je disais ça…

– Tu sais où les trouver ces fils de pute ?

Franck a senti quelque chose se déclencher qu'il ne pourrait plus arrêter. Comme un mécanisme d'abord lent dont peu à peu tous les rouages se mettraient en branle fatalement, lourdement. Il ne savait pas encore s'il serait lui-même broyé par cet enchaînement d'engrenages ou s'il assistait à l'éveil d'un monstre mécanique qui une fois debout viendrait tout dévaster autour de lui avant de le déchiqueter.

– Pourquoi tu demandes ça ?

– Parce que je trouve qu'il faudrait aller leur parler un peu. Pour les calmer, tu crois pas ? Après ce qu'ils ont fait l'autre soir ? Tu lâches l'affaire sans réagir, comme une fiotte ? Et puis pour ce qui est du blé, à part un prêt à la banque, je vois pas de moyen de les rembourser. Donc si tu les rembourses pas, tu leur fais peur pour qu'ils écrasent le coup en attendant que Fabien revienne et en plus tu sauves ton honneur et celui de ta copine.

– Jessica, elle doit savoir, mais elle voudra rien dire.

– Ta Jessica, elle attire les embrouilles comme un morceau de barbaque attire les guêpes, mais c'est pas une raison pour lui faire ce qu'ils lui ont fait.

Franck s'est levé. Il ne trouvait rien à répondre à ça. Lucas l'a regardé, les mains sur les cuisses.

– Fais-la parler, et nous on y va. S'il faut, je demanderai au Gitan de nous donner un coup de main. C'est un grand méchant, quand il s'y met.

– Je préférerais qu'il reste en dehors de ça. Il m'aime pas trop, je crois. Je l'ai vu l'autre jour avec le Vieux et ça s'est pas bien passé.

– T'as dû faire ou dire quelque chose qui l'a vexé. T'aurais sûrement mieux fait de fermer ta gueule.

Lucas s'est levé à son tour. Franck a eu l'impression qu'il était plus grand, plus fort, plus imposant. Sa peau luisait, ses muscles saillaient et roulaient sur son torse. Il a brandi son poing près de sa figure en serrant les mâchoires.

– On va leur mettre une grosse branlée, tu vas voir qu'ils y reviendront pas !

Franck a marché jusqu'à la porte et Lucas le suivait et il l'entendait derrière lui souffler par le nez de la colère ou de la haine et il sentait les effluves de son eau de toilette mêlés à ceux de la bière et du tabac. Quand, sur le palier, il s'est retourné vers lui, il a serré sa main sèche et dure comme du carton, énorme, qui a emprisonné ses phalanges dans un étau brûlant. Lucas ne souriait pas, il rivait son regard dans le sien comme s'il voulait lui extorquer une promesse.

– C'est d'accord, je te tiens au courant, s'est cru obligé de dire Franck. Dès que j'ai une adresse quelconque, on y va.

Lucas n'a rien dit. Il s'est détourné, se contentant de hocher la tête. On aurait dit qu'il n'en croyait pas un mot. Il a fermé la porte d'un geste vif, mais sans la claquer, et aussitôt un tour de clé a cliqueté dans la serrure.

8

Jessica s'était endormie sur lui, ses jambes nouées autour de sa cuisse, et elle ronflait doucement, la tête sur son épaule, et Franck caressait le creux de ses reins mouillés de sueur. La maison était silencieuse, et derrière les volets fermés la chaleur bruissait de bourdonnements d'insectes. Par moments, une cigale quelque part dans un pin commençait à grincer puis s'arrêtait, comme accablée, et tout retombait dans la torpeur étouffante de l'après-midi. Les Vieux étaient partis tôt le matin en virée à la frontière pour acheter des cigarettes et de l'alcool dans une *venta* en emmenant Rachel avec la promesse d'aller à l'aquarium de Biarritz.

Elle est venue le chercher dès que la Mercedes du père s'est éloignée sur la route. Elle est entrée dans la caravane vêtue de son minishort et d'une espèce de tee-shirt raccourci qui flottait autour de ses seins. Sans rien dire. Le regardant à peine. Il était allongé sur sa couchette en train de jouer avec son téléphone et elle a commencé à bouger dans le petit évier les verres et les tasses qui traînaient, comme si elle allait faire la vaisselle, puis elle a pris la verseuse de la cafetière électrique et s'est versé un fond de café froid qu'elle a siroté en regardant par la fenêtre des oiseaux qui s'ébrouaient dans la poussière devant la grange.

Il a su tout de suite ce qu'elle voulait. Il avait l'impression de sentir ça. De la sentir. Les lèvres posées sur le bord de sa tasse, l'air pensif, la clarté de ses yeux capturant toute la lumière de dehors, elle était belle comme jamais encore il ne l'avait vue. Il lui semblait qu'au plus profond de son corps elle tremblait de l'envie de ce qu'ils allaient faire, une envie explosive comme une colère qu'on ne contiendra pas longtemps et qui devra se déchaîner, et il s'attendait à voir l'entrejambe de son short se mouiller, il l'imaginait gorgée de cette liqueur sur le point de s'écouler. Il a changé de position parce que dans son blue-jean ça lui faisait presque mal. Elle ne pouvait ignorer son geste mais elle a continué à regarder dehors puis a reposé sa tasse sur l'égouttoir.

– Alors ?

– Alors quoi ?

– Chez ton pote. C'était bien ?

Franck s'est assis et l'a regardée. Elle s'est enfin tournée vers lui, les mains dans les poches plaquées de son short. Elle avait ce visage de cire qu'il lui avait déjà vu, indéchiffrable, et ses yeux brillants fixés sur lui, agates turquoise.

– Il est d'accord. On va aller chez ces mecs pour les calmer. Tu sais où ils crèchent, tu dois nous dire où les trouver. Tu le connais. Lucas.

– Le boxeur ?

– Ouais, le boxeur. J'ai confiance en lui. Fabien et lui, ils étaient comme des frères.

– Ils étaient ?

– Putain oui, il a plus de nouvelles depuis le début du mois, et il comprend pas pourquoi.

Elle a croisé ses jambes, légèrement penchée en avant. Elle se mordait la lèvre inférieure.

– Il fait trop chaud, ici. Viens là-haut, on sera mieux.

Il l'a suivie. Elle marchait lentement, tête baissée. Il avait envie de la toucher. De la coller contre le mur, là, au soleil, et de la prendre et de la faire crier. Dans l'escalier il avait son cul à portée de la bouche. Il aurait pu la bouffer ici, accrochée à la rampe. Il ne pensait à rien d'autre. Il la suivait, il la sentait, il sentait sa chair, son sexe, cette douceur qui glisserait bientôt sur ses doigts. Rien n'aurait pu l'arracher à l'attraction de ce corps. À l'envie dans quoi tout son être s'abandonnait. Quand ils sont arrivés sur le palier, Franck a aperçu au bas des marches une silhouette dressée. Il a pensé à un enfant, à l'apparition d'un enfant, surgi de nulle part, revenu du néant, et il a tressailli à cette idée de fantôme. Ce n'était que le chien assis, qui levait son mufle vers lui.

Il a rejoint Jessica dans la chambre. Elle était couchée à plat ventre sur le drap bleu pâle.

Elle s'est réveillée et a basculé brusquement sur le dos, les yeux grands ouverts rivés au plafond. Franck s'est tourné vers elle mais elle l'a ignoré et il s'est demandé si elle se rappelait qu'il était là, tout près d'elle. Elle a glissé une main entre ses jambes, l'a retirée, a examiné ses doigts, humides, luisants, puis elle s'est levée et elle est sortie de la chambre et a claqué la porte derrière elle comme si elle était en colère. L'escalier a grincé quand elle l'a descendu puis on a entendu les canalisations d'eau gronder.

Elle est revenue cinq minutes plus tard, a jeté un coup d'œil dans sa direction mais il n'aurait su dire si elle l'avait vu parce qu'elle n'a rien dit et lui a tourné le dos pour se rhabiller. Il avait encore envie d'elle alors il a tiré le drap sur lui parce que ça le gênait de bander ainsi, dans cette indifférence. Se rappelait-elle seulement qu'elle avait crié, qu'elle en avait redemandé, qu'elle lui avait demandé de lui faire mal ? Une fois de plus, il avait l'impression que la fille qui se rhabillait le dos tourné et demeurait toujours aussi nue, aussi offerte, n'était pas la même que celle en qui il avait cru se perdre une demi-heure plus tôt. Une jumelle aurait pu la remplacer pendant qu'il s'était assoupi, ou remonter de la salle de bains et tenir ce rôle. Il avait peut-être vu ce genre d'histoire dans un film, où une femme double déboussole le héros jusqu'au bord de la folie.

Ou bien était-elle folle, elle. Deux en une. Tour à tour possédée et dépossédée. Il ne savait pas bien. Il ignorait tout des êtres humains, des sacs de nœuds qu'ils trimbalent sur leur dos, des gouffres au fond desquels ils se réfugient ou s'égarent. Il avait appris en prison et avant, aussi, qu'il convenait de se méfier d'eux, tour à tour dangereux ou pitoyables.

Elle a cherché puis trouvé son paquet de cigarettes et en a allumé une.

– Alors, ton boxeur ? Il veut y aller quand ?

– Dès que tu m'auras dit où trouver ces mecs.

– Appelle-le.

* * *

Jessica a d'abord insisté pour venir, pour venger ce que les autres lui avaient fait endurer. C'était la condition à laquelle elle lâcherait une adresse. Lucas n'a pas cherché à la dissuader. Ils se sont donné rendez-vous devant chez Pascal, celui qu'on surnommait Schwarzie. Il habitait sur la rive droite, dans le quartier de la Bastide, une maison d'un étage à la façade décrépite, aux volets de fer parcourus de traînées rouillées. Lucas s'était garé un peu plus loin et il les a rejoints aussitôt, une batte de baseball à la main. Le voyant marcher au milieu de la chaussée, balançant les épaules, puissant et souple, Franck avait l'impression que rien ne pourrait leur arriver de fâcheux, tant il paraissait invincible et redoutable. La rue était encombrée de voitures en stationnement, certaines garées à la diable sur les trottoirs. Par les fenêtres ouvertes des télés murmuraient ou laissaient surgir des clameurs assourdies. Au-dessus d'eux des hirondelles rayaient le bleu délavé du ciel en criant, allumées parfois d'un éclat d'or par le soleil déclinant.

Derrière la porte, on entendait un enfant bavarder et une femme, dans une autre pièce, qui lui répondait en forçant la voix. Quand Franck a sonné, ils se sont tus, et presque aussitôt un petit garçon d'une dizaine d'années est venu ouvrir et Franck en le voyant a eu un mouvement de recul et s'est dit qu'il valait mieux laisser tomber. Le gamin les a dévisagés un à un, tenant la porte entrouverte, mais Jessica l'a repoussé en lui demandant si son père était là.

– Maman !

Jessica l'a écarté brusquement et il a trébuché en arrière et s'est adossé au mur et Lucas est entré à sa suite et a foncé à l'étage en disant à Franck de le suivre. Franck a croisé le regard effrayé du gosse mais n'a rien trouvé à lui dire parce que déjà des cris et des injures et tout un fracas de vaisselle brisée éclataient dans la cuisine.

Ils ont ouvert trois chambres, ont fouillé des placards, regardé sous les lits mais n'ont trouvé personne. Tout était propre et bien rangé. Odeur de linge propre, de lavande. Franck avait du mal à imaginer cette brute dans un tel endroit, dans cet intérieur si tranquille. Ils sont redescendus dare-dare parce qu'en bas les hurlements et les cris des deux femmes allaient ameuter tout le quartier.

Le garçon était venu se réfugier aux côtés de sa mère, qui se tenait contre l'évier, un couteau à la main, tremblante, gémissante. Elle avait pris son fils contre elle tout en brandissant vers eux sa lame mais on sentait bien qu'elle pouvait la lâcher à tout moment tant elle était secouée de frissons et de sanglots. Jessica était à un mètre d'elle à peine, sa clé à molette levée, et elle demandait où était cet enculé de Pascal, « Dis-le, putain, ou je t'éclate la gueule devant ton gosse ! » Pendant ce temps, Lucas a ouvert le frigo et il a commencé à le vider par terre en shootant dans les boîtes et les emballages qui roulaient en tous sens et éclataient. Il a trouvé deux canettes de bière, il en a lancé une à Franck qui a failli ne pas la rattraper et a ouvert l'autre et a commencé à boire à longues gorgées, sa batte reposant sur son épaule. Il l'a vidée, a roté puis a écrasé la canette d'aluminium dans sa main et l'a jetée sur la femme, l'atteignant au front.

Les cris se sont tus brusquement et Jessica a balayé de sa clé à molette la vaisselle qui séchait sur l'évier. La femme a tressailli et fermé les yeux. Elle a laissé tomber son couteau à ses pieds. Franck s'est approché d'elle. Il voyait mieux. Sous son maquillage défait, ses cheveux emmêlés tombés devant son visage, elle était plus jeune qu'il ne l'avait cru d'abord. Elle sentait le parfum et la transpiration. La peau humide de son cou, le haut de sa poitrine brillaient.

– Calme-toi. C'est pas après toi qu'on en a. On veut juste ton connard de mari.

– C'est pas mon mari, elle a reniflé.

– On s'en fout. Il faut qu'on lui parle de ce qu'il a fait l'autre soir à notre copine. Il vaut mieux que ça se passe pas ici.

La femme hoquetait encore, apeurée, serrant contre elle son garçon.

– Il me dit pas toujours où il va, qu'est-ce que vous croyez ?

– Alors tu vas l'appeler et tu vas te démerder pour qu'il te dise où il est.

Franck a pris le gosse par le bras et l'a tiré à lui. La femme a hurlé mais il l'a saisie à la gorge.

– Ferme ta gueule et il lui arrivera rien. T'as un téléphone, par là ?

– À côté.

Franck a lâché le gamin. Ils ont suivi la femme jusque dans la salle de séjour, de l'autre côté du couloir qui séparait la maison en deux. Elle a pris un téléphone sur la table basse et les a regardés tour à tour. Ils ne bougeaient pas, ils la tenaient au bout de leurs regards comme au bout de fers de lances et l'on n'entendait que les respirations plus rapides et les reniflements du garçon qui était revenu se coller à sa mère.

Puis Jessica est passée derrière la femme et lui a collé la lame d'un opinel sous la gorge.

– Tu dis un mot de trop et je te saigne. Tu comprends ?

Oui, elle comprenait. Hochement de tête. Elle a cherché sur les visages de Franck et Lucas l'expression d'une désapprobation, d'une gêne, mais ils étaient masqués de peur, figés dans l'instant, leurs yeux rivés sur la lame de couteau.

Elle a composé le numéro et dans le silence ils entendaient les bips de la numérotation puis les bourdonnements réguliers. Franck s'est approché et a tendu l'oreille.

– Ouais, qu'est-ce qu'y a ?

– T'es où, là ?

– Chez Samir, pourquoi ? Pourquoi tu m'appelles, putain ? On est en pleine partie !

– Non, c'est Jordan, il est pas bien. Je crois qu'il a pris un coup de soleil. Je voulais savoir si tu rentrais tard.

Le garçon a levé la tête vers sa mère, l'air surpris, mais elle l'a rassuré en lui passant la main dans les cheveux. Il y a eu un silence sur la ligne, puis la voix lointaine a repris :

– Je rentre à l'heure que je veux ! T'es pas ma mère, non ? Je sais pas, moi, mets-lui de la glace ! T'as besoin de m'emmerder avec ça, putain ! Allez, c'est bon, à tout à l'heure !

Lucas est sorti de la pièce et on l'a entendu fouiller un placard dans la cuisine. Il est revenu avec un rouleau de ruban adhésif, du fil à linge et un torchon. Jessica n'a pas lâché la femme. Elle a pressé sa bouche contre sa joue pour lui parler.

– Il habite où ce Samir ?

– À Talence. Résidence Les Lilas. Bâtiment C. Je sais pas le numéro.

– T'inquiète, on trouvera. Son nom ?

– Kheloufi.

Lucas et Franck ont déroulé de l'adhésif et lui ont attaché les mains dans le dos puis les pieds, puis ils l'ont bâillonnée avec le torchon. Couchée sur le carrelage, elle a commencé à gémir, à se tordre, à ruer, alors Jessica est revenue lui piquer la gorge avec son couteau et elle s'est calmée le temps que Franck l'immobilise en liant poignets et chevilles. Le gamin s'est laissé faire. Ils ne lui disaient rien, ils faisaient doucement avec lui, ils ne serraient pas trop, laissant un peu d'amplitude à ses mouvements. Ils lui ont mis de l'adhésif sur la bouche et l'ont installé sur le canapé. Ses yeux pleins de larmes roulaient follement puis se sont posés sur sa mère, qui gardait les yeux fermés.

Lucas a regardé autour de lui comme s'il vérifiait que tout était en ordre, puis il s'est tourné vers Jessica :

– Comme on avait dit, tu restes avec eux. Il faut que l'autre se demande ce qu'on va leur faire. On t'appelle, de toute façon.

Jessica a soupiré. Elle était debout au milieu de la pièce, bras ballants, son couteau toujours à la main, et elle regardait la femme et le gosse fixement, comme absente.

– Ça va aller, lui a dit Franck à l'oreille. C'est pas après eux qu'on en a.

– T'inquiète, je vais pas les égorger tout de suite.

Franck et Lucas sont sortis et une fois sur le trottoir ils ont eu le même temps d'arrêt surpris peut-être parce que la nuit était tombée et ils se sont mis à courir vers la voiture comme si soudain le temps pressait. Un moteur a rugi au coin de la rue et des phares les ont cloués sur place et le crissement des pneus les a fait s'égayer chacun d'un côté, marchant courbés le long des véhicules garés. Franck s'est collé au flanc d'un fourgon à l'instant où claquaient deux portières et retentissaient des éclats de voix. Il a pris sa matraque et s'est trouvé tellement désarmé qu'il a eu envie de la jeter au loin et d'aller trouver les types pour calmer le jeu mais il les a entendus gueuler à Lucas de se mettre à plat ventre et de ne plus bouger et déjà il percevait le choc sourd des coups qui tombaient au milieu des injures puis le cri de Lucas et ses plaintes et ses supplications, arrêtez, arrêtez, alors Franck a pensé à Jessica qui devait avoir entendu et qui voyait sans doute tout ça par la fenêtre, à Jessica son couteau à la main avec la femme et ce gosse à sa merci. Il a couru vers la maison, il a tapé à la porte et quand elle s'est ouverte aussitôt, son poing encore sur le battant, il a bondi en arrière en se retrouvant nez à nez avec la femme livide, le couteau pointé sous la mâchoire et le sang qui perlait déjà à la coupure, Jessica derrière elle la tenant par les cheveux et s'adressant à la rue, à la nuit pleine de cris.

– Je vais la saigner enculés ! Dégagez de là ou je vous jure que je lui ouvre la gorge !

Franck ne savait plus quoi faire, il s'est retourné et a vu Schwarzie au milieu de la chaussée, dans la lueur des phares, qui braquait un flingue sur eux et à ce moment-là il a cru qu'ils allaient tous crever là, les uns et les autres, d'une manière quelconque.

– Le gamin il s'appelle pas Jordan, mais Dylan, a dit Jessica derrière lui. C'est comme ça qu'elle l'a prévenu, en se trompant de prénom, cette pute.

Franck a empoigné la femme lui aussi, l'a fait descendre sur le trottoir, Jessica toujours accrochée à elle, et il a réussi à gueuler au type de lâcher son arme et de reculer et le type a fait deux pas en arrière mais il a assuré en même temps sa prise sur la crosse alors que plus loin Lucas s'était relevé et titubait et boxait devant lui l'espace qui le séparait de l'autre homme lui-même groggy, appuyé contre une voiture, et sous l'éclairage jaunâtre des lampadaires ils semblaient deux ivrognes en train de chahuter.

– Lâche ce flingue, a dit Franck.

– Laissez-la d'abord, parce que je vais éclater la gueule de cette salope et la tienne après.

Sa voix était ferme, presque calme, mais son bras tremblait et on voyait bien qu'il faisait un effort surhumain pour tenir sa ligne de mire. Franck a aperçu Lucas s'affaler sur son type et ils ont roulé enlacés contre une voiture puis sur le capot d'une autre avant de s'effondrer entre les deux véhicules. Il y a eu le bruit terrible d'un crâne cogné contre le bitume puis Lucas s'est redressé encore et a foncé sur Schwarzie et l'a percuté comme on le voit au rugby et ils sont tombés au sol, emmêlés, l'un entraînant l'autre dans sa chute, lourds, presque lents, sans un cri. Franck s'est précipité et a arraché le pistolet de la main du culturiste qui n'a même pas résisté, il lui a éclaté la face d'un coup de matraque et il a gueulé allez, on se casse.

Jessica a balancé la femme contre un mur et a couru vers lui. Il a aidé Lucas à se relever et ils ont claudiqué vers les voitures. Le deux-tons d'une voiture de flics s'entendait au loin et ils se sont hâtés comme ils pouvaient.

– Je peux conduire, a soufflé Lucas. Allez-y.

Il a essuyé du revers de sa main le sang qui coulait de son nez, de ses arcades sourcilières éclatées, et il s'est jeté sur son siège.

Franck a pris le volant et s'est sorti de la place de stationnement en tapant devant et derrière, déclenchant une alarme antivol. Dans le rétroviseur, il a vu Lucas foncer en marche arrière vers l'avenue et disparaître. Il a fait un écart pour éviter Schwarzie toujours k.-o. sur la chaussée. De la tôle a crissé, un rétroviseur externe a volé en éclats. Au moment où il tournait au coin de la rue, il a aperçu l'éclair bleu d'un gyrophare puis plus rien parce qu'il lançait la voiture dans une rue étroite sans savoir vers où, Jessica recroquevillée sur le siège, qui avait posé son couteau sur le tableau de bord.

Il s'attendait à voir surgir à tous les croisements des voitures de police lancées à leur recherche mais rien ne se passait, ils s'éloignaient et se perdaient dans des cités, dans des rues désertes, et malgré la douceur de la nuit d'été personne ne traînait devant les immeubles ou les maisons et bientôt ils ont pu se réorienter et retrouver la rocade pour rentrer chez eux. Sur l'autoroute, l'obscurité semblait se refermer derrière eux pour effacer leur trace. Jessica n'avait pas bougé depuis qu'ils avaient démarré. Dormait peut-être. En prenant la route de campagne, en fonçant au milieu de la masse ténébreuse des arbres, il s'est senti seul, à nouveau, s'imaginant qu'il dérivait au milieu de ténèbres vides, sans dimension. Il essayait de reconstituer les événements de la soirée et n'en retrouvait que quelques images fugitives, comme celles d'un rêve qui échappe, déchirées de cris.

La maison a surgi dans la lumière des phares, et la surprise l'a tiré de l'espèce de songe qui l'avait absorbé pendant le trajet, et il aurait pu croire qu'une bulle d'espace-temps l'avait escamoté pour le propulser là. Il s'est assuré d'instinct que Jessica était bien auprès de lui et quand il l'a vue déplier ses jambes, étirer ses bras, puis descendre de la voiture sans un mot, il a su qu'il était bel et bien dans la réalité, et en se redressant à son tour, il a senti contre ses reins la mâchure de l'acier du pistolet. Il ne se rappelait même pas l'avoir emporté et il l'a ôté de sa ceinture et l'a regardé à l'étrange clarté de cette nuit sans lune, sous le fourmillement des étoiles. L'acier n'émettait aucun éclat. L'arme semblait absorber toute lumière dans sa noirceur insondable.

Il a levé les yeux, pris d'un vertige. Jessica, plus loin, silhouette blafarde, l'observait. Elle a haussé les épaules puis a marché avec nonchalance vers la porte. Le chien est apparu au coin de la maison, vers la grange, grondant. « Ta gueule », elle lui a dit d'une voix rauque avant de faire claquer le verrou puis de disparaître dans l'entrée. Le chien s'est couché, la tête sur ses pattes, les oreilles dressées. Franck a brandi vers lui le pistolet. Et il a eu l'impression que l'animal, craintif, se tassait un peu sur lui-même.

Le silence laissait seulement passer le chuchotement d'une brise. Une chouette a chanté, tout près, au bord de la forêt. Quand ils étaient gosses, avec Fabien, ils essayaient d'appeler celles qu'ils entendaient, soufflant dans leurs mains réunies en conques, et ils attendaient longtemps qu'elles leur répondent. Un autre oiseau a répliqué, plus loin. Franck a inspiré à fond l'air doux de ce moment parfait, puis il a marché vers la caravane, écrasé de fatigue. Il est passé tout près du chien, qui n'a pas bougé.

9

Franck a senti l'odeur du tabac avant de les voir. Les deux femmes se sont tues quand il s'est approché. Elles étaient installées sur des chaises de jardin, à l'ombre du gros chêne derrière la maison, en train de boire du café et de fumer. Jessica lui a jeté un coup d'œil indifférent puis a étendu ses jambes devant elle. La mère s'épilait les sourcils. Franck a croisé son regard mauvais dans le petit miroir qu'elle tenait tout près de son visage. En passant derrière Jessica il a effleuré sa nuque du bout de l'index mais elle l'a chassé d'un revers de main comme un insecte importun.

– Au moins, toi, ça t'a pas empêché de dormir.

– Justement, si. C'est pour ça que j'ai essayé de récupérer sur le matin. J'ai cru que t'allais m'apporter le café et les croissants.

– Du café il en reste dans la cuisine. Doit pas être très chaud.

– Il paraît que t'as été à la hauteur, hier soir ? a fait la Vieille.

Elle s'était tournée vers lui et le regardait franchement, avec une bienveillance soudaine qu'il ne lui avait jamais vue.

– Disons qu'on aurait pu s'en sortir plus mal, vu le merdier que c'était. On s'est bien fait baiser. Le mec était tout près, il a débarqué presque aussitôt, on a à peine eu le temps de sortir dans la rue. En plus il avait un flingue.

Ils ont tressailli tous les trois aux cris qui provenaient de la forêt. Rachel. Elle a jailli aussitôt de l'ombre des arbres en courant et en criant. Jessica s'est précitée à sa rencontre. La Vieille s'était redressée sur sa chaise, le cou tendu pour mieux voir, puis elle s'est baissée pour prendre une cigarette dans le paquet posé à ses pieds. Franck s'est avancé sur le chemin qui traversait le pré et a rejoint Jessica accroupie, la fillette dans les bras.

– Un serpent ! pleurait la petite. Un gros, là-bas. Il m'a poursuivie.

– Mais non. C'est fini. Il ne t'a pas mordue, ni rien ?

Rachel a secoué la tête. Sa mère examinait ses chevilles, ses bras.

– Pourquoi t'es allée seule dans les bois ? a demandé Franck. T'as pas peur, toute seule là-bas ?

La petite s'est retournée vers la forêt et a semblé scruter quelques secondes la confusion sombre qui se pressait là-bas comme si quelque monstre pouvait en surgir.

– Non, elle a dit. J'ai pas peur, mais…

Jessica s'est remise debout et l'a prise par la main.

– Viens. T'es brûlante. Je vais te rafraîchir et tu boiras un peu. Viens, mon cœur.

Franck les a regardées s'éloigner, Rachel se tordant les pieds à cause de ses espadrilles mal chaussées, frêle et vacillante, puis il s'est retourné vers la forêt et il s'est surpris à épier lui aussi l'orée obscure dans laquelle s'enfonçait le chemin pour savoir ce que la petite fille avait redouté de voir apparaître.

– Et maintenant ?

La mère le dévisageait, la gueule tordue, un œil fermé à cause de la fumée de sa cigarette.

– Maintenant quoi ?

– La guerre est déclarée, non ? Qu'est-ce que tu proposes ?

– Vous en avez parlé avec Jessica, non ? C'est vous qui décidez, pas vrai ? Depuis quand vous vous intéressez à mon avis ? J'arrive toujours pas à comprendre pourquoi vous ne m'avez pas foutu dehors.

Elle hochait la tête pendant qu'il parlait, sans le quitter des yeux, comme si elle soupesait chaque mot qu'il prononçait.

– Parce que tu es le frère de Fabien et que c'est un gars bien, et qu'on lui doit bien ça. On lui a fait cette promesse avant qu'il s'en aille. Ça te va comme réponse ?

La femme s'est resservi du café. Il devait être froid. Elle l'a bu d'un trait.

– Et dans le coin, je vois que toi pour aller trouver ces types qui ont violé ma fille et leur faire payer ça.

Depuis un moment, on entendait des coups sourds, métalliques, qui provenaient de l'atelier du Vieux.

– Et lui, il peut pas ? Il connaît du monde, il pourrait régler ça en trois jours, vous croyez pas ?

La Vieille a allumé une cigarette et s'est levée puis s'est approchée de lui, le menton en avant, ses seins lourds ballottant sous son chemisier sans manches.

– T'as peur, c'est ça ?

Elle a soufflé sa fumée en l'air, la bouche de travers, et une mèche de cheveux rouges s'est soulevée. Flottait jusqu'à Franck une odeur mêlée de tabac et de muguet. Il a dévisagé cette expression maussade, ce masque d'amertume que trouait la bouche aux dents mal implantées se chevauchant comme des morceaux de palissade bousculés par une tempête. Les yeux plissés fouillant en lui peut-être pour y trouver une raison de plus de le mépriser.

– Oui, c'est ça. J'ai peur. Vous avez tout compris.

Il l'a plantée là pour rentrer dans la maison. Il l'a entendue marmonner et se racler la gorge, expulsant et crachant la rancœur et la bêtise qui semblaient commander chaque battement de son cœur et la tenir debout.

Jessica sortait de la salle de bains où elle avait rafraîchi et consolé Rachel. La petite fille mangeait une glace au chocolat dans un petit pot. Elle a levé vers Franck des yeux encore brillants de larmes mais elle a esquissé un sourire en l'apercevant et il lui a semblé qu'il la voyait sourire pour la première fois.

– On va faire les courses, a dit Jessica. Tu viens avec nous ?

La voiture roulait parfois dans des zones ombragées où la forêt soufflait encore un peu de fraîcheur par les vitres ouvertes. Rachel était sagement installée sur le siège arrière, un petit sac rouge sur les genoux auquel pendait un minuscule lapin bleu qu'elle tenait entre ses doigts. Elle avait mis de grandes lunettes de soleil à la monture rouge, elle aussi, et son visage bronzé, ses cheveux noirs ramassés sur la tête en un chignon hâtif débordant de mèches folles lui donnaient l'allure d'une star de cinéma miniature. À un croisement, une voiture de gendarmerie était garée sur le bas-côté et deux pandores à lunettes noires, debout sur le terre-plein, les ont regardés passer et les ont suivis des yeux un long moment sur l'interminable ligne droite. Le cœur de Franck s'était mis à taper fort et il a senti sur son crâne ses cheveux se hérisser.

Jessica a posé une main sur sa cuisse.

– C’est rien. Ils sont souvent là à rien branler. De temps en temps, ils shootent les voitures avec leurs jumelles.

Au loin, des flaques de lumière s’étalaient et vibraient sur le bitume. Quand ils sont descendus de voiture sur le parking, la chaleur était là, lourde et compacte, posée sur toutes choses comme si la nuit ne l’avait jamais dissipée. Rachel a voulu s’asseoir sur le chariot mais sa mère lui a fait remarquer qu’elle était trop grande pour ça, alors la gamine, un peu fâchée, a traîné derrière eux à deux ou trois mètres comme si elle déambulait seule dans le magasin. La climatisation devait être réglée à fond et les clients poussaient devant eux leurs tas de victuailles avec une lenteur tranquille, peut-être pour profiter plus longtemps de cette interruption momentanée de la canicule.

Jessica longeait les rayons et jetait devant elle des boîtes qu’elle regardait à peine, sans presque ralentir. De temps en temps, elle comparait deux prix, haussait les épaules et reprenait sa progression dans les allées immenses où des marmots geignaient ou pleuraient, tapant du pied, plantés devant le produit de leur choix pendant que leur mère leur tournait le dos en faisant la sourde oreille et faisait mine de s’éloigner pour les entraîner à sa suite.

Rachel parfois rapportait un paquet de céréales ou un sac de bonbons et les soumettait à l’approbation bougonne de Jessica puis les posait avec soin dans le chariot. Devant les armoires réfrigérées, Franck a senti un grand frisson lui courir dans le dos et a vu sur les bras nus de Jessica la même chair de poule. Comme souvent, elle ne portait presque rien : son éternel short coupé dans un jean, un chemisier blanc en coton léger qui laissait apercevoir son soutien-gorge noir, une paire de tongs et du vernis fuchsia aux ongles des orteils. Elle a rempli un sac isotherme de plats cuisinés surgelés puis elle s'est retournée vers lui :

– Je te jure que je l'aurais égorgée, cette salope, hier soir. Heureusement que t'étais là.

Une vieille femme, qui hésitait devant les pizzas, de l'autre côté de l'épaisse porte vitrée qu'elle avait ouverte, s'est retournée vers eux et les a dévisagés. Franck a croisé son regard et lui a souri et elle s'est éloignée en claudiquant sur ses jambes gonflées. Rachel a posé une boîte d'esquimaux puis est repartie. Franck lui a dit de ne pas se perdre mais elle a feint de n'avoir pas entendu et a disparu derrière une pyramide de paquets de café devant quoi une animatrice attirait le chaland en promettant un voyage au Pérou à ceux qui gagneraient le grand tirage au sort.

– Bien sûr que non, tu l'aurais pas égorgée. On tue pas les gens comme ça.

– Ouais... Si tu le dis... Bon, en attendant, faut aller prendre de la viande.

Il n'y avait presque personne au rayon de la boucherie. Une grande blonde qui avait gardé ses lunettes de soleil, la peau cuivrée, les lèvres visiblement remodelées qui faisaient à sa bouche une moue permanente, des bagues plein les doigts. On lui coupait de l'entrecôte et elle en surveillait au millimètre l'épaisseur des tranches et le boucher, un type rondouillard d'une cinquantaine d'années, obéissait scrupuleusement. Quand Jessica s'est approchée, il a commencé à la reluquer, les yeux vissés sur le haut de ses cuisses et le triangle serré de près par la toile du short. Franck a vu le moment où il allait laisser un bout de doigt au milieu des entrecôtes de la blonde mais la femme s'est penchée un peu plus vers lui, accoudée à la cloison vitrée, tendant vers lui un doigt impérieux, alors il s'est remis à couper la viande avec la délicatesse d'un chirurgien.

La blonde a récupéré son paquet puis s'est éloignée sans un mot, l'air hautain, sur des talons aiguilles effilés comme des pics à glace.

– Et pour madame ?

Le boucher parlait à Jessica en faisant courir son regard sur tout son corps comme si elle avait été nue devant lui. Elle s'est penchée pour se toucher son genou, peut-être pour le gratter, et elle lui a passé sa commande dans cette position et les yeux du type se sont mis à rouler dans l'échancrure du corsage sur la rondeur de ses seins. Il a saisi le quartier de viande dans lequel il allait tailler des tranches d'aloyau et il a caressé du plat de la main la graisse jaunâtre, enfonçant son pouce dans la mollesse de la chair morte. La pulpe de ses ongles était incrustée de sang et les jointures de ses doigts blanchissaient à l'effort qu'il faisait en appuyant sur la lame du couteau. Il a essuyé ses mains à son tablier et a pris une feuille de papier pour emballer les tranches qu'il avait coupées.

– Génial, super, répétait Jessica d'une voix de gorge pendant la pesée.

– Et avec ça ?

Elle était maintenant collée à la vitre de l'étal, dressée sur la pointe des pieds. Franck s'est demandé si elle n'allait pas passer derrière pour venir se vautrer avec ce type au milieu de la viande froide. Il lui a semblé déceler dans l'air un relent de fraîchin, de sang, et il s'est éloigné un peu, vaguement écœuré. Il regardait les allées presque vides et il a vu au loin un petit garçon tenant sa mère par la main et il a commencé à chercher des yeux Rachel dans l'alignement des rayons mais il ne l'apercevait nulle part alors il est revenu vers Jessica, il a attendu qu'elle ait terminé son numéro devant le boucher, puis quand elle s'est tournée vers lui, hilare, il n'a pas su lui dire tout de suite qu'il ne trouvait plus la petite.

– Ce connard m'a fait dix euros de gratte. Il tirait tellement la langue qu'il aurait pu se lécher la queue avec.

Elle lui a pris le chariot, a fait quelques pas en le poussant puis s'est arrêtée net.

– Où est Rachel ?

– Aucune idée. Elle doit traîner par là devant les bonbons ou les jouets.

– Putain…

Elle a balancé son sac au milieu des victuailles et elle est partie en courant en appelant la petite. Franck l'a suivie avec le caddie en lui disant attends, crie pas comme ça, elle n'est pas loin, mais une sale appréhension commençait à l'envahir. Il a repensé au garçon qu'ils avaient terrorisé la veille, menacé, ligoté. Il a couru vers la sortie, il a franchi l'alignement des caisses en bousculant deux femmes en train de vider leurs courses sur le tapis roulant et il a laissé derrière lui leurs protestations et il est sorti sur le parking persuadé qu'il allait apercevoir des types en train d'embarquer la fillette dans le coffre d'une voiture, mais les reflets du soleil sur les toits des autos faisaient un pavage aveuglant et il n'a rien vu que des silhouettes sombres trembler dans la lumière alors il est revenu dans le magasin où on n'entendait plus que les cris de Jessica appelant sa fille. Les gens s'arrêtaient sur le passage de cette folle qui déménageait les caddies qu'elle rencontrait pour les envoyer valdinguer contre les alignements de marchandises, semant derrière elle un sillage d'emballages et de paquets s'effondrant sur le sol. Franck l'a rattrapée et l'a saisie aux épaules pour qu'elle l'écoute et se calme mais elle l'a repoussé et a balayé sur sa droite tout un rayon de boîtes de conserve qui se sont écrasées au sol avec un roulement sourd. Elle s'est remise à courir et à ce moment-là Franck lui a crié par là, viens par là au lieu de gueuler, regarde ! Rachel était assise dans un recoin du rayon librairie, plongée dans un livre. Elle a levé le nez des pages en les voyant se précipiter vers elle puis s'est remise à lire comme si de rien n'était, absorbée, étrangère à tout.

Jessica l'a redressée en l'attrapant par le bras et a jeté le livre au loin puis l'a giflée si fort que la gosse est tombée au sol et elle l'a relevée en l'accrochant par le haut de sa robe et l'a frappée encore, dans le dos, sur le visage, en poussant des sortes de gémissements enragés accompagnant chaque coup qu'elle donnait cependant que Rachel se laissait battre sans réagir, inerte comme une poupée de chiffon.

Franck a dit à Jessica arrête, merde, t'es complètement folle, mais l'autre n'entendait rien alors il l'a ceinturée et l'a jetée par terre et s'est interposé entre elle et la fillette, en garde, les poings fermés, je te jure que si tu oses encore quelque chose contre elle je te démonte la gueule. Comme Jessica ne bougeait plus, couchée en chien de fusil, secouée de sanglots, il a aidé la petite à se remettre debout et l'a prise contre lui. Elle ne pleurait pas, ne se plaignait pas. Ses yeux étaient écarquillés de terreur et son visage était pâle, luisant de sueur.

– Viens, Rachel.

Il a pris la petite par la main et ils sont sortis du magasin sous les regards pesants, parmi les commentaires murmurés qui bourdonnaient sur leur passage. Dehors, un peu plus loin, il y avait un marchand de glaces et Franck a demandé à Rachel si elle en voulait une. Elle a dit oui, la tête baissée.

Elle serrait contre elle son petit sac et reniflait et s'essuyait le nez du revers de la main et Franck cherchait dans ses poches s'il avait un mouchoir mais n'en trouvait pas. La petite a montré dans les bacs colorés ce qu'elle préférait – fraise et ananas – pendant que Franck prenait du chocolat. Ils se sont installés sur un banc en béton encore à l'ombre. Le soleil tombait sur leurs pieds et Rachel bougeait ses orteils dans ses sandales et le vernis rose de ses ongles luisait doucement.

Ils sont restés assis un moment sans rien dire, leurs jambes grignotées par la progression du soleil qui montait vers son zénith. Un petit chien traînant une laisse de cuir accrochée à son collier est venu flairer les chevilles de Rachel et quand elle a tendu la main vers lui pour le caresser il a bondi en arrière, craintif, puis s'est mis à aboyer. Franck l'a chassé en se levant et en l'effrayant d'un geste brusque du bras.

– Viens ici ! a fait une voix aiguë.

C'était une femme aux cheveux rouges, un peu comme ceux de la Vieille, qui poussait devant elle un chariot plein à ras bord.

– Il n'est pas méchant !

– Moi si, a répondu Franck avec un grand sourire.

La femme a récupéré son chien puis s'est éloignée dans une allée du parking, se penchant pour parler à l'animal, peut-être pour lui prodiguer des conseils de prudence, et la bestiole levait la tête vers elle et trottait sur ses courtes pattes qui semblaient s'enfoncer pour disparaître tout à fait dans le bitume brûlant.

Jessica est passée près d'eux avec le caddie. Un type en bras de chemise, cravaté, sans doute le directeur du magasin, la suivait de près, la raccompagnant peut-être.

– On y va ?

Elle avait à peine ralenti et ils se sont levés à sa suite. Elle a hésité une seconde le temps de repérer la voiture, puis elle a marché plus vite dans le fracas bringuebalant du grand panier d'acier qui vibrait sur le macadam. Elle a ouvert le coffre surchauffé puis y a balancé sans ordre le contenu du chariot. Franck a installé Rachel sur le siège arrière, laissant grandes ouvertes les portières, puis il est revenu aider Jessica mais elle avait presque fini. Elle ne lui adressait aucun regard, feignant de s'absorber dans son rangement. Comme elle sentait ses yeux sur elle, elle s'est redressée, haletante.

– Dis rien. Ferme ta gueule. C'est pas le moment.

Le trajet de retour s'est fait dans le silence. Rachel s'est endormie dès qu'ils ont commencé à rouler, en chien de fusil sur la banquette. Sur le chemin menant à la maison, ils ont croisé Roland qui partait, à bord de sa Mercedes. Il leur a fait un signe de la main puis a disparu sur la route.

La mère les attendait devant la maison, des paniers et des sacs autour d'elle, et dès qu'ils se sont arrêtés elle s'est précipitée pour vider le coffre en râlant parce que sa fille, comme d'habitude, avait fait ça n'importe comment. Jessica a sorti Rachel de la voiture et l'a portée jusqu'à la maison, éparpillant des baisers dans ses cheveux, et la petite l'a serrée dans ses bras, s'étirant encore dans son sommeil. Franck s'est approché de la mère qui marmonnait, penchée au-dessus du coffre.

– Et où il va comme ça, votre mari, sous ce cagnard ? Ça pouvait pas attendre ?

La Vieille a fourgonné quelques secondes dans les sacs avant de lui répondre.

– Il devait voir Serge, puisque tu veux tout savoir. Et Serge, il aime pas attendre.

Il les a laissées rentrer chez elles. La folle salope et son enfant martyre, et la vieille peau de vache flétrie. Il s'est aperçu soudain qu'il n'en avait rien à foutre. Il partirait ce soir. C'était décidé. Il irait loger dans un petit hôtel pas cher non loin de Bordeaux et il verrait venir. Il expliquerait à Fabien que la situation ici n'était plus tenable, que cette maison de dingues devenait dangereuse. Un nid de crotales. Ils aviseraient à son retour quoi faire avec cette histoire de dope. Cette famille empoisonnée n'était pas la leur. Que ce Serbe et son équipe viennent les travailler en férocité, au couteau ou à la flamme, tant pis pour leurs gueules. Ce n'était définitivement plus son affaire. Ça le peinait pour Rachel, mais avec un peu de chance ils ne s'en prendraient pas à elle. Elle serait juste spectatrice de l'horreur. Possible qu'elle en ait vu d'autres, pour sembler si triste, pour se taire ainsi comme si elle ne trouvait pas les mots pour raconter et que ça lui faisait peur. Avec sa pute de mère, son grand-père alcoolo qui devait bien laisser traîner de temps en temps ses mains aux ongles couronnés de cambouis, elle avait peut-être déjà trop vécu pour son âge, cette petite. À l'ombre chiche de la façade que traquait le soleil de midi, il a commencé à imaginer des scénarios sordides, de terribles explications au silence de la fillette. Il se la figurait serrant les dents, les yeux pleins de larmes, sous les coups de sa mère ou les caresses odieuses du Vieux. Au bout d'un moment, il s'est dit que ça allait comme ça les idées tordues et les films dégueulasses, que Roland ne pouvait pas être à ce point salopard pour oser faire ça à cette gosse. Il avait vu des pointeurs en prison. Ils portaient ça comme leur putain de nez de renifleur de gosses au milieu de la figure. Quand avec d'autres détenus ils en croisaient un, il y avait toujours un type pour dire mate celui-là, sa gueule… que du vice. Alors que le Vieux…

Il revoyait les visages et plus rien n'était si clair. Les masques que la taule collait sur le visage des hommes, par ses rumeurs et ses haines remâchées et ce minable réconfort d'avoir trouvé sur l'échelle de l'opprobre sociale plus bas ou plus vil que soi, ces masques tombaient. Plus il y repensait et plus Franck avait l'impression de voir défiler un lendemain de carnaval. Les mecs n'avaient pas, inscrites sur leur front, toutes leurs misères et leurs infamies. En prison, on n'a jamais l'air de ce qu'on est vraiment. Se dévoiler c'est se foutre à poil, c'est se faire enfler d'une manière ou d'une autre.

La gueule de l'emploi. L'habit et le moine.

Le soleil a fini par le plaquer contre le mur alors il s'est remué et a congédié d'un revers de main toutes ces pensées trop grandes pour lui. Comme il n'avait pas vraiment faim, il a renoncé à rejoindre les autres dans la cuisine. Il est parti dans sa caravane, a trouvé un paquet de biscuits, en a mangé trois ou quatre en buvant de l'eau. Il a attrapé son sac dans un coffre et l'a ouvert, bien décidé à le remplir un peu plus tard de ses maigres possessions. Sans cette chaleur, il l'aurait fait tout de suite et serait parti sans même aller les prévenir. Il s'est dit qu'au point où il en était, deux ou trois heures de plus ne changeraient rien à la situation.

Il s'est allongé sur son lit et a pensé soudain à Lucas et Nora. Il s'est rappelé le visage en sang de Lucas, les coups de poing et de crosse qu'il avait reçus quand les deux autres lui étaient tombés dessus.

Nora a répondu aussitôt.

– Comment ça va ? Tu demandes comment ça va, fils de pute ? Mal, ça va. Et Lucas, à l'heure qu'il est, il est à l'hosto, et moi là je suis devant avec ma gosse à fumer ma clope pendant qu'il passe un scanner. Parce que la fracture de la mâchoire, c'est rien. Ils parlent de traumatisme crânien, tu vois le tableau ? Alors tes plans pourris avec l'autre pétasse, tu les gardes pour toi. Quand il est rentré hier soir, j'ai cru qu'il allait mourir, moi ! Il a pratiquement pas dormi, et ce matin, je l'ai pas reconnu, t'imagines ? On dirait qu'il a été passé à tabac pendant des heures. Et pourtant, les coups, il sait en recevoir, je l'ai déjà vu après des combats qu'il avait perdus. Mais là, c'est un massacre.

– Je croyais pas que ça tournerait comme ça. Au départ, on devait juste intimider ce mec, et puis…

– Bon, Franck, ça va maintenant. Je veux plus rien entendre. Je vais raccrocher, là. Et tu nous oublies. D'accord ? Sinon je balance aux flics. Quand t'étais au trou au moins on avait la paix, sans ton frère ou toi à venir relancer Lucas tous les quatre matins. Allez…

Elle a coupé et Franck a regardé l'écran de son téléphone comme s'il avait pu y voir apparaître le visage furieux de Nora. Il a jeté l'appareil loin de lui et s'est allongé en frissonnant. Des douleurs lui couraient dans tout le corps comme s'il avait la grippe. Il se remémorait ce qui s'était passé la veille, les cris de Lucas, le type penché sur lui en train de l'écraser de coups, la rage incontrôlable de Jessica, la lame du couteau sur la gorge de la femme, au sang déjà, et l'autre brandissant son pistolet au milieu de la rue et ces quelques millimètres où tout s'est joué, entre le percuteur et l'amorce, entre l'écorchure de la peau et l'artère battante.

Le cœur lui tapait plus fort en songeant à ce qui aurait pu arriver, avait failli se produire. À ces quelques secondes d'hésitation, à ces quelques millimètres de marge d'erreur. Il a frissonné encore.

Dehors, tout était immobile et silencieux. Il tendait l'oreille et ne percevait même pas un frémissement d'air, un tremblement de feuille. Il réfléchissait à la suite. Il se voyait déjà tournant sur la route sans un regard en arrière et accélérer, soulagé comme quand on se dépêtre d'un roncier, malgré les écorchures et les échardes qu'il faudrait ôter plus tard.

Puis il s'est demandé où il dormirait ce soir. Il a passé en revue les quelques-uns chez qui il aurait pu sonner mais près de cinq ans après, sans aucun signe de vie ni des uns ni des autres, à quoi bon ? Se reconnaîtraient-ils seulement ? Il y aurait eu Nora et Lucas… La route s'ouvrait devant lui, libre mais tortueuse, et il ne savait pas où elle le conduirait. Tire-toi d'ici, lui répétait une voix qui vibrait en lui et le faisait presque trembler.

Au-dessus de lui, le plafond s'auréolait d'humidité et dessinait un archipel pisseux dans un océan de boue. Il a essayé d'y lire des formes familières mais n'a rien discerné et a fermé les yeux. Il a laissé venir à lui des souvenirs d'enfance. Des moments auxquels il n'avait jamais plus repensé. Il ne s'attendait pas à trouver tout ça dans sa mémoire. Tous ces visages. Lucie, Amel, Mohamed, Quentin… Ses meilleurs amis au collège. Solides, intimes, fraternels. Le sourire d'Amel. La plus belle fille qu'il ait connue, sans doute. Entichée d'un autre, plus vieux, plus fort, plus drôle. L'envie douloureuse de savoir ce qu'elle était devenue lui a noué la gorge. Il aurait aimé la serrer dans ses bras comme ils faisaient tout le temps à l'époque, mimant des étreintes d'amour puis se détachant de l'autre brusquement pour rompre la montée du désir et du trouble, presque gênés, comme si leur amitié leur imposait l'interdit d'une sorte d'inceste entre sœurs et frères choisis. S'il retrouvait

Amel maintenant, sûr qu'il balaierait ces règles du jeu et qu'il saurait lui dire… Mais il était si tard, déjà dans leurs vies. Trop tard, évidemment.

Pendant un moment, il a tourné et retourné ce genre de pensées, leurs fausses promesses et leurs déceptions assurées. Il avait dix, quinze ans de moins, mais les barreaux de l'échelle par laquelle il remontait le temps craquaient souvent et le ramenaient au présent alors qu'il aurait aimé rester prisonnier dans ce passé et refaire le chemin en sachant ce qu'il savait, comme il l'avait vu dans des films à la télévision. Il s'est surpris à murmurer les prénoms de tous ceux qui lui manquaient. Quand il l'a nommée, la silhouette de sa mère s'est formée sur l'écran surchargé de sa mémoire mais son visage restait flou, dont il ne distinguait que le sourire triste qu'elle avait si souvent, vers la fin.

Il s'est levé, le cœur gros, seul comme jamais il ne l'avait été, et il s'en voulait de ce chagrin de gosse, de ce désarroi d'enfant perdu, et il détestait l'espace étroit de la caravane, se demandant comment il avait pu là se sentir libre dans les premiers jours, comment sa solitude même avait pu lui sembler une étendue idéale sans murs ni frontière.

Puis il a entendu des voix résonner de l'autre côté de la maison, vers la forêt, et le remuement de l'eau dans la piscine, et il s'est aperçu qu'il était plus de cinq heures alors il est sorti en s'efforçant de respirer à fond pour dénouer ce qui lui serrait la gorge.

Le soleil était haut encore et il n'a vu d'elles d'abord que leurs têtes dépassant du bord de la piscine. Jessica qui lui faisait signe de venir les rejoindre, et Rachel tournée vers la forêt s'amusant à plonger, dont on n'apercevait alors que les pieds hors de l'eau.

– Viens te baigner, a dit Jessica. Ça fait un bien fou !

Le chien se tenait entre elles et lui, assis, haletant, la langue étirée par la soif. Ses yeux noirs et ternes ne quittaient pas Franck et l'ont suivi jusqu'à ce qu'il s'assoie dans une chaise longue. Par terre traînaient les cigarettes de la mère. Il en a pris une et l'a allumée puis s'est laissé aller au fond du transat, les yeux au ciel d'un bleu profond, si pur qu'il n'aurait pas été surpris de voir s'y allumer quelques étoiles.

– T'as tort.

Il a senti sur ses jambes tomber des gouttes d'eau et a ouvert les yeux. Jessica était au-dessus de lui, à peine couverte par deux pièces de quelques centimètres carrés, jambes écartées, et secouait d'une main ses cheveux mouillés. Puis elle s'est avancée et s'est assise à califourchon puis s'est couchée sur lui en se frottant et il a ouvert les bras sans oser la toucher, sa cigarette au bout des doigts, saisi d'abord par cette fraîcheur puis submergé par la gêne parce qu'il apercevait dans la piscine Rachel en train de nager en rond s'appliquant à bien respirer à chaque brasse, les yeux fermés.

– Arrête, y a la gosse.

Elle a encore fait aller et venir son bassin deux ou trois fois puis s'est levée d'un bond.

– De toute façon, ça te fait rien, alors t'as peur de quoi ? Et puis la gosse elle s'en fout, regarde-la !

Elle est restée encore un moment très près de lui, ondulant lentement des hanches, puis elle est rentrée dans la maison en soupirant. Franck a écrasé sa cigarette mouillée et en a pris une autre dans le paquet posé à côté de lui. Il l'a fumée en regardant le ciel où s'avançaient à présent des nuages moutonnant comme un immense troupeau. Il entendait dans la maison les voix des deux femmes par les fenêtres ouvertes, l'une âpre et enrouée, l'autre grave et nerveuse qui s'exprimait par saccades. Il a essayé d'entendre de quoi elles pouvaient bien parler mais ne lui parvenaient que le grincement de l'une, le caquetage de l'autre. Ce soir, il n'aurait plus à les entendre. Loin. À des kilomètres. Il n'aurait plus à baisser les yeux sous les regards hostiles de la Vieille, ni à deviner si Jessica était d'humeur à se faire sauter ou à lui planter sa fourchette dans le ventre. Il s'est laissé glisser dans la douceur de cette décision, la première qu'il prenait vraiment depuis qu'il était sorti de taule.

Le ciel se voilait mais la chaleur ne tombait pas. Au loin, dans la forêt, sifflait un oiseau, seul, auquel nul ne répondait. Même Rachel, dans la piscine, semblait respecter le silence de la nature. Franck s'est demandé ce qu'elle faisait, posée peut-être dans l'anneau rouge de sa bouée comme elle faisait souvent, se contentant de flotter les yeux fermés, alors il s'est redressé et n'a rien vu, pas même le sommet du crâne et ses cheveux noirs, et quand il s'est mis debout il a seulement distingué le reflet aveuglant de la surface immobile de l'eau et la bouée vide. Il a couru vers la paroi de bois et s'est penché par-dessus le rebord et a agité l'eau en criant comme s'il avait pu réveiller la petite fille endormie au fond puis il a sauté et a saisi le corps inerte qui ne pesait rien mais qui a commencé à se débattre en haletant dès qu'ils ont été tous les deux à l'air libre. Pendant quelques secondes il a maintenu à bout de bras Rachel hors de l'eau, qui se tordait et se cambrait pour reprendre son souffle, puis il l'a portée contre lui et s'est hissé sur l'échelle puis est redescendu sur la dalle de béton pour l'allonger sur un matelas. Elle s'est redressée en toussant et en crachant alors il a pris la serviette et lui en a couvert les épaules. Il a essayé de prendre sa main mais elle s'est dérobée. Il lui disait à voix basse des choses rassurantes qu'elle semblait ne pas entendre, ses grands yeux écarquillés fixés devant elle dans le vide.

Le chien s'était approché et observait tout ça le nez au ras du sol comme s'il cherchait à analyser la scène.

– Qu'est-ce qui se passe ?

Jessica est arrivée en courant. Elle s'est agenouillée auprès de sa fille et lui a pris le visage entre les mains pour le tourner vers elle et l'embrasser sur les yeux et la bouche, qu'est-ce qui se passe mon cœur ?

– Je l'ai trouvée immobile au fond, les yeux fermés. Merde, j'ai eu peur.

– Elle fait tout le temps ça. Moi aussi des fois ça me fout la trouille. T'entends, Rachel ? Faut plus faire ça, tu comprends ? Tu risques de te noyer, de mourir, tu comprends ça ? Alors arrête de nous faire peur comme ça, tu m'entends ?

La petite fille hochait la tête, les yeux baissés, la poitrine soulevée parfois par une inspiration profonde ou peut-être un sanglot.

Jessica s'est relevée. Elle a regardé Rachel en secouant la tête avec agacement, les joues gonflées par un soupir de lassitude.

– Y a des moments, je comprends pas bien ce qui se passe dans sa petite tête. Elle est vraiment bizarre.

– Elle est pas la seule…

– Pourquoi tu dis ça ? Je dois me sentir concernée ?

Franck a haussé les épaules.

– Non, cette idée.

Devant la maison, une portière a claqué. Le Vieux a échangé deux mots avec sa femme puis il est arrivé vers eux, une bière à la main.

– Qu'est-ce qu'elle a ? il a demandé en montrant Rachel d'un mouvement de menton.

– Elle a failli se noyer, a répondu Franck. Elle ne bougeait plus au fond de la piscine.

– C'est vrai ça ?

La fillette n'avait pas bougé, toujours assise, les bras autour des genoux, regardant fixement devant elle. Elle a répondu à son grand-père d'un léger haussement d'épaules.

– Pourtant tu sais nager, non ?

Le Vieux s'est tourné vers Franck.

– À faire l'andouille sous l'eau comme elle fait tout le temps, fatalement des fois elle se fait peur. Hein, Rachel, qu'est-ce qu'on te dit constamment ?

– C'est comme si tu parlais à une pierre, a dit Jessica. Regarde-la : elle n'a pas dit un mot depuis qu'elle est sortie de l'eau.

Franck était assis près de Rachel. Il a rejeté ses cheveux dans son dos pour voir son visage. Elle était très pâle mais ne pleurait plus et manipulait entre ses pieds un petit caillou noir.

– Ça va mieux ?

Elle a fait oui de la tête, puis elle a chuchoté :

– Je dormais.

– Comment ça tu dormais ?

Au-dessus d'eux, le père et sa fille parlaient de la canicule, de la route depuis Bordeaux qui avait été longue, du climatiseur de la voiture qui fonctionnait mal et qu'il faudrait réparer.

– Dans l'eau. C'est comme si je dormais. Et puis j'ai eu peur.

Elle ne le regardait pas, toujours occupée à faire rouler son caillou au creux de ses mains.

– Peur de quoi ?

La petite a secoué la tête puis l'a rentrée dans les épaules, comme prise d'un grand frisson. Franck a caressé sa joue du bout d'un doigt et elle a fermé les yeux.

– Tu veux pas faire un jeu ?

Elle s'est débarrassée de la serviette posée sur son dos puis s'est levée et a couru vers la maison.

– Où elle va comme ça ? a demandé Jessica.

– Elle va chercher un jeu. Ça va lui changer les idées.

– Quand je disais qu'elle est bizarre. Son con de père était pareil. Lunatique. Tu savais jamais ce qu'il avait dans la tête.

Ils ont joué pendant près d'une heure sur une console où il fallait faire rouler à fond une petite voiture et lui faire négocier des virages en épingle à cheveux ou bondir par-dessus des ponts effondrés. Rachel pilotait ça en virtuose puis laissait les commandes à Franck et le regardait se fracasser contre les obstacles. Elle esquissait parfois le geste de lui venir en aide mais se contentait de soupirer, l'air dépité. Deux ou trois fois, elle a gloussé devant sa maladresse et lui, il assurait qu'il avait été meilleur que ça avant, qu'il y jouait tout le temps avec ses copains, et la petite feignait d'acquiescer d'un petit raclement de gorge en lui sortant le jouet des mains.

Franck s'est avoué battu et Rachel n'a pas insisté pour lui infliger une énième défaite. Elle a sorti de son petit sac un téléphone rose fuchsia qu'elle a allumé. L'écran montrait la photo d'un chaton, tout ébouriffé, l'air étonné. Rachel a commencé à faire défiler des messages, les yeux collés à l'appareil.

– Tu t'en sers souvent ? T'as des messages ?

– C'est maman qui me l'a donné mais elle aime pas trop que je m'en serve.

– On t'a écrit ?

– C'est mes copines à l'école. Des fois on s'envoie des trucs.

Elle a pouffé en lisant deux lignes que Franck ne parvenait pas à déchiffrer.

– Tu veux mon numéro ?

La petite l'a regardé avec étonnement.

– Pour quoi faire ?

– Pour m'appeler, si t'as besoin. Et puis comme ça tu l'auras.

Elle a manipulé les touches avec la même dextérité que lorsqu'elle jouait.

– Vas-y.

Il lui a dicté les dix chiffres qu'elle a tapés sans se tromper, puis elle a marqué « FRENK » à toute vitesse.

– Avec un « a ».

Elle a soupiré puis a rectifié.

– Comme ça, tu m'appelles quand tu veux. Si t'as peur d'un serpent ou de n'importe quoi d'autre, et moi j'arrive.

Elle a hoché la tête, les sourcils froncés, sans doute plongée dans de graves réflexions.

– Et toi ton numéro c'est quoi ?

Elle le lui a récité les yeux fermés, hésitante, et il a dû le lui faire répéter. Alors qu'elle se levait puis rentrait, il se redisait le numéro de Rachel, inventant un moyen mnémotechnique pour ne pas l'oublier. Et ce lien ténu le rassurait soudain, il lui semblait qu'ainsi il n'abandonnait pas la petite derrière lui au milieu de la meute.

Jessica et ses parents ne se sont pas montrés pendant tout ce temps. Franck a supposé qu'ils parlaient de la rencontre avec le Gitan, et il s'est trouvé heureux de les laisser derrière lui avec leur vie de coups tordus et de minables trafics. Fabien ne tarderait plus. Sans doute prévenu que ça commençait à mal tourner ici, y compris pour son propre frère, il reviendrait mettre un peu d'ordre dans tout ça en leur rapportant leur argent. Ça les calmerait tous. Le Serbe et ses clébards, Jessica et ses vieux.

Il avait confiance. Il partirait demain matin. Il fallait qu'il explique à Rachel que bientôt il reviendrait la chercher. Tout en la regardant presser les boutons de sa console, il cherchait les mots qu'il devrait utiliser pour lui dire ces choses compliquées et improbables. S'engager à une promesse peut-être intenable qu'il se devait de lui faire avant de la laisser seule avec eux.

Pendant le repas, parmi les papillons et les moustiques qu'attirait la lampe, ils ne se sont guère intéressés à lui, s'échangeant des nouvelles de gens qu'il ne connaissait pas, et il n'a pas cherché à se mêler de leur conversation. Le vieux Roland parlait peu, l'air soucieux, et picolait dur, gardant la bouteille de blanc devant lui sans en proposer à personne, avant d'aller chercher trois bières qu'il a disposées autour de son assiette. La Vieille était excitée, poussant sa voix criarde jusqu'à l'extinction, cassée en deux par des quintes de toux, et allumant parfois une cigarette avant même d'avoir vidé son assiette. Parfois, Franck croisait le regard de Jessica qui l'observait mais elle se détournait aussitôt et feignait de s'intéresser à ce que mangeait la petite. Un peu avant dix heures, alors que vers le sud le ciel s'allumait d'éclairs de chaleur, il est allé se coucher et ils ont à peine répondu à son bonsoir.

Depuis la caravane, il les a entendus longtemps parler à voix basse et il s'est demandé quelle manigance misérable ils échafaudaient encore. Il a rangé ses affaires dans son sac, les quelques livres, déjà lus, dont les couvertures et les titres ne lui disaient plus rien.

Plus tard, il a entendu une portière claquer puis la voiture de Jessica démarrer.

C'était peut-être un orage qui approchait. Un grondement sourd et lointain. L'image de Rachel seule au milieu du pré desséché s'est évanouie avec son rêve quand il a ouvert les yeux sur l'ampoule aveuglante allumée au-dessus de lui.

Le téléphone vibrait sous son oreiller. FABIEN.

– Je te réveille ?

– Fabien ?

Derrière la voix sourde, rugueuse, de la musique. Peut-être un poste de radio. Comment était-il possible, même après cinq ans, de ne pas reconnaître la voix de son frère ? Une respiration bourdonnait à l'autre bout, hachée, comme impatiente.

– Fabien ? C'est toi ?

Un petit rire a fusé. Aigu. La douleur n'a pas été immédiate, comme avec ces aiguilles très fines qui s'enfoncent mine de rien jusqu'à trouver la douleur profonde.

– Non, c'est pas Fabien. Il peut pas te parler, là.

– Qui t'es toi ? passe-moi Fabien.

– T'es con ou quoi ? Je te dis qu'il peut pas te parler. Et tu sais pourquoi ? Parce qu'on l'a crevé, ce bâtard.

Franck a regardé autour de lui. L'espace exigu de la caravane. Les placards suspendus au-dessus des banquettes, le petit évier en inox. Son sac fermé, prêt pour le départ. Par la fenêtre, la nuit. Il s'assurait que tout cela existait encore et se demandait à quel moment cet univers étriqué allait s'abolir. Il fallait qu'il dise quelque chose, il avait besoin d'entendre le son de sa propre voix pour conjurer le néant. Il a secoué la tête et s'est frotté les cheveux comme pour se défaire d'une toile d'araignée.

– Ah bon, et qu'est-ce qui me le prouve ?

L'homme a soupiré, de l'autre côté du monde.

– Attends, je regarde.

Soudain, la musique s'est tue. Franck n'entendait plus que la respiration du type et l'espèce de souffle électronique de la connexion.

– Oui, bon. T'es toujours là ?

Il parlait avec un calme affolant. Comme s'il vérifiait un carnet de rendez-vous ou un bon de commande.

– Moi, là, j'ai un mec qui mesure 1,80 m, d'après sa carte d'identité établie par la préfecture de la Gironde le 12 mars 2002, adresse : 28, rue des Bouvreuils à Talence. Il est brun, cheveux presque ras, il a un tatouage sur l'épaule… gauche, c'est ça, ça représente un tigre qui montre les dents, putain ça fait peur ! Qu'est-ce que j'ai d'autre à te dire… Voyons… Ah oui, il y a cette bague, un anneau, c'est ça ? En argent, avec des zinzins gravés dessus, et à l'intérieur y a marqué *JAMAIS VAINCU*. Va falloir changer le truc, je crois. Ça va me coûter, mais ça vaut le coup, la bague est bien. Je te demande pas de passer identifier le corps, on n'est pas dans un film, mais bon, ça devrait suffire. La mort remonte à cinq ou six heures, pas plus. Multiples plaies au thorax causées par une arme tranchante, vraisemblablement un couteau de cuisine. Pas mal de sang tout autour. Le visage porte des traces de coups, probable traumatisme crânien. La victime a dû être battue avant d'être achevée. Ça te va comme ça ? T'as vu, ça sert la télé ! Les séries américaines, leurs experts et toute cette merde. Comme ça, on peut apprendre les mauvaises nouvelles aux proches avec les mots qu'il faut… Tu trouves pas ?

Franck a essuyé du revers de la main les larmes sur ses joues. Il a écouté les yeux fermés cette voix le poignarder à chaque mot et il essayait d'imaginer le corps de son frère mort à mesure que ce type en décrivait les détails et il ne pouvait voir Fabien que vivant le jour où il était revenu de chez le tatoueur, la tête du tigre s'animant à chaque mouvement, sa gueule semblant s'ouvrir un peu plus aux contractions des muscles, et il revoyait la petite maison du 28 rue des Bouvreuils, où ils avaient grandi, et il se rappelait qu'il avait envié à Fabien cette bague achetée quand il avait quinze ans à une Gitane qu'on disait un peu magicienne, ou sorcière, Carmen, la grand-mère de son grand copain Esteban, une bague ornée d'arabesques bizarres, de runes peut-être, qui devait le protéger de la *mala suerte*. Ils avaient pensé au *Seigneur des anneaux* et ils avaient plaisanté avec ça, alors pour s'assurer une protection totale Fabien avait fait graver cette devise à l'intérieur avant de la passer à son doigt et de ne plus jamais l'ôter parce qu'un jour c'était devenu impossible : il aurait fallu couper la bague ou le doigt.

– Toi, t'es mort, a soufflé Franck.

– Non, non, t'as pas bien compris : c'est ton enculé de frère qui est mort. Là, par terre. Tiens, écoute, je lui colle des claques pour le réveiller mais il bouge plus, ce con.

Franck a entendu les coups donnés du plat de la main, sonores et clairs.

– Arrête !

Son cri a été étouffé par les cloisons de plastique. Personne pour l'entendre à part ce type. Il allait et venait sur le lino gondolé. Deux pas, puis encore deux. Les animaux en cage se comportent de la sorte, sans même songer à se jeter contre les barreaux. Nés dans le piège. Capturés avant de naître.

– Pourquoi t'as fait ça ?

– Tu demandes pourquoi ? T'as pas une petite idée ? Tu te rappelles pas ce qui s'est passé hier soir ? T'es allé malmener mes amis. Malmener. Tu sais ce que ça veut dire ? Ta pute a voulu égorger la femme, ton pote a massacré un gars qui est comme mon frère, et maintenant ils sont en garde à vue parce que les flics, grâce à vous, sont venus foutre leur groin dans leurs petites affaires. Alors nous, on trouve que ça commence à faire beaucoup, en plus ton frangin revenait plus, on savait plus à quoi s'en tenir, il était en train de nous la mettre profond. Alors voilà. Tu diras à ta famille d'accueil qu'on va venir faire une saisie pour se rembourser de la thune qu'ils nous doivent, et qu'on se paiera en nature, ça fera le compte. Y a trois meufs, là-dedans, pas vrai ?

– Non, deux…

– Quoi, c'est pas une fille qu'elle a pondue, cette grande pétasse, là, celle que tu baises ? Comment tu l'appelles ? Jessica ? Alors dis-leur bien à ces tarés que…

Franck a jeté le téléphone sur la banquette et s'est assis, et a pleuré. Quelque chose en lui s'est creusé puis s'est effondré et a ouvert un gouffre hurlant de cris et d'échos. Il pleurait et bramait et laissait couler larmes et morve, et se renversait contre le dossier, mains sur les cuisses, et se livrait à son chagrin qui le noyait. À côté de lui, la voix du type, imperturbable, chuintait dans le téléphone.

Il a repris l'appareil. Il tremblait tellement qu'il avait du mal à le garder contre son oreille. Toujours cette respiration bourdonnante, pénible. Il a entendu le cliquetis d'un briquet qu'on allume, il lui a semblé percevoir le grésillement du tabac qui s'embrase, le souffle de la fumée expirée.

– C'est toi qui couines comme ça ? Tu couinais pareil en taule, sous la douche ?

Franck s'est levé et a fait quelques pas. Il a toussé et il a fait couler de l'eau dans sa main et s'est mouillé la figure. Il recommençait à sentir quelque chose d'autre que cette dévoration à l'intérieur de lui.

– Je comprends pas…

L'homme a ri.

– Non, c'est sûr, tu comprends pas. Fallait pas te mêler de cette merde. Y a trop de fric en jeu, faut que tu saches que personne va s'asseoir dessus. D'une manière ou d'une autre, on fera payer l'addition. Bon… Je crois qu'on s'est tout dit. Je fais pas rapatrier le corps, ça va faire encore des frais.

La communication a été coupée et il n'est resté que le silence. Franck a composé le numéro de Fabien mais la sonnerie a résonné dans le vide avant qu'un message dise en espagnol quelque chose qu'il n'a pas compris. Franck a regardé s'éteindre son téléphone puis il s'est assis sur la banquette, accoudé à la table escamotable en se demandant s'il aurait jamais la force de se relever un jour. Des larmes continuaient de couler sans qu'il fasse rien pour les essuyer et il avait l'impression d'être assis au bord d'une falaise les pieds dans le vide, attendant pour sauter la vague dont le reflux emporterait très loin son corps en haute mer.

Il a pensé à son père. Il a tressailli à l'idée qu'il faudrait qu'il lui apprenne la mort de Fabien, s'imaginant en face de lui à la recherche des mots pour le dire.

Au bout d'un moment le silence et la nuit tout autour de la caravane sont devenus trop lourds, épais, menaçant de l'emprisonner comme ces insectes dans des blocs d'ambre. Il s'est mis debout péniblement et a essuyé ce qui coulait sur ses joues, sa bouche et son menton avec son tee-shirt. Quand il a été sûr que ses jambes le porteraient, il a cherché dans le petit placard de la salle de bains le pistolet qu'il avait récupéré la veille. L'objet était chaud, lourd, rassurant. Il en a extrait le magasin, apercevant l'éclat mat des cartouches serrées dans l'étui d'acier comme un collier dans un écrin bizarre. Il l'a réenclenché dans la crosse et a vérifié que le cran de sûreté était bien mis. Le canon portait l'inscription CZ 75, Czech Republic. Ça lui rappelait des jeux vidéo et les références de l'arsenal mis à la disposition des joueurs, ces marques, ces acronymes virils, ces calibres de munitions et leur chiffrage magique. Il a glissé l'arme dans la ceinture de son jean et il est sorti de la caravane.

Dès qu'il a été dehors, il a été surpris de sentir dans l'air tiède des écharpes plus fraîches courir sur ses bras et dans son cou. La pleine lune jetait dans la nuit sa lumière grise et bleue. Il a longé la masse obscure de la maison, passant l'ancien fenil où le Vieux avait aménagé son atelier, fermé à cette heure par une porte de fer que verrouillait une énorme serrure. Le pré baignait dans une lueur blanchâtre qui permettait tout juste qu'on mette un pied devant l'autre mais empêchait de voir où on allait. Il a pris le sentier menant vers la forêt dont il ne distinguait que le profil noir dressé contre le ciel piqué d'étoiles.

Pas un bruit. Même les arbres se taisaient. Immobiles. Franck sentait toujours sur sa peau ces frôlements mais ni autour de lui, ni dans la nonchalance des feuilles ne passait aucun souffle, et à mesure qu'il approchait du bois l'idée que ce pourraient être les âmes de ses morts lui a traversé l'esprit avec la même légèreté, sans l'effrayer.

Il est entré sous le couvert des arbres en baissant la tête. Il ne pensait à rien qu'à avancer sur le chemin sans se tordre les pieds dans un creux ou s'entraver dans une racine. Une rare lueur tombait dans cette obscurité en taches blafardes, et au-dessus de lui, parmi les feuillages, s'éparpillait une vapeur bleuâtre. Par endroits, pourtant, la nuit était si profonde qu'il avait la sensation qu'elle pourrait le dissoudre dans un néant d'absolues ténèbres. Le chemin était bien tracé, de terre battue, ou de sable tassé, et il parvenait à le suivre sans peine, sachant qu'il menait jusqu'aux palombières et leur cercle étrange où peut-être venaient danser des sorcières par des nuits comme celle-ci, quand la lune éclaire autant qu'elle cache.

La clairière est apparue entre les arbres avec ses installations dans la lumière pâle comme le corps osseux d'un monstre endormi. Aucune silhouette n'y secouait sa chevelure, à moitié nue, offerte et folle. Franck s'est approché encore et s'est trouvé au milieu du réseau de galeries qui n'étaient plus que les fortifications bancales d'une guerre d'ivrognes contre des oiseaux. Il ne voyait pas la lune d'ici, seulement la vapeur lumineuse et le liseré d'argent des nuages qui passaient. Il s'est surpris à trouver ça beau. Une nuit pourtant comme des centaines d'autres qu'il avait connues, qui l'effrayaient quand il était gosse, où il avait aimé traîner plus tard avec les copains, protégé par ce manteau immense sous lequel tout semblait permis et dont Fabien lui avait appris quelques rituels et endroits secrets. À présent, il ne savait pas bien s'il trouvait cet instant irréel ou parfait. Rien ne bougeait que lui, et le silence était total. Il s'était attendu à entendre des bruits, des froissements, le cri d'un oiseau nocturne mais rien se semblait vivre alentour comme s'il avait franchi un passage, enjambé sans le savoir une frontière au-delà de laquelle il serait seul dans une contrée qu'il n'osait nommer. Il a fait un demi-tour sur lui-même, guettant aux fenestrons si des yeux luminescents ne l'épiaient pas dans le noir des galeries. Rien. Seulement le vide. Habitué à la luminosité du lieu, il distinguait des détails qu'il n'avait pas remarqués la première fois qu'il était venu là. Il a cherché son ombre à ses pieds mais s'est aperçu qu'elle n'y était pas.

– Allons-y.

Sa voix sans écho. Il s'est demandé s'il avait vraiment parlé.

Il trouvait que c'était un bon endroit. Au milieu de ce cercle forcément maudit. Il a pris le pistolet et a fait monter une cartouche dans la chambre. Il a levé son bras, l'arme près de son visage, mais ne savait que faire. Il savait qu'avec le recul on se rate facilement. Le canon qui tressaute, la balle qui dérape, qui vous embarque la moitié de la gueule et vous laisse vivant. Au cinéma il avait vu des types mettre le canon dans la bouche et asperger derrière eux un mur avec leur cervelle. Instantané. Il a placé le bloc d'acier entre ses dents et l'odeur et le goût du métal ont empli sa bouche, le fond de ses fosses nasales et ses dents claquaient contre l'acier et le cran de mire lui blessait le palais. Il a senti ses yeux s'emplir de larmes. Il tenait la crosse de sa main droite, l'index sur le pontet.

Il l'a vu alors entrer dans la clairière. Il a vu son pelage luire de bleuités, les muscles roulant à ses épaules. Sans un bruit, lancé au galop, presque couché sur sa course. Le chien a disparu dans le noir, s'est dissipé comme une fumée. Franck a fixé longtemps l'endroit où il avait vu l'animal absorbé par la nuit, il a essayé de percevoir le martèlement sourd de ses foulées sur le sol mais rien, pas un tremblement, pas un son. Il pensait que peut-être l'animal reviendrait sur ses pas, haletant, et s'approcherait de lui la truffe au ras du sol avec cet air sournois, la peau frémissante parcourue d'une électricité mauvaise, prêt à bondir sur lui, alors il a attendu un long moment, osant à peine respirer, mais rien ne s'est produit. Il s'est aperçu qu'il tenait encore le pistolet serré dans sa main. Il a eu envie de le jeter au loin dans les fougères puis il a éjecté la cartouche et l'a glissée dans sa poche et a calé l'arme à sa ceinture, contre ses reins.

Il fallait rentrer. Il allait falloir continuer. Comment et pourquoi, il l'ignorait. Mais il savait que Fabien l'aurait giflé s'il l'avait vu avec le canon de cette arme dans la bouche. Il l'aurait jeté au sol et roué de coups en lui gueulant qu'il devait vivre, qu'il devait continuer et que c'était la seule obligation à laquelle il fallait se soumettre absolument. Quand elle les avait vus en pleurs tous les deux autour d'elle mourante, elle leur avait fait promettre de vivre à sa place, de bien en profiter parce qu'elle aurait tellement eu envie de continuer dans ce monde. « Je ne pourrai pas, avait dit Fabien. Je n'aurai pas la force. » Elle avait agrippé de sa main osseuse la manche de sa chemise et avait trouvé la force de l'attirer à elle avec un regard terrible, plein de colère et de tristesse, et elle lui avait dit « Je t'interdis, tu m'entends ? Je t'interdis de dire ça. Tu vas vivre et tu seras heureux pour moi. Tu prendras tout le bonheur possible et tu me l'enverras en pensées, d'accord ? Alors arrête de dire ça. Je veux que tu me le promettes. Et toi aussi, Fransou. Vous êtes ma vie… Ma vie qui continue avec vous ».

Elle était retombée épuisée, hors d'haleine et ils avaient bien cru qu'elle allait passer là, sous leurs yeux, après leur avoir dit tout ça. Mais comme ses paupières closes frémissaient encore, et que sa poitrine soulevait toujours le drap, ils s'étaient approchés, leurs têtes sur l'oreiller, et avaient promis et avaient embrassé les tempes brûlantes, si creuses, où ils avaient senti le battement lointain de son sang.

Franck s'est passé la main dans les cheveux, a secoué la tête comme pour se défaire d'un étourdissement, puis il s'est remis en marche sur le chemin. Quand il a débouché dans le pré, le ciel commençait à s'éclaircir à l'est. Il n'a pas pu lire l'heure à sa montre : il ne pensait pas être resté aussi longtemps dans les bois. Peu à peu, à chaque pas, il lui semblait revenir dans l'espace-temps habituel, celui des mauvais coups et des chagrins.

10

Le Vieux bricolait un moteur à l'établi. Il était en train de s'acharner sur le joint de culasse qu'il n'arrivait pas à décoller. Il grognait, la carcasse pliée sur son travail. Quand Franck est entré dans l'atelier il s'est interrompu une seconde, a tendu l'oreille, mais ne s'est pas retourné. Puis il a repris ses efforts, plus bruyants, plus ostensibles. Ça sentait l'huile, le fer, la sueur. Le Vieux était vêtu d'un short gris où les traînées et les taches de cambouis tenaient lieu de motifs imprimés et d'un gilet de corps crasseux. Ses bras, ses épaules, et même son cou étaient souillés de traces noirâtres.

Franck avait envie de lui éclater le crâne contre le bloc d'acier puis de retourner vers lui sa gueule en sang et continuer à en effacer les traits à coups de marteau. Il a senti sur sa peau un frisson presque douloureux. La fatigue nouait tous ses muscles, pesait sur ses épaules, sa nuque, comme s'il portait quelqu'un.

– Qu'est-ce qu'il y a ? a fait le Vieux sans se retourner.

Franck s'est approché et s'est planté à côté de lui devant l'établi. Il a pris un long tournevis et a commencé à tapoter avec le plateau de bois.

– C'est un moteur de quoi ?

– ID 19. Derrière toi. Pour un mec qui les collectionne. Il paye bien, alors je lui remets ça à neuf. C'est bien ces vieux moteurs.

Franck s'est retourné. La voiture était posée sur des chandelles, dissimulée sous une bâche, capot béant. Le Vieux a jeté un coup d'œil au tournevis que tenait Franck.

– Tiens, tu m'aides à le retourner ? Faut que je tombe le carter d'huile.

Le Vieux a fait pivoter la potence du palan et ils ont fait glisser les courroies sous le moteur. La chaîne a grincé quand ils ont tiré dessus. Le moteur a basculé lentement. Le carter, suintant, luisant d'huile, était accessible.

Franck a cherché des yeux un chiffon, en a aperçu un par terre, devant la voiture. Il a pris sa respiration puis a réussi à parler :

– Ils ont tué Fabien.

Le Vieux s'est retourné vers lui. Ses mains étaient noires. Il les tenait loin de lui. Franck lui a lancé le chiffon qu'il a rattrapé au vol mais dont il n'a rien fait. Il semblait réfléchir à ce qu'il venait d'entendre, comme s'il ne comprenait pas ou en soupesait les conséquences.

– Merde, a-t-il fini par dire. Comment tu l'as su ?

– Ils m'ont appelé cette nuit avec son téléphone. Ils m'ont décrit son corps. Les tatouages, tout. Sa bague. Ils m'ont dit qu'il leur devait du fric et qu'ils n'ont pas aimé la descente de l'autre soir.

Franck a repris son souffle. Il essayait de retenir les larmes et les sanglots qui l'étranglaient. Le Vieux s'essuyait les mains en le regardant d'un air accablé.

– Ils ont dit aussi qu'ils allaient venir ici pour vous faire payer, d'une manière ou d'une autre.

Le Vieux a hoché la tête. Il a jeté son chiffon sur l'établi puis s'est approché d'un petit frigo qu'il a ouvert pour y prendre deux bières. Il en a tendu une à Franck, qui a refusé.

– Faut qu'on parle sérieusement.

Il a tiré à lui une chaise de jardin tachée de cambouis et s'est laissé tomber dessus en soufflant. Il a décapsulé sa canette et en a bu une longue gorgée.

– Je suis vraiment triste pour ce qu'ils ont fait à ton frère. Et écœuré… dégoûté… C'était un mec bien. Réglo. Quand Jessica l'a ramené, on s'est demandé ce que c'était que ce type, encore, parce qu'elle nous avait habitués à ramasser n'importe quoi, des types comme elle, un peu paumés, des toxicos, des alcoolos, ce genre… Des fois, il a même fallu qu'on aille la récupérer dans le coaltar dans des cambuses où t'aurais pas fait dormir un chien… Mais Fabien, il était tranquille. Ça l'a calmée, même si elle faisait des rechutes. T'as bien vu comme elle est, à changer tout le temps, un coup en haut, le lendemain au trente-sixième dessous… Elle nous en a fait voir, je te jure…

Le Vieux ne le regardait plus. Il lorgnait par l'opercule le fond de sa bouteille de bière comme si une mouche venait d'y tomber. Il bougeait ses pieds malaisément, remuait son cul sur cette chaise au plastique avachi. Franck le savait bien que Jessica était folle et désormais ses frasques passées, ses dérives, ses perditions ne l'intéressaient plus. Il sentait bien que Roland tournait autour du pot, et que sans doute il ne savait pas comment lui balancer ce qu'il avait à lui raconter.

– Qu'est-ce que vous vouliez me dire de si sérieux ?

Le Vieux a levé les yeux vers lui et l'a fixé en tordant la bouche, l'air de dire : *puisque tu y tiens.*

– J'ai été voir Serge, hier. Il sait où trouver le Serbe.

Le cœur de Franck a tressauté. Il a gobé de l'air bouche ouverte comme un poisson jeté dans le sable la gueule arrachée par un hameçon.

– Je voulais pas t'en parler, mais…

– Où il est ?

– J'avais demandé au Gitan de se renseigner. L'autre se planque depuis votre petite sortie de l'autre soir. Son pote à qui vous avez défoncé le portrait est en garde à vue et ils savent que cette fiotte va balancer. Mais bon, ce bâtard de Serbe est connu comme le loup blanc. Y a que les flics pour pas le loger… Si ça se trouve, il balance lui aussi et ils lui foutent la paix. En fait, il…

Franck a tapé sur l'établi avec une clé plate qui se trouvait là.

– Où il est ?

Le Vieux a secoué la tête en soupirant. Il parlait comme à regret.

– Il crèche à Cenon. Chez une nourrice, tu sais, une qui garde la came…

– Oui, je sais.

– Un cousin de Serge connaît son fils. C'est en bas des tours, dans une petite rue. On va s'en occuper.

– On ? Qui on ?

– Je veux dire Serge. Et Serge, c'est comme si c'était moi. Laisse-le faire.

– Il va s'en occuper comment ?

– Laisse-le faire, je te dis. Va pas te fourrer là-dedans.

– Ils ont tué Fabien. Ils l'ont fait tuer là-bas, en Espagne. Je verrai même pas son corps. Je le reverrai jamais, putain. J'y suis jusqu'au cou, dans cette merde. Et je vais leur faire bouffer, et je vais les noyer dedans, vous comprenez ?

Le Vieux agitait sa tête osseuse. Il a rallumé son cigarillo.

– Laisse tomber, je te dis. Serge il va lui faire payer ce qu'il a fait à ton frère, ce qu'il a fait à Jessica. Il m'a donné sa parole. Je sais que tu l'aimes pas. Mais quand il va apprendre qu'ils ont tué Fabien, il va devenir fou parce qu'il l'aimait bien, ton frangin. Les Gitans, les dettes d'honneur, ils les payent toujours, ou ils les font payer. Et là on est plus dans le bizness, rien que dans l'honneur et l'amitié.

– Donnez-moi l'adresse. Vos histoires d'honneur je m'en branle. Pas besoin de votre connard de Gitan pour régler ça. Dès que vous avez un souci, hop, vous l'appelez ? Il joue à quoi dans tout ça ?

– Il joue à rien. C'est pas un jeu, et tu piges que dalle. Mais bon… Comme tu voudras.

Le Vieux a fouillé dans sa poche. Il en a sorti, du bout de ses doigts sales, un morceau de papier. Franck le lui a arraché.

– T'as tort.

– De toute façon, je me barre d'ici. Je vous ai assez vus vous et votre salope de fille et sa putain de mère.

Le Vieux a bondi sur ses pieds, envoyant valser derrière lui sa chaise en plastique. Il a pris un marteau sur l'établi, il l'a brandi au-dessus de Franck.

– Je vais te défoncer la gueule, moi ! Comment tu nous traites, espèce de fils de pute ! On t'a nourri, on t'a donné un toit !

Il écumait. Sa gueule tordue charriait des relents de bière et de tabac.

Franck a attrapé le bras levé et il a frappé le Vieux d'un coup de genou dans le bas-ventre et l'autre est tombé à genoux et a lâché le marteau. Franck l'a renversé d'une gifle et l'homme s'est laissé aller sans un cri, couché sur le flanc, bouche ouverte, le souffle court.

Il a contourné la maison. Il entendait la mère s'affairer dans la cuisine, la télévision à tue-tête, un remuement d'assiettes et de couverts. Il est passé près de la cuve de la piscine et a jeté un coup d'œil à l'eau immobile que faisait frémir à peine une guêpe se débattant à sa surface.

Plus loin, le pré sec dans la lumière blanche. Rachel dans sa robe rouge, de dos, coiffée d'un grand chapeau de paille qu'il ne lui avait jamais vu. Elle battait l'herbe grillée avec un bâton, en de grands gestes amples. Elle était à peu près comme dans son rêve : seule et petite sur cette étendue aveuglante et désolée. Il a voulu l'appeler puis a renoncé parce qu'il n'aurait pas su quoi lui dire. Au moment où il allait rebrousser chemin, elle s'est retournée, le bras en l'air, et l'a regardé gravement, les sourcils froncés dans l'ombre de son chapeau. Franck lui a adressé un signe de la main, qui pouvait dire aussi bien bonjour qu'au revoir mais elle n'a pas répondu, se contentant de le fixer en clignant des yeux comme pour mieux le voir, puis elle lui a tourné le dos et a recommencé à battre l'herbe, indifférente, dans l'air brûlant.

Il s'est enfui. Il a récupéré ses affaires dans la caravane puis s'est engouffré dans sa voiture en même temps qu'il y jetait ses sacs.

Il a conduit longtemps ébloui par la lumière écrasante du pré, la silhouette de Rachel y tremblant parfois quand il essayait de se la rappeler dans sa robe rouge. Une envie de pleurer lui tenait la gorge. Puis, à mesure qu'il s'éloignait de la maison, l'image s'est dissipée et une tristesse plus profonde et plus vaste l'a saisi, le cœur fou, et la pensée qu'il allait surprendre ce type dans sa planque et le tuer le faisait parfois frissonner ou claquer des dents.

Il a franchi la Garonne sans la voir, longeant à plus de cent un mur de camions lancés dans leur fracas puant. Le fleuve sous lui s'écoulait lentement, compact et brun, comme une gigantesque coulée de boue, absorbant sans reflet les rayons du soleil. Il lui a fallu sortir de l'espèce d'hébétude où l'avaient jeté la rage et le chagrin pour quitter l'autoroute et s'orienter. Il était déjà venu par ici, il y avait longtemps, deux ou trois fois. Sûrement ivre, la nuit, boxé par la musique à fond sur le siège arrière d'une voiture où ça gueulait et ça riait sauvagement. Il ne se rappelait plus pour quoi y faire. Il a dû s'arrêter pour consulter un plan, et quelques minutes plus tard il a trouvé la rue où habitait la nourrice. Par précaution, il a fait deux passages devant la maison, une petite maison ordinaire, derrière une haie de lauriers. Tout semblait normal. Volets mi-clos, portail ouvert. Il est allé se garer dans la rue perpendiculaire, de sorte qu'il n'ait aucune manœuvre à effectuer pour repartir. Il a pris le pistolet dans son sac et l'a mis à sa ceinture et tout de suite l'arme l'a gêné, mordant un muscle ou un nerf à chaque pas qu'il faisait. À un moment, l'image du corps de Fabien a envahi son esprit et il a dû s'arrêter comme s'il avait heurté du front le linteau d'une porte trop basse. Recroquevillé, du sang sous lui. Visage difforme. Rictus grimaçant.

Franck a gémi en serrant les dents et s'est courbé dans la fournaise de la rue déserte et s'est hâté vers la maison. La porte s'est ouverte sans bruit. Il l'a poussée et a tendu l'oreille sur le seuil de cette pénombre silencieuse. Il a ôté le cran de sûreté, a fait monter une cartouche dans la chambre. Il lui a semblé qu'on avait pu entendre le déclic métallique depuis l'autre côté de la rue et il a rentré la tête dans les épaules.

À sa droite, une cuisine, placards béants, portes arrachées, tiroirs jetés par terre. Des boîtes de conserve, des paquets de céréales, toutes sortes de victuailles jonchaient le sol. Des assiettes, des verres brisés. Seules la table et les chaises sagement rangées dessous avaient résisté au saccage. Il a longé un couloir, tenant le pistolet le long de sa jambe, le doigt sur le pontet. Toutes les portes étaient ouvertes sur des chambres dévastées. Armoires vidées, literie retournée. Ça sentait pourtant encore le sommeil, le tabac froid. Il s'est arrêté, a écouté, comme si le silence allait lui chuchoter à l'oreille une explication à tout ça. Il a regardé son arme qu'il serrait fort dans sa main mouillée de sueur. Puis quelque chose a bougé. Puis un gémissement, derrière cette porte, la dernière. Sans doute la salle de bains. Il a ouvert d'un coup de pied, son arme braquée. Dans la baignoire il y avait un homme. Pieds et mains attachés. Au-dessus de lui, des traînées de sang sur le carrelage vert pâle. Il était torse nu, la peau entaillée de dizaines de coupures profondes, seulement vêtu d'un caleçon.

Franck n'a pas compris tout de suite ce qu'il voyait. Le visage n'était plus qu'une masse difforme tournée vers lui, bouche ouverte, dévastée. Trou luisant de glaires et de sang. Une masse gélatineuse coulait entre les paupières mi-closes de l'œil droit, figée sur la joue. De l'autre côté du visage, un globe rougeâtre, écarquillé. Franck a reculé d'un bond, a heurté la porte restée ouverte derrière lui. La nausée l'a cassé en deux mais il n'a pu cracher qu'un jus acide qui lui a brûlé la gorge et les sinus et il a toussé et craché encore et il s'est précipité sur le lavabo souillé de traces brunes et il a bu goulûment au robinet et il s'est rincé la bouche encore. Il est parvenu à retrouver son souffle et à se redresser et tenir debout, il a pris une profonde inspiration avant de s'approcher de l'homme sans yeux, et c'est là qu'il a vu le tatouage sur l'épaule droite et le bras jusqu'au coude : des poignards croisés tenus entre eux par un serpent rouge gueule ouverte, crochets noirs menaçants.

Franck s'est penché au-dessus du Serbe. Il ne détachait plus son regard de cette face détruite, de ces yeux crevés. Il a essuyé les larmes qui coulaient. Il pensait à Fabien, à ce qu'ils lui avaient fait. Et il pleurait devant le corps fracassé d'un complice des bourreaux. Il aurait aimé l'injurier, moquer sa souffrance, pisser sur ses plaies vives. Il a rassemblé assez d'air pour pouvoir parler.

– Pourquoi vous avez tué Fabien ?

Le Serbe a émis un geignement aigu, comme celui d'un enfant. Et il secouait la tête et il bougeait ses jambes et tout son corps semblait dire non.

– Toi tu l'as pas tué mais tes copains, hein ? En Espagne…

Un râle est sorti de la poitrine bombée de l'homme qui se cambrait sous cet effort. Presque un cri.

– Bien sûr que c'est vous ! Qui d'autre ? T'es à moitié crevé et tu mens encore ! Jusqu'au bout, putain !

Franck a braqué son arme sur lui.

– Je vais te faire un cadeau, fils de pute ! Je vais t'achever ! Tu peux plus vivre comme ça ! Tu vois, j'ai pitié !

La Serbe s'est laissé aller au fond de la baignoire et a tourné la tête vers le mur. Son corps semblait se relâcher, et attendre.

Franck a entendu bouger dans son dos. En se retournant, il a aperçu le type avec sa batte de baseball et aussitôt le coup contre son épaule l'a bousculé et balancé contre une petite armoire dont le contenu a cliqueté et tinté et roulé. Le type a armé de nouveau son bras, alors Franck, en déséquilibre contre l'armoire branlante, lui a tiré dans le ventre et le type est sorti de la pièce à reculons, sans un cri. Quand il s'est redressé, Franck a jeté un coup d'œil au Serbe qui avait gardé la même position et ne bougeait plus et semblait même ne plus respirer.

Dans le couloir, le type était couché en chien de fusil, les mains crispées sur sa blessure, les dents serrées, grimaçant. Sans une plainte. Il regardait ses doigts rougis, il soufflait fort. Du sang se répandait sous lui. Puis quelqu'un, depuis la rue, a crié. Qu'est-ce qui se passe, putain ? Franck a couru vers le fond du couloir, il a ouvert une porte donnant sur un jardin à l'ombre tranquille d'un albizzia, il est passé sous un portique rose et bleu auquel étaient accrochées deux escarpolettes. Il a escaladé une clôture de panneaux de bois qui ont vibré et ployé sous son poids et il a failli se retrouver dans une piscine gonflable où flottaient un petit bateau et des figurines en plastique, des guerriers hérissés de lances et d'épées. Il est entré dans la maison par une baie vitrée coulissante et il est tombé sur deux garçonnets assis devant un écran immense, en train de jouer sur une console. Des coups de feu, des rafales retentissaient. Un homme était au sol, dans une flaque de sang. Franck a hésité, regardant tour à tour les enfants et l'écran, les enfants le dévisageant avec stupeur, lorgnant aussitôt sur l'arme qu'il tenait à la main.

– C'est rien, leur a-t-il dit en posant son index sur ses lèvres.

Il a traversé le living derrière le canapé où étaient installés les gamins, retournés vers lui, abandonnant leurs armes et leurs morts sur l'écran figé. Il est passé devant une porte ouverte sur un garage où il a entendu quelqu'un s'affairer sous un néon faiblard, une voix de femme dire : Ça va les chouchous ? Puis il est sorti dans le jardin et à ce moment-là l'avertisseur d'une voiture de police a retenti dans une rue voisine. Il a cherché à s'orienter pour retrouver sa Clio. À gauche puis à gauche encore, lui semblait-il. Les flics approchaient, une voiture est passée en trombe au bout de la rue dans un hurlement qui l'a fait tressaillir. Dans cinq minutes ils seraient partout, il devait se risquer sur le trottoir. Il a songé à rentrer dans la maison des deux gosses, braquer leur mère pour qu'elle lui passe les clés de sa voiture, sûrement cette vieille 205 garée là devant, mais il suffisait que la femme résiste deux minutes pour que le piège finisse de se refermer alors il a coincé son pistolet dans sa ceinture, dans son dos, et il a marché en regardant droit devant lui comme un curieux qui se serait approché d'un accident. Depuis le coin de la rue il a aperçu une voiture de police arrêtée en travers de la chaussée, gyrophares allumés, portières ouvertes. Il s'est arrêté cinq secondes pour écouter les appels et les éclats de voix provenant de là-bas puis il a rejoint sa voiture et s'est débarrassé du pistolet qui le gênait en le glissant sous son siège. Il s'est contorsionné pour récupérer la clé dans sa poche de blue-jean et il a constaté qu'il tremblait et qu'il avait du mal à l'introduire dans le contact, il tremblait comme une feuille dans la fournaise de l'habitacle et quand le moteur a été lancé son pied tressautait sur la pédale d'embrayage au point qu'il était sûr de caler en démarrant, alors que plus loin apparaissait un flic armé d'un fusil. L'homme a ouvert le coffre de sa voiture et en a sorti un gilet pare-balles qu'il a tendu à un collègue en civil, son pistolet dans l'étui au côté, porté haut presque sous le bras, qui a commencé à s'équiper.

Franck a relâché la pédale d'embrayage, a descendu les vitres des portières et a inspiré un grand coup l'air moins brûlant du dehors qu'une risée de vent a poussé sur lui puis il a démarré sans difficulté en laissant les deux policiers s'équiper en faisant de grands gestes. Deux cents mètres plus loin, il a croisé une voiture banalisée qui fonçait à grand bruit avec deux hommes à l'intérieur, un pare-soleil marqué « police » la signalant un peu plus aux rares passants traînant sur les trottoirs. Il suffoquait. Il n'était pas sûr d'avoir pensé à respirer depuis qu'il était reparti, alors il a fait le plein d'air deux ou trois fois pour mettre fin à cette espèce d'apnée. Il a roulé un moment au hasard sous des panneaux annonçant des autoroutes qui ne menaient nulle part où il aurait aimé se trouver parce que ce serait partout pareil. Ou bien oui, il aurait voulu foncer cette nuit vers Valence, traverser l'Espagne, en espérant trouver au petit jour le corps de son frère et le prendre dans ses bras et le ramener ici pour l'enterrer auprès de leur mère, mais il a secoué la tête comme pour se réveiller car même en pensée cette maigre consolation lui était, leur était inaccessible, et il lui semblait que bien des choses leur avaient été interdites ou volées pendant toutes ces années où leur enfance s'était effondrée comme une forteresse de sable assiégée par la marée montante.

Il avait dans les yeux le soleil déclinant et ne pensait à rien qu'à s'en protéger jusqu'au moment où la route est devenue un ruban rectiligne à l'ombre des pins. Il s'est arrêté dans un petit supermarché pour s'acheter de l'eau et de quoi manger puis il a repris la route jusqu'au dédale de pistes et de parkings desservant une plage et s'est garé le plus loin possible des accès principaux par lesquels les vacanciers finissaient de quitter les bords de l'océan. Il est descendu de voiture dans un crépitement tonitruant de cigales. L'air était immobile et sentait la résine. Il a fait quelques pas vers la dune, les aiguilles de pins sèches craquant sous ses pieds. Il a continué à travers un bosquet d'arbres morts que l'envahissement du sable avait étouffés et engloutissait peu à peu. Franck avançait malaisément parmi les ondulations du sol mou et tiède se dérobant parfois sous lui. Puis il a aperçu la courbe bleue de l'horizon avec en son centre la flaque aveuglante qui l'a obligé à cligner des paupières. Une brise soufflait, douce et fraîche, et il s'est senti bouleversé par le bien-être qu'elle lui prodiguait.

Marée basse. La mer était d'huile. Elle roulait doucement à une centaine de mètres de lui, posée comme une nappe froissée. Il s'est déshabillé et a couru vers l'eau et a fait quelques pas dans cette épaisseur froide qui retenait ses jambes et attrapait sa force. Il s'est laissé tomber et s'est mis sur le dos, haletant, face au ciel, léchant ses lèvres salées, et il ne pensait à rien, non qu'il fût incapable de penser, mais parce qu'ici, à ce moment-là, ce n'était plus utile : il ne risquait plus rien, hors d'atteinte, couché dans le bleu et bercé par la douceur du monde.

Il est sorti de l'eau quand l'engourdissement a commencé à le prendre et il s'est jeté en grelottant sous ce qui restait de chaleur d'un soleil oblique. Il avait l'impression d'avoir dormi et regardait autour de lui avec la curiosité de celui qui se réveille sans trop savoir où il se trouve. La plage était déserte. À peine distinguait-il au loin des silhouettes sombres et, qui venaient piquer le sable mouillé, des oiseaux de mer silencieux.

Il est revenu à sa voiture et a mangé et bu ce qu'il avait acheté sur la route. Il essayait de réfléchir aux semaines qu'il avait vécues depuis sa sortie de prison, à sa situation présente, et se faisait l'effet d'une bête prisonnière dans une fosse après que le sol piégé s'était effondré sous elle, attendant qu'on vienne la sortir de là pour l'enfermer vraiment. Il lui semblait que la captivité serait moins pénible que le trou dans lequel il tournait en rond en s'épuisant à tâcher d'en gravir les parois abruptes et friables.

Il s'est couché par terre et a regardé la nuit tomber. Il a fumé deux ou trois cigarettes en laissant venir et repartir les pensées et les souvenirs et il se sentait à la fois triste et serein. L'enfance, toujours, lui revenait à la mémoire. Il les revoyait tous les deux, cette femme et cet homme souriants et beaux sur des photos qu'il avait beaucoup regardées, plus tard, quand ça n'allait plus, et qui devaient être aujourd'hui perdues. Il essayait de remonter le cours du temps comme s'il avait pu en retisser la matière et en réparer accrocs et déchirures, et tout reprendre à l'endroit et récupérer la vie qu'ils auraient dû avoir et qui leur avait été volée.

Il leur a parlé dans son souffle avec des mots anciens, ceux d'avant, qu'il ne prononçait plus qu'en secret, tout seul. Un peu de vent attisait les étoiles, qui se rallumaient par traînées scintillantes. Il s'est assoupi et s'est réveillé sous un ciel noir saupoudré de lumière. Comme le sommeil insistait pour le prendre, il s'est installé sur le siège arrière de la voiture, toutes vitres baissées, pour recevoir les odeurs et les bruits de la forêt.

Il a revu le visage supplicié du Serbe, le désastre sanguinolent de son regard arraché, son corps couvert de plaies effondré dans cette baignoire. Il a frissonné. Il savait qu'on torture atrocement, depuis toujours et partout. Il avait vu des films, des vidéos, avec des copains, effarés, et il y en avait toujours un pour appuyer sur stop ou pour fermer la fenêtre – un autre pour crier sa frustration – et ils commentaient ensuite ce qu'ils avaient vu, abasourdis, avec les dix pauvres mots d'indignation ou d'écœurement qu'ils possédaient. Il avait vu le sang couler, il avait donné et reçu de mauvais coups. Mais tout à l'heure il s'était penché au-dessus du type à qui il aurait voulu faire subir les sévices les plus immondes et il avait pleuré et il avait tremblé devant cet homme massacré. Il avait entendu son souffle pénible, le sifflement de ses bronches, et ce râle glaireux, ce geignement étranglé était monté vers lui pour nier, presque mort déjà, le meurtre de Fabien. Il avait voulu l'achever, mais aurait-il appuyé sur la détente si l'autre n'était pas arrivé avec sa batte ? La question ne le gênait pas. Il préférait se la poser que d'y avoir répondu.

Il a rêvé qu'une vague immense montait de l'océan et débordait la dune et s'abattait sur lui. Il s'est réveillé en criant dans les premières lueurs du jour, le cœur au fond de la gorge. Il lui a semblé entendre la grande pulsation tranquille de la mer et la terreur de son cauchemar s'est dissipée alors qu'il se rendormait.

Des voix d'enfants l'ont sorti de la torpeur qui ressemblait à du sommeil. Il faisait grand jour. Des portières claquaient, des gens s'interpellaient. Quand il s'est redressé il les a regardés se charger de parasols, de sacs de plage, de glacières. Il était près de neuf heures et l'air était doux et quand il est sorti de la voiture, Franck a dû faire jouer ses articulations endolories par les mauvaises positions de la nuit, puis après que les vacanciers ont disparu dans la dune il s'est retrouvé seul sous la brise qui courait à la cime des pins et il lui a fallu quelques secondes pour que l'évidence de sa situation lui revienne à l'esprit et fasse cavaler soudain dans son dos un mauvais frisson. Le Serbe torturé, le type dans le couloir une balle dans le ventre cassé en deux sur sa blessure, les flics, la fuite jusqu'ici, dans ce qui lui apparaissait maintenant comme un cul-de-sac. D'un côté le sable des dunes, de l'autre la piste qui revenait sur elle-même pour fermer le circuit desservant les parkings.

Il est remonté en voiture et a roulé sur une route presque déserte jusqu'à ce qu'il rencontre un café où il a commandé un petit déjeuner, persuadé que l'espèce de vertige permanent qui le tenait était causé par la faim. Il s'est installé en terrasse, non loin d'un groupe de cyclotouristes allemands, peut-être, ou hollandais, de gros sacs à dos près d'eux, leurs vélos surchargés de sacoches un peu plus loin, qui dévoraient des tartines qu'ils trempaient dans du thé, tout en se repassant une carte routière.

Un journal traînait sur la table d'à côté. Franck l'a ouvert et a parcouru les titres parlant de guerre et de terrorisme, de politiciens cyniques et odieux, et qui détaillait pour les vacanciers séjournant dans la région les festivals de musique, les traditionnelles fêtes estivales où les foules s'imbibaient jusqu'à plus soif. Il s'est rappelé leurs errances alcoolisées, à Fabien et lui et quelques autres, et surtout une fois ce type sur le pont Saint-Esprit à Bayonne debout sur le garde-fou qui proclamait à la cantonade qu'il était capable de plonger et qu'il fallait avoir les couilles pour ça. Il était tombé finalement du bon côté, sur le trottoir, dégueulant tripes et boyaux, puis s'était endormi dans ses vomissures au milieu des passants qui s'écartaient de lui et s'éloignaient en pressant le pas.

Franck a replié le journal et a regardé les cyclistes enfourcher leurs machines, chargés comme des ânes, et s'éloigner presque titubants sous l'effort. Il a calculé qu'il lui restait à peu près trois mille euros et qu'il pouvait encore voir venir. Il lui suffisait de trouver un endroit tranquille pour prendre le temps de réfléchir. Un coin où il n'y aurait personne. Il s'est mis à penser au Massif central comme à une contrée sauvage aux villages abandonnés et aux forêts impénétrables et il s'est dit que là-bas il se terrerait au fond d'un bois et qu'il pourrait même se faire embaucher comme bûcheron. Il a laissé sur la table un billet de dix puis s'est levé, presque soulagé. Il était près de onze heures. Il n'avait pas vu passer le temps.

Dans la voiture, il a été content de retrouver ses affaires. Il a démarré en se promettant de balancer le pistolet à la première occasion, une fois qu'il serait au milieu de nulle part.

Puis son téléphone a sonné. Il l'a cherché de longues secondes à tâtons dans son sac. C'était Rachel. Elle parlait tout bas, se retenant de crier.

– Il faut venir ! Au secours ! Viens vite !

LES LOUPS

11

Dès qu'il tourne sur le chemin la maison apparaît, fenêtres béantes, porte d'entrée grande ouverte. Franck se met à trembler et se précipite à l'intérieur avec un gémissement. Il bute dans le hall contre le cadavre du chien, énorme, étendu dans toute sa longueur. De sa tête, dont tout le haut du crâne a été emporté, ne subsistent que les mâchoires entrouvertes, sans yeux, les babines retroussées sur les crocs par une ultime rage aveugle. Seulement ces dents, ce mufle carré, cet appareil de morsure sans regard. Une large éclaboussure de sang et de cervelle sur le carrelage et au pied du mur. Du sang, encore, répandu en nappe lisse jusqu'au bas de l'escalier. Sur le sol sont éparpillés la terre et les morceaux d'un pot de fleurs brisé, des éclats de vitre parce que la porte d'entrée a été défoncée.

Pour pénétrer dans la cuisine, il doit enjamber la carcasse démesurée et il ne peut pas s'empêcher de redouter que la bête se réveille et l'attaque soudain alors qu'il est en déséquilibre au-dessus d'elle. Il pousse la porte et c'est là qu'il trouve la mère. Elle gît à plat ventre dans une flaque de sang aux contours ronds, nets et luisants comme un verni renversé. Elle est tombée devant l'évier plein de vaisselle sale et porte encore au pied gauche, accrochée au gros orteil, une de ses espèces de babouches qu'on l'entendait traîner dans toute la maison à longueur de journée, trimballant avec elle l'odeur âcre du tabac, secouant n'importe où la cendre de sa cigarette. Il cherche des yeux l'autre pantoufle mais ne l'aperçoit pas. La morte porte un pantalon de survêtement blanc qu'elle a souillé quand sa vessie a lâché. Entre ses omoplates, la décharge a creusé un cratère déchiqueté large comme une soucoupe pleine de viande crue. Sa tignasse rousse est répandue en corolle autour de sa tête blafarde posée sur une joue. L'œil qu'on distingue sous les cheveux est à moitié fermé. Elle avait souvent cette gueule-là quand elle gardait sa cigarette à la bouche et qu'elle se mettait de la fumée dans les yeux et qu'alors elle reluquait les gens par en dessous, les paupières mi-closes, avec un air de méfiance ou de mépris.

Il se penche sur le corps et doit s'appuyer au plan de travail pour ne pas être jeté au sol par le vertige qui l'a pris. Les lèvres écarlates de la femme sont restées entrouvertes sur son dernier souffle, retroussées en un rictus hargneux. Ça la fait ressembler un peu au chien. Il la pousse de la pointe de sa chaussure puis lui donne un petit coup de pied dans le flanc. « T'es enfin crevée, salope. » Il a seulement murmuré mais sa voix résonne dans le silence, dérisoire. Il trouve stupide de parler ainsi à ce cadavre mais sur l'instant ça lui fait du bien. La sueur coule dans son dos. Il s'essuie le front du revers de la main. Odeur aigre sous ses aisselles. Il jette un coup d'œil par la fenêtre où se presse déjà une clarté crue qui l'oblige à cligner des yeux. Le tracteur antique, les carcasses de voitures, le fourgon, toute la ferraille entassée là depuis trente ans, tout a cette teinte terreuse, sans éclat, de ce qui a commencé à disparaître, lentement pulvérisé par la corrosion du temps.

Dans la pièce d'à côté, leur espèce de salon seulement meublé de canapés et de fauteuils avachis au skaï craquelé, l'immense poste de télé diffuse en sourdine sa lumière multicolore. Assis devant, le Vieux est recroquevillé sur ses mains tenant son ventre, plié en deux comme s'il avait regardé par terre entre ses pieds son corps se vider et s'écouler goutte à goutte à travers l'assise de mousse du fauteuil et se répandre sous lui. Il a au milieu du dos à peu près la même blessure que sa femme : un trou dévasté de la taille d'une sous-tasse. Dans le dossier s'est incrusté un immense dahlia rouge vif, hirsute.

Franck se penche un peu et aperçoit les yeux exorbités, la bouche ouverte, la lippe pendante comme celle d'un idiot stupéfait. Flotte autour du corps un relent de merde mêlé à celui de la poudre. Une brusque nausée oblige Franck à cracher un peu de bile puis il quitte la pièce où bat toujours la vieille horloge, leur saleté d'horloge qui date de 1850, ils disaient, laissée là en guise de caution par un antiquaire véreux avec tout un chargement de vieux meubles et de tableaux en train de pourrir dans la grange.

Il sort de là et enjambe des chaises renversées, des tiroirs jetés au sol, des vêtements dispersés dans le couloir, sortis des placards béants, et il grimpe à l'étage où se trouvent les chambres. Toutes sont ouvertes. Confusion des armoires fouillées et vidées, des miroirs brisés, des matelas soulevés gisant en travers des sommiers.

Sauf celle de la petite. Sur la porte bleu ciel il y a toujours ce découpage d'un gros chat orange qui vous regarde d'un air hostile, bras croisés sur son ventre rebondi. Franck ouvre d'un coup d'épaule comme si ça pouvait être verrouillé ou bloqué et il se trouve au milieu de la pièce le souffle court, le cœur affolé. Rien n'a été touché. Le lit fait, les peluches alignées sur la courtepointe jaune d'or, adossées au mur, des poupées blondes installées dans leur décor rose et pailleté parmi leurs accessoires : un camping-car, une table de pique-nique, un petit palmier. Des images aux murs, des posters figurant des personnages de dessins animés, une étagère avec quelques livres et des figurines monstrueuses et des personnages à gros pif. Du vert et du bleu. Un papier peint aux motifs végétaux. Le poisson rouge dans son aquarium, tournant en rond au milieu d'un décor de plastique.

Il se rappelle le jour où il a surpris Rachel en train de ranger sa chambre, chantonnant, un chiffon à la main. Cet ordre méticuleux, presque tatillon qu'elle y restaure chaque matin. « Quand elle sera grande, je lui ferai ranger la baraque, ça changera de tout ce bordel », plaisante souvent Jessica, en serrant contre elle la petite fille silencieuse et grave aux yeux baissés, aux bras ballants comme ceux d'une poupée de chiffon.

Franck se sent rassuré par ce lieu intact où règne le léger parfum menthe et lavande de gel douche que Rachel apporte toujours, dans ses cheveux, sur sa peau, quand elle vient se blottir dans vos bras sans rien dire puis se dégage soudain de votre étreinte, presque brutalement, et s'enfuit sans un regard, comme un chat lunatique. Il semble que rien ne peut lui arriver de grave parce que cet ordre qu'elle maintient autour d'elle, dans son petit univers, la protège peut-être du chaos ambiant. Ça et le silence dans lequel elle se renferme et qui bourdonne à présent aux oreilles de Franck.

Il donne à manger au poisson rouge. La bestiole remonte à la surface pour gober les insectes desséchés. « Bien sûr, toi, tu sais pas où elle est. »

Il referme la porte avec précaution et reste un moment sur le seuil, épiant le moindre bruit. Il n'entend que le murmure de la télévision, revoit en frissonnant le cadavre du père effondré devant. Son dos arraché, son air stupide, penché sur sa propre mort.

« Rachel ? »

La tête lui tourne, bourdonnant comme s'il s'était fourré dans un nid de frelons. Il pense qu'il va se réveiller et s'échapper d'un de ces rêves terrifiants, tellement réels, dans lesquels s'est produit souvent l'irréparable, et qui vous poursuivent dans le noir, les yeux bien ouverts quand on se demande pendant quelques secondes si tout ça ne se serait pas vraiment passé. Mais il ne dort pas, la réalité s'impose à lui, évidente. Il touche la cloison du plat de la main, prend dans sa poche sa clé de voiture et l'examine de près comme un objet dont il ne saurait plus l'usage, s'efforçant de réfléchir à ce qui s'est passé et de retrouver dans ce carnage et ce chaos des signes de l'agencement confus au milieu de quoi il a louvoyé, ce plancher disjoint et pourri sur lequel il a boité et trébuché depuis quelques semaines. Il aperçoit dans la chambre de Jessica des vêtements entassés devant l'armoire, les tiroirs renversés par terre dans la lueur livide que jette la fenêtre. Il fait quelques pas en direction de ce foutoir puis se retourne vers la porte où l'énorme chat roux le lorgne avec défi.

Ils n'ont pas retourné la chambre de la gosse. Ils auraient dû. C'est ce qu'il aurait fait à leur place. Il songe même à fouiller sous le matelas, au milieu des fringues dans l'armoire pour tâcher de trouver ce qu'il y a, puis il repousse l'idée en se dégoûtant lui-même, dégueulasse, ce serait comme s'il glissait ses doigts dans la culotte de la gosse. Je ne suis pas devenu comme eux.

Ce que ces types sont venus chercher aurait très bien pu s'y trouver sous ce matelas, et s'y trouve peut-être encore. Du fric, de la came. Si ça se trouve, la petite a dormi depuis des jours ou des semaines sur des paquets de billets ou de poudre ou d'herbe planqués sous son lit ou dans une peluche adroitement recousue. Et ils n'ont touché à rien. Peut-être qu'ils ne cherchaient rien. Peut-être qu'ils sont venus seulement pour réclamer une dernière fois le paiement de la dette, solder les comptes, venger le Serbe.

La sonnerie du téléphone le fait tressaillir. Il fait un pas pour aller décrocher mais se ravise. Sept ou huit trilles vibrent et il reste là devant, immobile pendant l'annonce du répondeur, puis haletant quand il entend le souffle de quelqu'un qui décide de ne pas laisser de message et raccroche. Il n'ose pas bouger, il respire à peine comme si on pouvait l'entendre ou deviner sa présence. Quand l'appareil se tait, il se persuade qu'on le sait ici. Qu'on a pu le voir tourner sur le chemin. Il sort sur le pas de la porte et regarde la route vide, les arbres et les buissons luisant sous le soleil, les pins hideux et sombres, tout ce paysage immobile, paralysé par ce matin d'été. De l'endroit où il se tient, il ne peut pas voir la caravane mais il suppose qu'ils l'ont visitée aussi. Il contourne la Mercedes, fait quelques pas vers le pré désert, contemple la forêt et repense à son cauchemar et se figure un raz-de-marée végétal prêt à s'abattre sur la maison. Il revient sur ses pas. L'angoisse entre ses omoplates, appuyée comme un poing.

La porte de la caravane a été refermée et l'idée lui traverse l'esprit que ce pourrait être un piège, un homme embusqué à l'intérieur un fusil à la main, aussi hésite-t-il avant de tourner le loquet. Il songe que c'est ridicule. Un type en train de transpirer dans une caravane rien que pour lui tirer une cartouche dans la tête. Alors que l'attaquer dans la maison était tellement plus pratique. Et ce type, lui et ses complices, auraient laissé Jessica partir et s'en prendraient à lui. Pourquoi pas. Mais les Vieux. Eux y ont eu droit. Et elle ? Elle était où pendant ce temps ? Avec la petite ? Il ne comprend rien. Il essaie de réfléchir, la main sur le loquet de cette foutue porte derrière laquelle… Mais il n'arrive à aucune conclusion alors il tire vers lui le battant comme s'il allait l'arracher.

Les placards, les coffres, ont été ouverts et vidés. Les coussins des banquettes soulevés, éventrés. Ses livres éparpillés par terre. Il en ramasse trois sur lesquels il a marché, les pose sur le plan de travail du coin cuisine. Il caresse du bout des doigts la douceur des couvertures, et des éclats de souvenirs lui traversent l'esprit et il reste un moment immobile assailli par les ombres et les silhouettes qu'il s'est figurées surgies d'entre les mots. Puis comme l'air s'épaissit autour de lui et l'engourdit, il bouge ses épaules et fait couler un peu d'eau tiède sur ses mains, ses bras.

Quand il sort, le soleil lui tombe dessus et l'oblige à courber l'échine. Ébloui, il distingue la maison entre ses paupières presque fermées, sombre, masse impénétrable. Il pourrait y foutre le feu pour que rien ne subsiste de ce château maudit tout droit sorti d'un conte horrifique, et que les flics trouvent les carcasses carbonisées des deux vieux dans les décombres encore fumants au milieu des épaves de voitures et du capharnaüm pourrissant sur des palettes à l'abri de bâches. Il hésite un moment à aller chercher un jerrican d'essence dans la remise. Il aimerait bien voir jaillir les premières flammes par les fenêtres éclatées et entendre le grondement impitoyable du feu en train de vouloir tout bouffer à la fois, monstre fou aux cent gueules affamées. Il aimerait que ça finisse ainsi, dans une énorme flambée qui nettoierait tout. Comme si le feu pouvait purifier quoi que ce soit. Croyances moyenâgeuses. Corps calcinés, âmes perdues.

Il se tient dans la lumière blanche au cœur d'un silence effarant. Un vide, une béance qui bourdonne à ses oreilles. C'est la mort qui lui parle avec sa gueule ouverte, immense. Il a peur soudain. Alors il court vers sa voiture et démarre en trombe et arrache sous les roues des cailloux et de la poussière. En s'éloignant, juste avant de tourner sur la route, il regarde si personne n'est sorti de la maison pour le suivre.

12

Il roule un bon moment avec l'espoir de voir apparaître la voiture de Jessica au détour d'un virage ou au loin sur l'autoroute. Il fonce vers Bordeaux au maximum de ce que peut donner le vieux moteur de sa vieille Renault. Trois fois il compose le numéro, trois fois il tombe sur la messagerie, et toujours il laisse le même message : « Rappelle-moi, je ne sais pas où vous trouver. »

Quand la sonnerie retentit, il manque faire une embardée en se rabattant devant un camion. Jessica crie presque dans le vacarme du moteur, de la vitesse grondant par les vitres baissées.

– T'es allé là-bas ?

– Oui. J'ai vu. Qu'est-ce qui s'est passé ?

– Comment t'as su ?

– Rachel…

– Putain c'est pas vrai ! Qu'est-ce qu'elle t'a dit ?

– De venir. Alors je suis venu.

– Évidemment.

– Vous n'avez rien ? Qu'est-ce que…

– Non, on n'a rien. Je te dirai. On se retrouve sur le parking du Carrefour drive, à Mérignac. Je suis pas loin. Je t'attends.

Elle raccroche. Sur la rocade, camions et camping-cars, autos chargées de coffres, de vélos. Franck se rappelle que le pays est en vacances. Partir. Même pour changer de routine. Il envie ces gens qu'il entrevoit dans leurs voitures. Il envie les petites habitudes vers lesquelles ils roulent, le rituel de la plage, leur télé sous l'auvent de la caravane, l'apéro à sept heures le soir à tour de rôle chez les voisins de camping, le restaurant de temps en temps. Il a dérivé depuis hier d'un massacre à un autre et tout ce qu'il aimerait à cet instant précis ce serait d'être à bord d'une de ces voitures qui prennent l'autoroute de Bayonne, de l'Espagne, petit garçon assoupi ou collé à la vitre, ou même adolescent contrarié et rembruni affalé contre la portière, écouteurs aux oreilles. À l'abri. Se laissant transporter sans souci vers un ailleurs, fût-il en trompe-l'œil.

Jessica est bien au rendez-vous. Il se gare derrière elle et elle ne bouge pas et il doit descendre de voiture et s'approcher et se pencher à la portière pour qu'elle tourne la tête vers lui, les traits tirés, les yeux brillants, mains sur le volant comme si elle allait démarrer d'un moment à l'autre. La pommette enflée, bleuie. Il ne voit pas Rachel sur le siège arrière. Seulement un gros sac de voyage.

– Rachel n'est pas avec toi ? Où elle est ?

– T'as vu ce qu'ils ont fait ?

– Où est Rachel ?

– À l'abri, chez des copains. T'occupe.

Elle ouvre la portière avec brusquerie et il doit s'écarter pour éviter de la prendre dans les jambes. Elle prend son petit sac de toile rouge et y trouve un paquet de cigarettes, en allume une, adossée à la voiture, puis regarde un peu plus loin des gens en train de laver leurs voitures avec des lances à haute pression.

– Qu'est-ce qui s'est passé ?

Elle secoue la tête. Elle gobe de l'air puis soupire.

– Ils sont arrivés vers huit heures. J'étais en haut et j'ai entendu ma mère crier et juste après un coup de fusil et puis un autre. J'ai enfermé Rachel dans sa chambre et je suis restée là sur le palier à pas savoir quoi faire, je me retenais de hurler, putain ils tuaient mes parents et moi j'étais là et je pouvais rien faire !

Elle s'interrompt et essuie ses larmes du dos de sa main tremblante et tire deux bouffées de sa cigarette.

– Ils gueulaient qu'ils venaient nous faire ce qu'on avait fait au Serbe, j'y comprenais rien, et à ce moment-là y en a deux qui ont monté l'escalier et qui m'ont vue alors pour détourner leur attention, pour pas qu'ils trouvent Rachel je suis allée au-devant d'eux et j'ai commencé à me battre, à leur filer des coups mais tu parles ils m'ont balancée en bas de l'escalier et ils m'ont collé le canon de leur fusil sur la gueule… J'arrivais pas à voir leurs visages, ils m'écrasaient par terre et je pouvais pas bouger. Y en a un qui a dit Elle est bonne y a qu'à la baiser ! Et un autre qui a répondu Vas-y toi, moi je me salis pas la queue dans sa chatte pourrie. Je me suis dit s'ils me baisent pas ils vont me tuer, putain je pensais à Rachel dans sa chambre et j'aurais préféré qu'ils me passent dessus à cinquante quitte à me déchirer jusqu'au nombril plutôt que ça, et puis tout d'un coup j'en ai entendu un qui a dit Putain c'est quoi ça ? J'ai compris quand j'ai entendu le chien qui grondait, j'ai gueulé Attaque ! Mais ils ont tiré et j'ai senti un truc lourd et mouillé me tomber sur les jambes et j'ai compris juste après que c'était le chien, j'avais envie de gerber, j'arrivais pas vraiment à réaliser ce qui se passait, tu comprends ? Mes parents morts, moi un flingue collé sur la tronche, et ma gosse là-haut, j'arrivais pas à mettre tout ça ensemble et à réfléchir, de toute façon ça n'aurait servi à rien… Pendant ce temps-là je les entendais tout foutre en l'air, ils cherchaient sûrement du pognon et ils saccageaient tout et moi j'avais peur qu'ils s'en prennent à la gosse et y avait ce gros bâtard au-dessus de moi qui me braquait avec son flingue qui leur demandait s'ils trouvaient quelque chose et eux gueulaient que non… À un moment il a écarté ma culotte et il m'a mis un doigt ça m'a fait mal mais je lui ai dit oui, c'est bon, continue, je voulais le déconcentrer et lui prendre son fusil, je te jure que j'en aurais fait de la viande hachée de ces enculés, je voulais tout faire pour détourner leur attention et qu'ils laissent Rachel tranquille, t'as bon goût il m'a dit, ce connard se léchait les doigts, t'inquiète, tu vas prendre cher dès que les autres seront là.

Ils sont en plein soleil et Franck tremble, secoué de frissons, et il s'appuie contre l'aile avant de la voiture parce qu'il a l'impression que ses jambes vont se dérober. En écoutant Jessica il revoit tout, les corps, le chaos, et il se demande par quelle chance ces types n'ont pas enfoncé la porte de la petite alors il pose la question et Jessica le regarde d'abord comme si elle ne comprenait pas puis elle renifle et allume une autre cigarette et souffle avec effort la fumée comme si les paroles n'arrivaient pas à sortir.

– Au bout d'un moment ils sont redescendus, l'autre me racontait des saloperies et moi je lui disais Putain vas-y si t'as les couilles et lui il grognait comme un clébard, je suis sûre qu'il se branlait tout en me coinçant la gueule par terre avec le canon de son fusil. Il y en a un qui a dit Et elle ? Je savais qu'ils mataient tous mon cul et qu'ils hésitaient et qu'ils devaient se regarder pour décider quelque chose. Et puis ils ont décidé de partir. J'ai pris un coup de pied dans les côtes, ça m'a coupé la respiration et au moment où je me retournais pour voir à quoi ils ressemblaient, ils ont attrapé le chien et ils l'ont balancé sur moi en me disant Tiens, baise-le celui-là, ça devrait calmer tes chaleurs ! C'était tellement dégueulasse, tu peux pas t'imaginer, ce cadavre de chien sur moi et ça me dégoulinait dessus et puis cette odeur de merde… J'ai pas osé bouger avant de les avoir entendus démarrer, puis je me suis levée, j'étais pleine de sang et de merde de chien et là j'ai entendu Rachel pleurer dans sa chambre et ça m'a donné du courage, je suis montée lui dire que j'allais venir lui ouvrir mais qu'il fallait qu'elle attende, je ne pouvais pas me montrer à elle dans l'état où j'étais alors j'ai balancé mes fringues dehors et je suis allée prendre une douche, j'ai dû rester vingt minutes sous l'eau bouillante, j'ai frotté et frotté et si j'avais pu m'enlever la peau je l'aurais fait… Après je suis allée voir les Vieux, j'arrivais pas à croire qu'ils étaient morts, j'espère juste qu'ils n'ont pas souffert…

Jessica se laisse glisser au sol et s'assoit, le front contre les genoux, secouée de sanglots silencieux. Franck la regarde, repliée sur elle-même, si petite qu'elle pourrait être n'importe quelle gamine effondrée par le chagrin. Les gens qui viennent chercher leurs courses jettent un coup d'œil derrière leurs vitres remontées dans leur bulle climatisée puis ils vont se garer et ouvrent leur coffre et attendent que leur commande leur soit apportée sans plus se soucier de rien.

– Et Rachel ? Elle a forcément entendu quelque chose ! Les coups de feu, les cris ! Elle a rien vu quand t'es descendue avec elle ?

– Je lui avais donné son sirop pour dormir. Quand je suis montée, elle avait replongé. Elle ne s'est réveillée que dans la voiture. J'ose même pas imaginer comment j'aurais fait pour qu'elle ne voie pas tout ça.

Franck s'accroupit auprès d'elle. Il la prend par le cou, pose sa bouche sur ses cheveux mais elle résiste puis le repousse doucement.

– Allez, on va pas rester là. On va chercher Rachel et on voit ce qu'on peut faire. De toute façon, ils savent pas où on est.

– Tout à l'heure, je crois bien que j'ai vu une voiture derrière moi. Un 4 × 4 comme celui du Serbe. Si ça se trouve, ils me suivent. De toute façon, toi, t'es en dehors du coup.

– En dehors du coup, tu dis ? Jusqu'au cou, j'y suis. Parce qu'hier, je suis allé trouver le Serbe. Ils ont tué Fabien, en Espagne. Tu le sais ça ? Alors ton père m'a dit où je pouvais trouver ce fumier. Et quand je suis arrivé, il était allongé dans la baignoire, lardé de coups de couteau, les yeux crevés. Tu comprends quelque chose à ce bordel, toi ? C'est pour ça qu'ils sont venus ce matin. Pour le venger, parce qu'ils croient que c'est moi qui ai fait ça. Je suis tombé sur un mec et j'ai dû le flinguer. Tu vois le tableau ? Tu vois un peu le merdier ? Sûr, s'ils savent où nous trouver, ils vont pas nous lâcher.

Jessica hausse les épaules. Elle renifle encore une fois, redresse la tête, sans le regarder.

– Qu'est-ce que tu proposes ?

– On va chercher Rachel et on part se planquer et réfléchir.

Elle sourit avec ironie, elle hoche la tête.

– Réfléchir, hein ? Réfléchir à quoi ?

– À ce qu'on va faire. Les flics vont s'en mêler et ça va se compliquer. J'ai laissé des empreintes partout là-bas, dans cette maison, dans la salle de bains. Et puis ces deux gamins qui m'ont vu passer… Ils m'ont bien dévisagé. Demain, y aura ma gueule dans tous les commissariats et les gendarmeries et sur les tableaux de bord de leurs bagnoles.

– En quoi ça me concerne ? C'est toi qui es recherché.

Franck tressaille et se met debout. Il se secoue comme s'il pouvait se défaire de l'espèce d'électricité qui lui cavale par tout le corps. Encore cette envie de la frapper pour assommer la sale engeance qu'elle héberge. Mais il y a ces épaules, ces seins qu'il aperçoit par l'échancrure de son tee-shirt, ces cuisses, tout ce caramel que le soleil a laissé sur sa peau. Et ces yeux qui prennent toute la lumière filtrée par les cils épais et longs.

– D'accord. Dans ce cas, je me rends et je balance tout.

– C'est ça. Vas-y, balance, depuis le temps que t'en as envie.

Franck monte en voiture et démarre. Il la voit dans le rétroviseur s'éloigner puis disparaître, et il surveille longtemps le trafic derrière lui en espérant voir pointer le capot rouge de sa Renault. Alors qu'il est sur la rocade, son téléphone sonne.

– Où tu es ?

– J'arrive chez les flics dans deux minutes.

– Connard. Où tu es ?

– Y a un hôtel au bord de la rocade. Sortie 13. Je t'attends sur le parking.

Six ou sept voitures sont garées. Toutes étrangères au département. Nulle ombre. Il baisse toutes les vitres, ouvre les portières et attend au volant. Parfois, un peu d'air vient remuer la fournaise. Jessica arrive un quart d'heure plus tard. Elle descend de voiture, son gros sac à la main.

– C'est là qu'on va crécher ? Y a des chambres ?

Il en restait cinq, au deuxième étage. Franck a payé en liquide deux nuits d'avance.

À peine entrés, ils se marchent dessus, encombrés de leurs sacs, se faufilant autour du lit. Ils entassent leurs affaires dans un placard puis sans un mot Jessica se couche en chien de fusil comme une enfant boudeuse. Franck entre dans la petite salle de bains. Il se rince d'abord du sel de mer qui tire sur sa peau puis il se savonne avec l'échantillon fourni par l'hôtel. Quand il revient dans la chambre, elle dort sans doute car elle ne réagit pas quand il parle d'aller manger quelque chose parce qu'ils auront après les idées plus claires. Il s'habille puis, contournant le lit, il s'aperçoit qu'elle a les yeux grands ouverts, le regard fixe.

– À quoi tu penses ?

– À rien.

– À Rachel ?

– À rien, je te dis. Bon. On va bouffer ?

Ils rejoignent en voiture un centre commercial voisin, ils passent dans la galerie marchande devant des boutiques vides où s'ennuient des vendeuses puis ils entrent dans une cafétéria et prennent la formule du jour et vont s'attabler loin des employés en pause, et commencent à manger sans rien se dire. Jessica jette de temps en temps un coup d'œil vers l'entrée tout en pinaillant dans son assiette et à chaque fois Franck tourne la tête et n'aperçoit que des chalands poussant des chariots ou des adolescentes désœuvrées traînant devant les vitrines.

– J'ai tout le temps l'impression qu'ils vont arriver.

– T'es sûre qu'ils t'ont suivie ?

Elle hoche la tête.

– Ouais… Ils m'ont rattrapée sur l'autoroute.

– Pourquoi ils sont partis et t'ont laissée, pour te suivre plus tard ? Ils sont cons ou quoi ?

– J'en sais rien moi ! Tu me saoules avec tes questions de flic ! Ils ont massacré mes parents, mon père et ma mère, t'arrives à te coller ça dans la tronche ? Et il y avait ma gosse enfermée dans sa chambre, toute seule à l'étage pendant qu'ils cherchaient leur fric ou je sais pas quoi ! Et tout ça évidemment parce qu'ils te cherchaient toi, qu'es venu semer ta merde dans leur bizness. Alors les pour qui et les pourquoi, je m'en fous ! J'ai sauvé ma peau et celle de ma fille, je veux même pas savoir comment.

Elle repousse son assiette et regarde autour d'eux les gens qui déjeunent et parlent à voix basse. Essoufflée, les yeux brillants.

– Si c'est moi qu'ils cherchent, pourquoi tu m'as appelé ?

Elle hésite, secouant la tête, les yeux baissés.

– Parce qu'avec toi, j'ai moins peur. J'ai plus que toi, maintenant qu'ils sont morts.

– Et Rachel.

– Rachel, elle me rassure pas. C'est plutôt une source d'emmerdes, pour l'instant.

Elle le regarde droit dans les yeux, à l'affût de sa réaction. Ses prunelles semblent capter toute la lumière des lampes et des néons et s'allument comme des yeux de chat. Il s'oblige à ne rien laisser paraître mais il a envie de la gifler ou de lui jeter son assiette à la gueule.

– Donc en l'emmenant chez ces gens, tu la mets à l'abri et tu t'en débarrasses par la même occasion ?

– Ça te choque ?

Il hausse les épaules.

– C'est ta fille…

Franck préfère se taire. Il a l'impression soudain qu'ils discutent assis au bord d'un ravin, une forêt en flammes derrière eux. Et que l'incendiaire, démente, est à côté de lui.

Pendant qu'ils reviennent à l'hôtel, il chasse ces pensées de son esprit. Ils sont en cavale, les jambes dans un roncier, et il estime leurs chances d'en réchapper de très compromises à quasi nulles. Le plus sage serait d'aller voir les flics et d'essayer de tout leur expliquer. Toute l'histoire. La came, la dette, l'équipe du Serbe, la mort de Fabien en Espagne, jusqu'à ce massacre d'aujourd'hui. Eux là-dedans qui ont tenté de se défendre. Et le Gitan, qui a l'air d'en savoir plus que tout le monde. Peut-être que la bonne foi, en disant simplement ce qui est, pourrait plaider en leur faveur. Il repousse cette idée parce qu'il imagine aussitôt les flics rigolards derrière leur bureau ou appuyés à une table les bras croisés comme des qui attendraient qu'on leur en raconte encore une bien bonne, lui montrant de temps en temps des relevés d'empreintes où l'on trouve surtout les siennes. Et puis au bout, il y a la taule. Les images et les souvenirs qui lui reviennent à l'esprit le font trembler. Il est planté devant la fenêtre, regardant le trafic sur la rocade pendant que Jessica allongée sur le lit a allumé la télé et zappe et lui demande à quoi il pense, et il répond À rien, je regarde, c'est tout.

Puis il pense à Rachel. Rescapée d'un carnage, déposée deux heures plus tard comme un paquet encombrant chez n'importe qui. Et bientôt, quand ils seront pris par les flics, ou rattrapés par les autres… Lui revient encore cette image de la petite en robe rouge au milieu du pré desséché. Seule.

Jessica éteint la télé, se lève. Il entend les ressorts du lit grincer, la porte du placard s'ouvrir. Quand il se retourne, elle est nue, sortant de son sac ses affaires de toilette.

– Je reviens.

Son corps comprend avant lui pourquoi elle a dit ça. Il écoute l'eau couler, il entend chacun de ses gestes, il suit les mouvements de ses mains. Il se couche et l'attend. Il aimerait pourtant pouvoir la repousser, mépriser ce corps et sa langueur et sa souplesse. Échapper à cette sorcellerie. Il aimerait que dans l'impasse où il est tout désir s'éteigne, que toute son énergie se consacre à la fuite ou à la recherche d'une issue au lieu, comme un chien, d'être soumis aux pulsions du rut. Mais il sait aussi que dans les pires circonstances, dans les conditions les plus extrêmes, des gens trouvent encore la force de s'étreindre, de s'aimer, même au fond du désespoir. À cela rien d'animal. Seulement la vie qui insiste et s'entête. Il ne sait plus. Il décide de s'abandonner.

Quand Jessica sort de la salle de bains, sa peau encore humide brille par endroits. Elle regarde Franck fixement, comme si elle pensait à autre chose, et il se demande si à cet instant elle le voit. Elle reste ainsi quelques secondes puis lui sourit tristement avant de se coucher sur lui.

Ils luttent en silence. Il aimerait lui faire mal, elle s'ouvre et se tend sans jamais le regarder, étrangère. Ils jouissent brutalement, les dents serrées, comme s'ils étaient en colère. À peine essoufflée, elle se lève aussitôt et va prendre une douche.

Ils passent l'après-midi dans la chambre, à somnoler, à regarder la télévision. Ils ne se parlent pas. Franck essaie de réfléchir à la situation et ne parvient qu'à des conclusions décourageantes. Il regarde les murs autour d'eux comme leur seule perspective et il mesure leur marge de manœuvre aux 10 m^2 de la pièce. Il est réveillé par la voix de Jessica parlant au téléphone, endormi sans s'en être rendu compte.

– Oui… Qu'est-ce qu'elle a ? Elle a dit quelque chose ? Ça m'étonne pas… Elle mange jamais beaucoup… Elle est gentille avec vous au moins ? Pas un mot ? Bon. Je peux passer ce soir ? Je lui expliquerai. Ah oui, d'accord… Vers sept heures et demie ? D'accord. À tout à l'heure.

Jessica se tourne vers Franck :

– On est invités à prendre l'apéro.

– Qui c'était ?

– Delphine. La copine chez qui j'ai laissé Rachel.

– Comment elle va Rachel ?

– Faut qu'on y passe. Elle parle pas, elle refuse de manger, elle reste enfermée dans les toilettes.

– Elle est au courant ta copine pour tes parents et le reste ?

– Non. Delphine, elle pose pas de questions. Et Damien non plus. Je leur ai juste dit que ça me dépannait qu'ils me la gardent deux ou trois jours parce que j'avais des ennuis, ils ont accepté tout de suite. Ça fait dix ans que je connais Delphine. C'est comme une sœur. Et puis à Rachel non plus je lui ai rien dit. Qu'est-ce que je lui aurais dit, de toute façon ? Elle n'a rien demandé, je pense qu'elle était dans le coaltar à cause du sirop, et qu'elle n'a rien entendu depuis sa chambre. Je lui ai raconté qu'on partait en voyage et que son papi et sa mamie nous rejoindraient plus tard, parce que là pour l'instant ils avaient plein de trucs à faire. Tu sais comment elle est. Elle dit rien, elle obéit. Elle a préparé ses petites affaires, du coup elle a pris ce vieux portable que je lui ai donné l'an dernier et elle t'a appelé avec, et on est sorties par-derrière, elle n'a rien vu. Donc c'est pas elle qui va leur raconter quoi que ce soit. Et puis je me demande des fois si elle comprend bien tout ce qu'on lui dit. Elle est vraiment bizarre. Des fois, elle me fout la trouille tu sais, comme ces gosses dans les films d'horreur, qui marchent la nuit dans les couloirs et se plantent au pied du lit un couteau à la main. Des fois elle m'a fait le coup, quand elle était plus petite. À venir en pleine nuit sans rien dire et me regarder pioncer.

– Ton père il dit, enfin il disait la même chose. Tu t'es jamais demandé pourquoi elle est comme ça ?

– L'instit à l'école, l'an dernier, elle trouvait ça bizarre. Elle la trouvait intelligente et tout, mais elle se posait des tas de questions. On a même eu droit à la visite d'une assistante sociale… J'ai déjà un peu connu ça quand j'étais gamine. Ça aime fouiller la merde et te chercher des ennuis, cette sale race. Mais bon… Pourquoi on parle de ça ?

– On était partis de Rachel.

– Ah oui…

Jessica demeure songeuse, les yeux perdus sur l'écran de télé éteint, puis elle sort de ses pensées. Elle s'habille : pantalon blanc, bustier noir. Ébouriffe ses cheveux avec ses doigts. Elle est soudain rayonnante et elle se tourne vers Franck avec un sourire qui désarme sa colère et sa méfiance.

13

C'est dans une tour de la banlieue sud. Au onzième étage. L'ascenseur sent l'urine, ses cloisons d'acier couvertes de dessins obscènes, de logos, d'injures. Chacun de son côté, Jessica et Franck décryptent cet art pariétal sans mystère. Le couloir sur lequel ils prennent pied sent l'oignon frit, les épices. Du rap cogne derrière une porte, un type éclate de rire. Delphine vient leur ouvrir, en débardeur et short de basket, pieds nus. Elle est blonde, ses cheveux crépus sont à l'arrière de sa tête en une énorme touffe jaunâtre. Peau mate, lèvres charnues. Elle enlace Jessica, elles s'embrassent et se frottent l'une à l'autre comme des amantes. Quand elles ont fini, Delphine serre d'abord la main de Franck, puis décide de l'embrasser.

Rachel est au bout du couloir, immobile. Franck la voit et l'appelle alors elle vient à petits pas vers eux. Jessica va au-devant d'elle.

– Alors ? T'as pas été gentille avec Delphine et Damien ?

La petite vient contre elle et serre les jambes de sa mère dans ses bras, sa tête pressée contre son ventre.

– Allez, ça va maintenant.

Elle repousse doucement la petite fille et l'écarte en lui frottant la tête du plat de la main.

Un grand type, sec comme un coup de trique, en bermuda et maillot de l'équipe de foot du Portugal, s'avance vers eux, un téléphone à la main. Il prend Jessica dans ses bras et la soulève. Grognement d'effort, petits cris de plaisir. Il salue Franck avec chaleur, il lui écrase la main dans la sienne, forte et grande, puis il les invite à passer dans la salle de séjour pour prendre l'apéritif. À une table sont installés deux enfants. Une fillette, dans une chaise de bébé, devant une assiette rouge remplie d'une purée de légumes. Un petit garçon est assis, tournant le dos à une salade de tomates. Il a la tête baissée, sa serviette autour du cou.

– Il est puni, explique Delphine. Monsieur ne veut rien manger, alors il ne sort pas de table mais il restera comme ça quand on viendra manger tout à l'heure. Puisqu'il ne veut pas manger, il n'a pas le droit d'être à table avec nous, mais il n'a pas le droit de se lever. Lui, c'est Enzo. La petite c'est Amalia.

Le petit garçon lève les yeux vers les nouveaux venus et la voix de Damien vole dans la pièce comme un couteau.

– Qu'est-ce que je t'ai dit ?

Le gosse baisse aussitôt le nez et se met à pleurer en silence et ses épaules se soulèvent à chaque sanglot.

– Faudra que j'essaie cette méthode avec Rachel, dit Jessica. Elle non plus, elle ne veut rien manger.

La petite Amalia éclate de rire en agitant sa cuillère en plastique puis elle se met à picorer sa purée du bout des doigts et montre ses mains sales aux adultes, très fière. Sa mère s'approche d'elle et lui fait manger deux bouchées en lui expliquant que c'est ainsi qu'il faut faire. Elle essuie ses doigts, elle lui remet la cuillère en main avant de lui donner un baiser sur le front.

Rachel s'est assise au bout de la table et elle les regarde tous, enfants et adultes, d'un air étonné, peut-être, avant d'approcher de ses yeux sa petite console de jeux.

Damien apporte de quoi boire et grignoter puis ils s'assoient sur des fauteuils en plastique autour d'une table de jardin. Damien explique que le salon en cuir ce sera pour cet automne. Puis ils boivent et grignotent et parlent de choses et d'autres. Jessica et Delphine évoquent quelques connaissances communes. Elles s'esclaffent, s'étonnent, s'inquiètent tour à tour. Elles donnent parfois des précisions aux hommes qui les écoutent. Damien fait le service. Bière ou gin tonic ? Franck boit deux bières belges, bouffe des cacahuètes, se sent lourd, accablé au fond de sa chaise. L'autre lui demande depuis quand il connaît Jessica. Alors Franck raconte. La taule, Fabien, Jessica et ses parents, le chien. Rien d'autre. Aucune allusion à la drogue, à la dette, aux coups de feu, au carnage. Le Chien. Justement, Damien adore les chiens. C'est une des grandes passions dans sa vie. Il aurait aimé être maître-chien chez les flics ou dans l'armée. Il avait un rottweiler, avant de se mettre avec Delphine. Mais ce con de clébard ne supportait pas les enfants, ils n'avaient pas envie qu'il attaque Enzo, qui était bébé à l'époque, oui, parce que Enzo n'est pas son fils. Il a fallu qu'ils s'en débarrassent. Du chien, bien sûr. Il l'a donné à Bilail, un copain qui tenait un kebab et qui s'était fait braquer deux fois en six mois.

Ce gamin c'est un cadeau de sa vie d'avant. Enfin, un cadeau si on peut dire. C'est pas qu'il est méchant, non. Mais il est têtu, il s'enferme et ne dit plus rien pendant des jours. Un peu comme Rachel, tiens. Et moi, ça me fatigue. C'est pour ça. J'ai dit à Delphine avec un ça suffit, c'est pour ça qu'elle a appelé Jessica tout à l'heure.

Les deux femmes se sont tues et l'écoutent. Delphine jette un coup d'œil à son garçon, qui joue avec ses doigts en reniflant.

– Je comprends, dit Jessica. Elle est pas évidente. C'est ma fille, hein, mais franchement, des fois, j'ai du mal à suivre.

– J'ai tout de suite senti que ça marcherait pas avec elle. Dès que t'as été partie, elle s'est assise par terre dans un coin avec son sac et elle a refusé de bouger. Elle faisait comme si elle ne nous entendait pas, comme si on n'existait pas ! Et à midi, ça a été vite vu. Elle n'a touché à rien, elle nous calculait même pas ! Y a des gosses ils sont un peu comme ces chiens qui se nourrissent plus quand leur maître est plus là.

Jessica approuve en hochant la tête. Elle semble réfléchir intensément à ce qui vient d'être dit.

Franck aperçoit Rachel la tête posée sur ses bras croisés, comme si elle dormait. Il a envie de partir. Il pourrait se lever, dire à la petite Allez Rachel on s'en va, prends tes affaires et il s'éloignerait d'ici, il roulerait toute la nuit la gosse endormie sur le siège arrière et au matin elle se réveillerait dans un endroit nouveau, devant un paysage immense, une vallée profonde, des montagnes au loin… Seulement un peu de vent en mémoire de la nuit…

Il se lève brusquement et les autres s'étonnent de le voir debout.

– Je vais en fumer une sur le balcon.

Il ouvre la fenêtre coulissante et la referme derrière lui et se sent soulagé de ne plus les entendre. Il fait doux. Souffle un petit vent qui ressemble à celui dont il rêvait à l'instant. Il écoute les voix, les musiques, les bribes d'émissions de télé. La ville s'étend à ses pieds, s'allume avec la nuit qui vient. Bordeaux au loin, les ponts sur le fleuve.

– Tu fumes pas ?

Il n'a pas entendu Jessica arriver. Il allume leurs cigarettes.

– Ça va ?

– Pourquoi tu demandes ça ?

– Je sais pas… T'as pas l'air bien. Bizarre.

– Comme Rachel, c'est ça ?

– On va la ramener, Rachel. Comme ça tu seras content…

– On s'en va quand ?

– Ils ont commandé des pizzas, on bouffe et on y va.

Ils arrosent les pizzas à la bière ou au coca. Rachel en mange un morceau avec appétit, elle a dit merci quand Delphine l'a servie.

– Elle parle et elle mange ! fait Damien.

Jessica regarde sa fille en s'esclaffant.

– Qu'est-ce qu'on disait tout à l'heure ?

Franck ne voit du petit garçon puni que son dos, soulevé parfois par un gros soupir.

– Il n'en veut pas un bout ? demande Franck.

– S'il veut manger, il a une assiette qui l'attend à sa place. Alors il pourra se mettre vraiment à table.

En disant ça Damien n'a même pas regardé l'enfant, puis il se tourne vers lui.

– Et puis merde. Allez. Va te coucher. Et fais attention à pas réveiller ta sœur.

Le gamin quitte la pièce sans un mot, en regardant ses pieds. Franck cherche le regard de Jessica mais elle baisse les yeux sur son assiette vide, affectant d'attraper du bout des doigts quelques miettes pour les porter à sa bouche et les croquer. Il aimerait savoir ce qu'elle pense en cet instant, il aimerait, là, tout de suite, alors qu'on entend le petit traîner des pieds dans le couloir, lire dans ses yeux qu'elle s'attendrit, qu'elle s'émeut un peu de cette cruauté, mais il la sent de plus en plus enfermée en elle-même, verrouillée dans son armure de chair et de peau. Les parents de cette fille ont été tués ce matin, pratiquement devant elle. Ils vont pourrir là même pas cachés sous la terre comme il convient aux morts, et la vision de leurs charognes se liquéfiant dans cette maison qu'il connaît, où il a cru pouvoir retrouver sa liberté, lui fait venir sur la peau une sueur dont il lui semble sentir l'odeur âcre. Il ne sait pas comment elle fait. Les voilà en cavale, une gamine sur les bras, coincés. Et elle bavarde, elle rit, comme si tout ça n'était que la suite logique d'une histoire commencée il y a longtemps, comme si la façon dont elle va finir ne l'intéressait pas. En fait, elle continue de courir au-dessus du vide, pareille à ces personnages de dessins animés qui s'aperçoivent trop tard qu'il n'y a plus ni chemin ni issue.

Il remarque qu'autour de la table chacun s'est tu, écoutant peut-être s'éloigner les pas du gosse. Quand la porte de la chambre se referme presque sans bruit, Franck a l'impression de se remettre à respirer et Delphine se ranime comme une créature humanoïde qu'on aurait rechargée, et propose du café.

Alors du café. Un joint circule, sur lequel Jessica tire avec une volupté forcée. Franck n'en a pas fumé depuis la taule et avec l'odeur et le goût du shit lui reviennent d'autres sensations. Relents de transpiration, puanteur des chiottes, haleine chargée soufflée par une bouche trop proche. Alors au deuxième tour il refuse, la langue pâteuse, et il rince cet écœurement dans une longue gorgée de bière.

Quand ils sortent de l'immeuble, Franck a l'impression de s'échapper d'un mécanisme infernal de cloisons se resserrant peu à peu jusqu'à les écraser tous. Rachel endormie dans les bras, il presse le pas vers la voiture pour s'éloigner au plus vite de cet endroit. Derrière lui, Jessica traînasse, un peu ivre, riant toute seule. Elle se laisse tomber sur le siège pendant que Franck installe la petite à l'arrière.

– Tu le connaissais ce gamin, Enzo ? Tu l'avais déjà vu ?

Jessica descend la vitre de la portière puis allume une cigarette.

– Non, je l'avais jamais vu. Figure-toi que quand on était en bringue ou en galère, c'était pas trop la place d'un gosse. Enfin si, j'ai dû le voir une fois ou deux quand il était bébé. Mais elle le confiait souvent à sa grand-mère, vu que sa mère picolait trop pour s'occuper d'un petit.

À l'hôtel, le réceptionniste lorgne en direction de Rachel dormant toujours dans le cou de Franck mais il ne dit rien et ils couchent la petite sans la déshabiller pour qu'elle ne se réveille pas. Franck s'allonge sur la moquette, une couverture sous la tête, et il entend Jessica s'endormir aussitôt avec dans son sommeil de faibles gémissements de petite fille.

La dernière fois qu'il regarde l'heure à son téléphone, il est plus de trois heures du matin. Au-dessus de lui, dans leur obscurité, la veilleuse du téléviseur est un astre rouge dans un ciel vide.

14

Rachel dévore sa tartine à la confiture, des moustaches de chocolat sous le nez. À un moment, elle demande à sa mère s'ils vont aller à la plage et Jessica la regarde, sa tasse de café tenue en l'air et lui dit oui, bien sûr qu'on ira, mais pas aujourd'hui, on a des choses à régler avec Franck. La petite hoche la tête, l'air satisfait, puis se remet à manger, les yeux tournés vers la fenêtre, la pelouse jaunie par la sécheresse, les trois arbres anémiques en train de succomber au manque d'eau.

– On peut pas rester comme ça. Il faut se décider. T'as vu, dans cette chambre à trois. Et ça coûte, on va pas continuer à craquer du blé dans des hôtels de merde où on va finir par se faire remarquer.

Franck l'écoute. Elle parle posément, le regarde bien en face, ses paupières battent sous l'effet de l'inquiétude. Fraîche, du satin sous les yeux, pas la moindre ridule de fatigue. Régénérée.

– Qu'est-ce que tu proposes ?

– Ça va pas te plaire.

– Dis toujours.

– On va chez le Gitan, Serge. Il n'y a que lui qui puisse nous aider. Mon père avait confiance en lui, et c'est réciproque. Et moi, il m'a toujours bien aimée…

Franck imagine bien de quelle façon le Gitan peut aimer Jessica. L'ombre d'un doute passe malgré lui dans son regard et trahit ses pensées, parce qu'elle se penche par-dessus la table et lui laboure le dos de la main de ses ongles.

– C'est pas ce que tu penses. Tu sais, il y a aussi des mecs avec qui j'ai pas baisé.

Elle murmure ça avec des larmes dans les yeux, puis détourne son regard mouillé et le perd dans le fond de la salle. Rachel les dévisage tour à tour, ses yeux grands ouverts par la curiosité ou l'étonnement, puis elle secoue imperceptiblement la tête d'un air navré. Franck se penche vers elle.

– Ça va Rachel ?

Elle fait oui d'un petit mouvement de menton, le regard enfui de l'autre côté de la vitre.

Franck ne reconnaît pas l'itinéraire qu'ils avaient pris avec le Vieux. Même quand ils quittent la rocade, il lui semble que Jessica, qui roule devant, ne sait plus où elle va et qu'ils sont en train de se perdre. Il ne se rappelait plus cette zone de forêt et de friches trouée de voies rapides et parsemée de zones industrielles où se défait la banlieue ouest. Un avion passe à trois cents mètres de lui, en train de descendre au-dessus des arbres, lent et lourd. Rachel, la figure calée entre les deux sièges avant, lui demande comment c'est de prendre l'avion et il lui répond qu'il ne sait pas, que ça ne lui est jamais arrivé.

Quand ils entrent dans le camp, trois femmes qui bavardaient sous un arbre les regardent descendre de voiture et ne bougent pas et ne les quittent pas des yeux jusqu'à ce que Jessica s'approche d'elles et leur demande si Serge est là. Aucune ne répond. La plus jeune, aux cheveux décolorés, jaunes, une bassine de linge sous le bras, s'éloigne vers la maison la plus proche mais s'arrête quand le Gitan apparaît sur la terrasse, à l'ombre de l'avant-toit. Il ne bouge pas, mains dans les poches d'un pantalon kaki.

Jessica marche devant, balançant son sac à main au bout de son bras. Franck a pris Rachel par la main et la petite se laisse traîner, comme si elle n'avait pas envie de suivre. Des gens, des enfants surtout, sont sortis sur le seuil des deux autres maisons et des caravanes pour regarder. Deux hommes, qui déchargeaient du bois de charpente d'un petit camion à plateau, se sont interrompus et surveillent la scène en allumant des cigarettes. Serge leur adresse un signe de tête alors ils s'adossent à la cabine du camion et fument sans plus se soucier de rien.

Il prend Jessica dans ses bras et l'étreint longuement, sans un mot, puis il se tourne vers Franck et lui serre la main :

– Je pensais pas que tu te repointerais ici.

– Moi non plus, je…

– Ça, c'était avant, coupe Jessica. Tout a changé.

– Et elle c'est qui ?

– Rachel. Ma fille. Tu sais bien…

– Entre.

Jessica hésite, jette un coup d'œil à Franck, puis revient vers le Gitan.

– Il est avec moi, tu sais.

Les yeux dorés de Serge se posent sur Franck, le toisent. Il crache par terre puis tend la main vers Jessica.

– Entre, je te dis.

Elle s'avance et se tourne vers Franck :

– C'est peut-être mieux que Rachel reste dehors, vu ce que je dois dire à Serge.

Elle suit le Gitan dans la maison. Rachel et Franck restent un moment debout sur la terrasse, puis Rachel avise un fauteuil à bascule et s'installe dedans et se balance en regardant deux fillettes jouer sous l'auvent d'une caravane. Franck s'assoit sur un banc à côté d'elle.

– On ira à la plage ?

– Oui, mais pas aujourd'hui. T'as entendu ta mère.

Les deux fillettes cessent de jouer pour observer Rachel, puis elles se disent quelque chose et éclatent de rire.

Rachel détourne les yeux et se concentre sur un lézard qui vient de grimper sur le carrelage et se tient immobile, la tête dressée.

– Qu'est-ce qu'ils ont eu papi et mamie ?

Elle a posé sa question sans perdre des yeux le lézard. Franck sent son estomac s'enfoncer comme sous un coup de poing.

– Pourquoi tu demandes ça ?

Elle ne répond pas. Elle cesse de se balancer, se lève, s'approche lentement du lézard qui lève la tête vers elle.

– C'est son cœur ?

– Quoi son cœur ?

– Au lézard. On le voit battre sur les côtés. Regarde.

Elle montre la bestiole du doigt mais le lézard détale un peu plus loin.

– J'ai pas pu voir. Allez. Viens t'asseoir.

Elle obéit et s'assied en soupirant. Elle joue avec ses doigts. Paupières baissées, ses longs cils ombrant son regard, Franck a l'impression de voir une brodeuse penchée sur son ouvrage.

– Ils vont revenir quand ?

– Qui ?

– Ben papi et mamie.

– J'en sais rien. Bientôt, sans doute.

Elle parcourt du regard la vaste esplanade autour de laquelle sont installées les cinq caravanes et construites les trois maisons. Une femme, un foulard jaune sur la tête, passe en poussant devant elle un caddie plein de bouteilles de plastique vides qui grince et brinquebale sur les cailloux.

Franck aimerait qu'à présent la petite se taise. Elle n'a jamais autant parlé en si peu de temps et il a l'impression à chacune de ses paroles qu'on lui serre la gorge un peu plus fort. Il jette un coup d'œil à la porte par laquelle ont disparu Jessica et le Gitan et il se demande ce qu'ils se racontent, ce qu'ils peuvent bien foutre là-dedans. Il lui semble qu'ils sont là depuis une demi-heure au moins. Il regarde l'heure sur son téléphone : il est à peine plus de midi. Ils sont arrivés il y a vingt minutes. Il se lève, s'appuie à un poteau et allume une cigarette, tournant le dos à la petite.

Une voiture arrive et freine sec en soulevant de la poussière. Une BMW d'un modèle déjà ancien, mais comme neuve. En descendent deux jeunes hommes d'à peine vingt ans qui courent vers la maison de Serge et s'arrêtent sur le seuil.

– Oh Serge ! Faut qu'tu viens !

De l'intérieur, on entend le Gitan demander ce qui se passe.

– Faut qu'tu viens, c'est chaud, putain !

– Je viens tout à l'heure !

– Non ! Maintenant ! C'est trop la mort !

– Me casse pas les couilles ! Je te dis que je viendrai tout à l'heure, alors tu rentres chez toi et tu bois un coup !

Le jeune type entraîne son copain vers leur voiture en jurant entre ses dents. Ils montent à bord puis roulent lentement, sur une trentaine de mètres, pour aller se garer devant un immense mobile home.

– Peut-être ils sont morts…

Rachel a dit cela à mi-voix, comme pour elle-même. Franck tressaille. Il s'efforce de ne pas se retourner, il ne sait pas s'il doit réagir parce qu'il ne pourra pas feindre, parce que la fillette devinera la dissimulation ou le mensonge.

Jessica et Serge sortent en bavardant à voix basse alors il en profite pour bouger, n'y tenant plus, et il va vers eux.

– Dès cet après-midi j'irai avec mon cousin. Je peux pas laisser Roland et ta mère comme ça. Les morts, ils pardonnent pas qu'on les traite mal. Je les mettrai où tu m'as dit, comme ça tu les retrouveras. Allez, ma fille. Fais gaffe à toi. Les autres, je finirai de m'en occuper après. Faut que je réfléchisse.

Il la prend dans ses bras et l'embrasse sur le front. Puis il se tourne vers Franck et lui tend sa main.

– Prends soin d'elles. On est du même bord, maintenant.

Sa main sèche et dure dans celle de Franck. Poignée ferme. Dans les yeux dorés, l'éclat d'un sourire, ou d'une ironie. Franck ne trouve rien à dire. Il se contente de hocher la tête, la gorge sèche.

Rachel s'est approchée et le Gitan caresse ses cheveux.

– Faut jamais avoir peur, d'accord ?

– Hein que t'as pas peur ? dit Jessica.

La petite regarde ses pieds.

– Non, dit-elle fermement. J'ai peur de rien.

Pendant une heure ils se perdent dans d'anciens marécages le long de l'estuaire de la Gironde, à quelques kilomètres de la centrale nucléaire, sur des routes droites, désertes, bordées de fossés de drainage et de haies, croisant parfois un chemin de terre qui mène à une masure ou à une ferme en ruine. Franck suit Jessica dans ses arrêts brusques et ses demi-tours, et il voit bien qu'ils sont nulle part, qu'ils s'enfoncent dans un rien sans repères où toutes les directions se confondent et s'annulent. D'ici ils ne reviendront pas, il en est sûr, de cet enfer tranquille, de ce désert spongieux. Parfois, Rachel lui fait bonjour par la lunette arrière et il lui répond par des grimaces ou en agitant sa main en s'efforçant de sourire. Il faudrait l'emmener loin d'ici, la mettre à l'abri, mais dans la chaleur qui souffle par les vitres baissées toutes les solutions impossibles qu'il envisage sont dispersées comme la fumée de sa cigarette.

Puis Jessica tourne brusquement sur un chemin signalé par un petit panneau blanc marqué « SAINTE SARAH » en lettres maladroites. Elle arrête la voiture devant un immense mobile home posé sous trois grands acacias et sort vivement de la voiture et ouvre la portière arrière et demande à Rachel de sortir, de venir voir la nouvelle maison. Elle se tourne vers Franck, elle sautille sur place :

– C'est pas mal, non ?

Il descend de voiture et la rejoint. Il tourne sur lui-même pour observer les alentours. Bourdonnements d'insectes. Relents d'eau croupie. Le chemin continue en une vaste courbe, longé de bosquets et de ronces. Le mobile home est installé sur une dalle de béton, monté sur des parpaings. Devant, une vaste terrasse jonchée de feuilles sèches. Une ligne électrique descend d'un poteau de bois vers le coffret du compteur.

– On dirait qu'il y a tout le confort. On se croirait en vacances.

– Ouais, je trouve, dit Jessica.

Elle prend des clés dans son sac et va ouvrir. La porte force un peu puis grince sur ses gonds. Rachel n'a pas bougé. Elle regarde autour d'elle, les sourcils froncés sous le soleil. Franck lui tend la main.

– Tu viens voir ?

– Y a des serpents ?

– Non. Je crois pas. Et s'il y en a, je les tuerai tous et on sera tranquilles.

La fillette s'éloigne vers le bungalow en regardant où elle met les pieds. À l'intérieur, Jessica est en train d'ouvrir les fenêtres puis elle apparaît à la porte.

– C'est super grand ! Viens voir mon cœur, ta chambre.

Rachel se plante à l'entrée d'une petite pièce occupée presque entièrement par un lit. Le matelas est nu, bleu pâle, un carré de lumière posé dessus.

– Alors ?

– J'ai soif.

Franck est resté sur le seuil. Arrêté par l'odeur de moisi, de renfermé, par la chaleur de four.

La seule eau disponible est celle d'un puits foré à une vingtaine de mètres du mobile home. Non potable, parfois rougeâtre, a prévenu le Gitan. Ferme bien la bouche en te douchant. Il faut réamorcer la pompe en espérant que la crépine n'est pas envasée. Un jus brun coule d'abord, puis s'éclaircit jusqu'à devenir limpide. On en boirait. Pour le reste, c'est-à-dire faire la cuisine et boire, mieux vaut aller faire le plein à la bouche d'incendie à l'entrée du bourg, près du stade. Franck trouve dans une remise construite en dur trois jerrycans de vingt litres et une clé de pompier puis il part à la corvée. Au retour, il achète trois paquets de bouteilles d'eau minérale. Pendant qu'il s'occupe à ces tâches d'organisation, il ne pense à rien d'autre. Il ruisselle de sueur, la migraine l'étourdit. En plus de l'eau, il achète un pack de bières fraîches et il en boit une en rentrant et pendant quelques minutes, requinqué par ce qu'il a bu, il ose croire qu'ils ont encore une chance.

Jessica a trouvé des meubles de jardin, deux chaises longues, un grand parasol qu'elle a disposés à l'ombre. Elle a balayé les feuilles. Franck l'entend s'affairer à l'intérieur. Elle ouvre et referme des placards. Elle chantonne. Rachel est allongée dans un des transats et il s'approche d'elle et lui demande si elle veut boire. Elle ouvre les yeux, le front luisant, les joues rouges. Son visage se tord comme si elle allait pleurer. Franck ouvre une bouteille d'eau et aide la petite à la tenir et elle boit goulûment et ça coule sur son menton et dans son cou puis quand elle a fini elle souffle un grand coup pour reprendre sa respiration.

À la nuit tombée, après qu'ils ont mangé tiède et mou parce que le frigo n'a pas eu le temps de faire assez de froid, ils doivent se retrancher dans le mobile home pour échapper aux nuées de moustiques qui se jettent sur eux. Toute la soirée, Jessica joue les maîtresses de maison, et Franck a l'impression d'une gamine étrennant un jouet grandeur nature. À la fin du repas, Rachel tombe d'épuisement et s'endort en pleurnichant sur le matelas où Jessica a étendu une sorte de drap trouvé dans un coffre. Puis ils boivent des bières, restées fraîches, écrasant à coups de claques sur leurs cuisses et leurs bras et dans leur cou les moustiques entrés dans le bungalow. Franck finit par trouver au fond d'un placard une bombe insecticide, et dans l'odeur piquante et toxique Jessica lui raconte sa discussion avec le Gitan qui a promis sur la tombe de ses morts qu'il donnerait aux Vieux une sépulture et qu'il s'occuperait ensuite de la bande du Serbe, qu'il leur ferait payer tout ce qu'ils avaient fait. Elle dit que ça va aller, que bientôt tout sera comme avant. Avant quoi ? demande Franck. Elle ne répond pas. Puis au bout d'un long moment silencieux, elle ajoute qu'elle n'aurait pas pu faire ça toute seule. Porter leurs corps, les enterrer, précise-t-elle. Elle passe dans son cou, sur le haut de sa poitrine la canette froide puis elle se renverse sur sa chaise et met les pieds sur la table, jambes écartées et elle dit qu'elle a chaud, putain, qu'elle a envie de se foutre à poil. La fatigue et la migraine et une inquiétude qui vibre en lui comme un bruit de fond retiennent Franck d'aller coller sa bouche au triangle de coton clair qu'il aperçoit entre ses cuisses.

Ils se couchent abrutis pas la chaleur, nus sur la toile rugueuse du matelas. Dans le noir, alors que le sommeil lui tombe dessus, Franck se sent ligoté au fond d'un puits, écrasé sous son propre poids.

15

Cette nuit, Rachel les a réveillés par un cri. Elle a fait un mauvais rêve et ils sont restés un long moment auprès d'elle en attendant qu'elle se rendorme. Elle tremblait, brûlante. Franck l'a rafraîchie en lui posant sur le front un gant plein de glaçons. Jessica lui caressait la main, les yeux fermés, se rendormant presque.

– C'est bon c'est juste un cauchemar. Viens, laisse-lui la lumière, ça ira.

– Va te recoucher, je reste un peu.

La gosse s'est mise sur le côté, le dos tourné à sa mère, ses mains devant elle. Elle a dormi presque aussitôt. Par les fenêtres, Franck apercevait l'aube grise. Allongé, il a entrouvert une fenêtre et l'air frais est entré et il l'a laissé courir sur lui.

À présent, la petite boit son bol de chocolat au bord de la terrasse, face à la haie qui clôt le terrain. Elle observe les insectes, suit leur vol fou, lève parfois les yeux vers la ramure des arbres au-dessus d'elle.

Franck entend Jessica bousculer des objets à l'intérieur. Des portes de placards claquent, des couverts sont remués avec fracas. Elle dit tout bas des choses indistinctes et furieuses. Elle sort sur la terrasse et s'assoit puis se sert une grande tasse de café et repose violemment la cafetière sur la table. Elle ne dit rien d'abord, le regard perdu au-dessus des arbustes, puis demande à Rachel si elle a mangé et comme la fillette ne répond pas elle hurle :

– Putain Rachel, je t'ai posé une question alors tu me réponds ! Merde ça t'écorcherait la langue de répondre quand on te parle ?

Rachel se retourne et dévisage Jessica avec cette expression de crainte et de compassion mêlées qu'elle arbore de plus en plus souvent dès qu'elle regarde sa mère. Elles se fixent mutuellement durant quelques secondes puis l'enfant baisse les yeux et murmure en tournant le dos « Oui maman, j'ai mangé des biscottes avec de la confiture ». Jessica soupire, allume une cigarette, plante dans le dos de sa fille un regard haineux.

– Oui, elle a mangé. J'étais avec elle, dit Franck.

– Je t'ai demandé quelque chose à toi ? Je peux parler tranquille à ma fille sans que tu ramènes ta gueule ?

Franck ne trouve pas les mots pour répliquer alors il se tait et se contente de la regarder en se demandant ce qui le retient de la frapper. Peut-être la présence de la fillette. Ou bien la fatigue. En même temps qu'il réprime l'envie de se ruer sur elle, il revoit le visage effrayé de sa mère jetée au sol par une gifle du revers, la lèvre fendue. La peur, la surprise, une immense tristesse se confondaient sur son masque grimaçant, les larmes brouillant de noir ses yeux, le sang barbouillant son menton. L'homme de sa vie au-dessus d'elle, qui vociférait, la main levée. Il se rappelle le silence, soudain. Pendant que Fabien se précipitait auprès de sa mère pour l'aider à se relever, son père s'était redressé puis s'était assis sur une chaise, voûté, la figure dans les mains, en pleurs.

Jamais plus il n'a levé la main sur elle. Il y a eu les larmes, les excuses, les étreintes, les mots d'amour. Mais l'invisible fêlure avait commencé à travailler entre eux, contre eux. Et la tristesse n'a plus jamais quitté le visage de sa mère, fond de teint blafard qu'aucun sourire ne parvenait à effacer. Jusqu'à ce que des mois plus tard la maladie lessive sa peau, ponce le front et les pommettes, rougisse les paupières. Les joues glacées ou brûlantes. Une terreur désespérée peu à peu posée sur elle.

Plus tard encore, tous les garde-fous emportés, il avait lâché ses poings contre ses fils. Et contre les murs sa tête éperdue d'alcool.

– Pourquoi tu me regardes comme ça ?

La voix de Jessica est presque douce, étonnée, comme si elle avait vu passer les ombres qu'il avait convoquées.

Il se lève, la gorge amère.

– Pour rien. Excuse-moi.

Rachel lève les yeux vers lui et sourit. Du coup, les larmes ne montent pas et il vient s'asseoir à côté d'elle. Il lui donne un petit coup d'épaule, elle serre entre ses mains son bol vide en soupirant T'es bête. Des rafales de vent apportent parfois de vagues odeurs d'eaux stagnantes et de pourriture, et la fillette se bouche le nez et agite sa main devant son visage comme un petit éventail. Ils restent un moment comme ça, assis sans rien dire, alors que Jessica est allée prendre sa douche. Très loin, on entend un chien aboyer.

– Y a des gens ?

– Oui, mais loin. C'est désert, par ici.

La petite hoche la tête d'un air songeur. Franck se penche vers elle et lui parle à l'oreille.

– C'était quoi ton rêve cette nuit ?

– Quel rêve ?

– Celui qui t'a réveillée. Où tu avais peur.

Elle ne répond pas. Elle examine le fond de son bol, tourne l'objet entre ses mains.

– Tu veux pas me dire ?

Elle fait non de la tête.

– Ça faisait trop peur. Comme si c'était vrai.

Elle se lève et va débarrasser la table puis fait la vaisselle. Franck l'aperçoit par la fenêtre : appliquée, méthodique. À ce moment, Jessica sort du cabinet de toilette et passe dans les cheveux de sa fille une main hâtive. Elle est nue. Franck rentre dans le mobile home parce qu'il a envie de la regarder. Elle s'habille face à lui, sans le quitter des yeux.

– Ça va ? Tu te rinces l'œil ?

Rachel s'est tournée vers eux. Une tasse roule et tinte au fond de l'évier.

– Fais un peu attention, ou alors laisse-moi la faire, la vaisselle, dit Jessica.

Elle attrape son portable et sort, et s'éloigne au soleil. Franck la regarde bouger ses bras, soulever ses épaules, secouer la tête tout en parlant, puis raccrocher avec humeur. Elle appelle aussitôt un autre numéro et alors elle semble plus calme. Elle se tourne vers le mobile home, regarde l'heure sur l'écran de son téléphone, puis acquiesce à ce qu'on lui dit. Après sa déconnexion, elle semble plus détendue, comme rassurée, et les traits de son visage ont recouvré un peu de douceur. Elle prend dans ses bras Rachel qui sortait du bungalow avec sa console de jeux et la serre contre elle et l'embrasse bruyamment sur les joues, le front, dans les cheveux comme si elle la retrouvait après une longue absence.

Il fallait aller au ravitaillement. Ils se sont mis d'accord sur une liste d'indispensables pour n'avoir pas à s'aventurer dehors tous les deux jours. Ils ont écrit ça sur un bout de papier. Jessica pianotait constamment sur la table, agacée par le temps perdu à écrire tout ça. Soupirant et soufflant parce que Franck n'écrivait pas assez vite.

– Merde, tu veux pas dessiner des petites fleurs, en plus ?

Quand il s'est levé, il a effleuré son bras pour récupérer le stylo et elle a tressailli comme s'il l'avait piquée avec une aiguille électrique. Il s'est excusé avant de sortir, la laissant prostrée, la tête basse, une cigarette éteinte entre les doigts.

Il roule une demi-heure avant de trouver un supermarché suffisamment éloigné, les yeux rivés au rétroviseur, le pistolet posé sous un grand sac de plastique. Il sait bien que jamais les autres ne les retrouveront ici. Ils ne les ont pas suivis, ils ne peuvent pas connaître le repère du Gitan. Pourtant, il s'attend à voir le 4 × 4 qu'il a croisé un jour chez les Vieux apparaître derrière lui pour ne plus le lâcher.

On ne croit pas toujours à ce qu'on sait. Ce dont il est certain, c'est qu'ils sont dans une impasse sans fond ni mur. On appelle ça le bout de la route, le bord du gouffre ou du précipice. Ce qu'il sait, c'est qu'il faudra sauter bientôt dans le vide. Dans dix jours, dans trois mois, il tombera. Même les grosses pointures se font prendre malgré leurs planques, leurs réseaux, l'argent qu'ils distribuent. Alors lui… Échoué à la sortie de prison dans un nid de couleuvres aux prises avec des crotales.

Il remue tout cela dans sa tête en traversant le bitume surchauffé du parking, son caddie devant lui, et il se dit qu'aussi bien il pourrait attaquer une caissière et se faire poisser tout de suite, les armes à la main, comme on dit dans les livres. Au lieu de quoi il se laisse happer par l'air conditionné et déambule devant des boutiques vides où s'ennuient des vendeuses debout derrière leur caisse ou s'occupant à ranger des cintres sur des portants. Il erre un moment comme en une étrange contrée, croisant des silhouettes sombres découpées sur les lumières crues des vitrines, aussitôt effacées malgré leur lourde lenteur sous l'œil glacé des mannequins de plastique. Il a l'impression de venir d'un autre monde, parallèle ou souterrain, et de devoir y retourner au plus tôt pour s'y abriter ou s'y perdre.

Il remplit son chariot de paquets et de boîtes, rajoute quelques glaces pour Rachel et paye en liquide à une jolie blonde souriante dont il sent au creux de sa main le bout des doigts frais quand elle lui rend la monnaie. Pour sortir il longe les caisses et passe devant un agent de sécurité, colosse à oreillette, dont il sent le regard le suivre et quand il arrive dehors, aveuglé par le soleil, il s'attend à ce que deux types lui tombent dessus mais il n'aperçoit que trois employés près d'une porte de service en train de griller une cigarette.

Sur le chemin du retour il se perd un peu au milieu des vignes, aperçoit l'estuaire au détour d'un virage, terne et brun, bras d'océan terreux, finit par retrouver la route perdue qui mène à leur refuge. Quand il descend de voiture, il est frappé par le silence et il sait aussitôt qu'elles ne sont pas là. Les vitres de la voiture de Jessica sont baissées, la porte du mobile home est grande ouverte. Il appelle à tout hasard, tend l'oreille, puis se résout à porter les provisions à l'intérieur et les range en vrac dans un placard et dans le frigo. Sur la table trois mégots dans un cendrier, à côté d'un paquet de cigarettes et du petit briquet vert de Jessica.

Tout est en ordre. La vaisselle qu'a lavée Rachel finit de sécher sur l'égouttoir de l'évier.

Il sort, écoute encore le silence. Pas un chant d'oiseau. Pas même un souffle d'air dans le feuillage au-dessus de lui. Seulement le bourdonnement des insectes dans l'air chaud. Puis sur sa droite, au loin, les cris de Rachel, puis ses pleurs. Il court prendre son arme dans la voiture et fonce sur le chemin creusé entre les haies. Il enjambe des ornières au fond desquelles stagne une boue sombre. La trace disparaît parfois sous des paquets d'herbe, des envahissements des ronces. Les pleurs ont cessé. Il s'arrête et entend une plainte sourde. Il se remet à cavaler et débouche sur une mare bordée de roseaux secs et de petits acacias. Il aperçoit la gosse et sa mère de l'autre côté, tout près de l'eau. Il ne comprend pas ce qu'elles font. Jessica a le dos tourné, une baguette de bois à la main, et Rachel se tient droite devant la mare, raide, les bras collés au corps. Il leur demande si tout va bien et Jessica se retourne brusquement et jette dans l'eau son mince bâton. Il enfonce le canon de son pistolet dans une poche de son jean pour ne pas effrayer la petite et il marche vers elles sur un sentier à peine tracé qui semble faire le tour de la mare.

– Qu'est ce qui s'est passé ? J'ai entendu Rachel crier et pleurer.

La petite fille se retourne et regarde sa mère avec rancune, les joues encore mouillées de larmes.

– Rien, il s'est passé. Il y a que mademoiselle se met à hurler pour n'importe quoi, elle a cru voir un serpent, et qu'elle me fout la trouille, alors ça m'énerve et voilà ! Après elle s'étonne et elle pleure.

– Tu lui as donné une gifle ?

– Oui, pourquoi ? T'en veux une aussi ?

– J'aimerais voir ça.

Il s'avance vers elle. Il faudrait qu'elle esquisse le geste pour qu'il ait une bonne raison de lui faire mal. Il sent dans ses bras cette envie de la battre. Rachel ne bouge toujours pas, puis se tourne vers la mare qui n'est plus qu'un miroir plein de ciel bleu.

À ce moment, il aperçoit des traînées rouges sur les mollets de Rachel et s'approche de la petite et s'accroupit.

– Tu l'as frappée avec la baguette que tu tenais ? T'es dingue ou quoi ?

Jessica s'éloigne sur le sentier puis se retourne :

– Hé, tu sais pas, tu m'emmerdes, avec tes questions d'enculé de flic. Elle s'est fait ça en passant dans les ronces. Je sais pas si t'as remarqué, mais y en a partout ici.

Elle part d'un pas décidé et bientôt, de l'autre côté de la mare, son reflet assombri qui avance dans l'eau est celui d'une sorcière ou d'une noyée.

Franck demande à Rachel si ça va mais elle ne répond pas, et quand il prend sa main elle refuse qu'il la garde dans la sienne et marche devant lui à grands pas.

Ils se nourrissent d'une boîte de raviolis et croquent quelques tomates. Jessica touche à peine à son assiette, muette, tassée sur elle-même. Elle observe Rachel qui mange lentement, avec une sorte d'application, et deux ou trois fois Franck croise son regard qui se détourne aussitôt. À un moment, elle se lève, prend sa chaise avec elle et part s'installer à l'autre bout de la terrasse pour fumer.

La chaleur de l'après-midi les traque et les accable et ils se réfugient contre le bungalow où le soleil troue l'ombre et vient jeter sur eux des médaillons de lumière mouvante. Ils somnolent. Jessica gémit dans son sommeil, recroquevillée sur un matelas jeté par terre. Rachel est écrasée dans sa chaise longue, les yeux ouverts, fixés sur le feuillage au-dessus d'elle. Franck ne sait pas si elle dort ou si elle a sombré dans une sorte d'aphasie effarée. Quand il lui demande à voix basse si elle a soif, elle ne réagit pas, ses paupières battant mollement.

Le temps ne passe pas. Il stagne comme l'air brûlant, comme les eaux croupies qui remplissent les fossés et les mares autour d'eux. La vie en panne. Leurs corps cloués par la fatigue.

Un bruit cadencé, aigre, les réveille. Jessica tend la main vers son téléphone et décroche. Elle écoute et marmonne, d'abord, puis se redresse.

– Qu'est-ce que tu dis ?

Elle jette un coup d'œil à Franck, pose en visière sa main sur son front.

– Comment c'est possible ?

Elle écoute encore, silencieuse, hochant lentement la tête, puis elle se prosterne en remerciements devant le Gitan. Les morts seront tranquilles là-bas sous les arbres. Elle pourra aller les voir quand tout ça sera fini. Comment le remercier ? Elle lui revaudra ça, pour sûr. Elle salue aussi les cousins qui ont manié la pelle et joué les croquemorts. Elle éloigne de sa bouche le téléphone et n'en finit plus de dire merci encore et à bientôt parce que ça ne s'oublie pas ce qu'il a fait, puis raccroche et pose l'appareil près d'elle en soupirant, soulagée. Elle se lève et secoue son tee-shirt autour d'elle pour sécher la sueur puis essuie ses aisselles et ses seins à travers le tissu. Elle entre dans le mobile home pour y prendre ses cigarettes et s'assoit sur le seuil et fume d'abord sans rien dire puis elle se met à parler à mi-voix, comme à elle-même :

– Bon, c'est fait. Ils les ont mis sous un grand chêne qu'aimait bien mon père, en bordure du bois.

À chaque automne il trouvait des cèpes là. Putain… Quand j'y pense…

– Et le chien ?

– Quoi le chien ?

– Qu'est-ce qu'ils en ont fait ?

– Je te parle de mes parents et toi tu penses au chien ? Qu'est-ce que j'en ai à foutre, moi ? Ils l'ont balancé dans les bois, je crois bien.

– Saloperie de clébard.

Franck pense à la Vieille qui va pourrir avec son Vieux, il se demande si sa tête de mort sera plus laide que la gueule qu'elle avait de son vivant.

Jessica se lève, jette son mégot au loin. Devant elle, dans sa chaise longue, Rachel a fermé les yeux. Elle considère sa fille avec une moue, sans s'approcher, puis hausse les épaules.

– Bon. Faut que j'y aille.

– Tu vas où ? demande Franck.

Elle ne répond pas et rentre dans le bungalow et commence à farfouiller dans un placard et claque des portes et ouvre et ferme des robinets. Elle fredonne la chanson de *Titanic* d'un filet de voix haut perché. Quand elle ressort, elle est vêtue comme au premier jour quand elle est venue le chercher à la sortie de la prison. Short coupé dans un jean, chemise d'homme bleu ciel. Elle porte à l'épaule son sac habituel, cette sorte de besace de toile noire ornée de grosses fleurs mauves et rouges. Pas de maquillage. Seulement sa peau brunie, l'immensité pâle de ses yeux. Elle hésite un moment près de Rachel, ses clés de voiture à la main, puis s'éloigne.

Franck la suit dans le feu du soleil pourtant déjà bas.

– Tu vas où ?

Elle ouvre la portière, jette son sac sur le siège passager et s'interrompt et soupire.

– Si on te demande…

– C'est dangereux, non ? Tu risques de leur tomber dessus.

Elle le dévisage d'un air étonné, comme si elle ne comprenait pas.

– Mais non… Et puis moi, je tiens plus ici, dans ce trou à rats. J'en peux plus ! J'ai besoin d'un truc ou je vais péter un câble. Faut que je voie un pote qui a ce qu'il faut.

– Rentre pas trop tard. Rachel va s'inquiéter.

Jessica jette un coup d'œil à la petite puis sourit avec ironie.

– Elle, s'inquiéter ? Tu la connais mal. Et me fais pas chier avec tes conseils de vieux mari. Je rentre quand je veux. M'attendez pas pour manger, c'est tout.

Elle s'engouffre dans la voiture et claque la portière et démarre aussitôt. Elle fonce en marche arrière vers la route, s'engage sans précaution. Le moteur s'emballe, les pneus patinent en soulevant un peu de poussière. Le silence retombe d'un coup comme si la voiture avait été escamotée dans une autre dimension. Quand Franck se retourne, il manque heurter Rachel qui se tenait debout derrière lui.

– Ça va ma puce ?

Elle fixe l'entrée du terrain par laquelle sa mère a disparu et ne répond pas.

– On fait un jeu ?

Elle fait non de la tête puis entre dans le mobile home. Il l'entend ouvrir le frigo et elle revient en tenant dans ses mains deux esquimaux.

– Tiens, elle dit.

Ils mangent leurs glaces debout face à la haie d'arbustes qui limite leur champ de vision, leur feuillage frémissant sous un peu de vent. Vers l'ouest, le ciel se charge, laiteux. Des souffles plus frais se mêlent à l'air chaud.

– Il va faire orage. T'as peur de l'orage ?

– Non. C'est joli les éclairs. Et puis le tonnerre ça fait un peu peur mais c'est rien.

– Alors on regardera tous les deux bien à l'abri.

La petite lève les yeux vers lui, clignant des paupières. Elle ne sourit pas, elle tend vers lui son visage doux et tranquille.

– Qu'est-ce qu'il y a ?

Elle ne répond pas et revient vers son transat, où elle récupère sa poupée de chiffon.

– Faut que je parle à Lola. C'est un secret.

Elle s'éloigne en traînant une chaise en plastique derrière elle, la poupée serrée contre elle. Elle s'assied au pied d'un arbre, installe Lola face à elle sur ses genoux et se met à chuchoter puis à s'interrompre, attentive, comme si elle écoutait la réponse de son jouet. Franck se surprend à profiter de ce moment paisible. L'air fraîchit, le soleil s'est dissous dans la masse grise qui monte au-dessus d'eux. La vie ce pourrait être cela, une suite d'instants silencieux dans lesquels ne s'entend que le chuchotement d'une enfant.

Un cri d'oiseau le tire de sa rêverie et il retombe dans l'inquiétude amère du cul-de-sac où il se trouve, et il recommence à épier les murmures du vent, la rumeur lointaine d'un moteur, peut-être celui d'un tracteur, l'aboiement d'un chien, et il s'aperçoit que la bulle qui avait gonflé autour d'eux vient d'être crevée par ces vibrations infimes, dissipée comme une illusion. Alors il fait quelques pas dans l'herbe, s'approche de la voiture et ouvre une portière et laisse s'enfuir la bouffée chaude d'air confiné, odeur de tabac froid, de plastique. Il faudrait partir et rouler loin d'ici et s'arrêter dans un endroit où de vieilles gens les recueilleraient et leur offriraient sans poser de questions un lieu sûr. Il a lu ce genre d'histoire dans un bouquin quand il était en prison, une femme poursuivie par des hommes dont elle a tué le frère, réfugiée pendant quelques jours chez une vieille qui ne lui demande rien mais a tout deviné et la laisse reprendre des forces puis repartir. Il se rappelle aussi sa rencontre avec un trappeur dans l'harmonie sauvage de montagnes. Il se dit que si on peut l'imaginer dans des histoires c'est que ça peut se produire dans la réalité et il essaie de réfléchir à cela, à cette vérité fabriquée des romans mais il renonce parce que tout s'emmêle dans son esprit et que déjà le ciel vers le sud marmonne et s'épaissit et semble à présent descendre sur eux comme une bâche.

Après manger, ils regardent la nuit tomber et la foudre au loin jeter ses lueurs derrière les nuages et bougonner dans le noir. Franck voit l'heure tourner à sa montre : déjà plus de trois heures que Jessica est partie. Pendant le repas, Rachel a demandé tout à trac si sa mère rentrerait bientôt et comme Franck ne savait pas lui répondre, elle a repoussé son assiette.

– Souvent, Mamie la gronde et même des fois elles se battent.

– Comment ça, elles se battent ?

– Elles se donnent des gifles et des fois j'entends quand elles se crient dessus et des bruits dans la cuisine.

– C'est souvent ?

– Quand elle rentre tard et qu'elle dort pas à la maison.

Elle sursaute un peu à un coup de tonnerre plus proche, puis elle pose sa main sur le bras de Franck.

– Ils sont où Papi et Mamie ?

Deux éclairs frappent en même temps, et leur fracas fait trembler la cloison du mobile home dans leur dos. Rachel serre le poignet de Franck.

– On va rentrer, ça devient méchant.

Franck prend dans un coffre une lampe torche et vérifie qu'elle fonctionne.

– J'éteins la lumière, n'aie pas peur. La lampe est là.

Ils s'assoient sur les banquettes, de part et d'autre d'une table carrée, la lampe entre eux. Franck écarte les rideaux pour que la petite puisse voir l'orage.

Pendant presque une heure le ciel leur fait la guerre. Franck a parfois l'impression qu'un éclair va couper en deux leur frêle refuge d'un coup de hachoir aveuglant. Par moments, Rachel allume la lampe pour examiner le plafond, les recoins, puis l'éteint en soupirant.

– Tu cherches quelque chose ?

Il doit crier presque pour couvrir le martèlement de la pluie sur le toit. La gosse fait non de la tête. Puis, comme l'orage semble s'éloigner enfin, alors que le vent et la pluie se bagarrent encore dehors, elle se penche vers Franck :

– Où ils sont Papi et Mamie ?

Franck sourit et prend la lampe et l'allume et la braque sur la fillette, qui se débat contre le faisceau lumineux.

– C'est eux que tu cherches avec la lampe ?

Elle soupire en faisant trembler ses lèvres et le considère d'un air navré.

– T'es bête !

– Ils sont partis en voyage pour quelques jours. Ils t'en avaient pas parlé ?

Rachel rallume la lampe torche et la colle sous son menton. Ainsi éclairée, les yeux écarquillés, on croirait un petit spectre.

– Tu fais peur comme ça.

Elle pouffe et grimace. Puis il y a ce bruit sourd mêlé à celui de la pluie et du vent. Une voiture qui passe sur la route. Chuintement des pneus sur la chaussée détrempée. C'est peut-être Jessica qui rentre, ivre ou défoncée, mais il n'y croit pas, il n'y croit plus, il la sait en ce moment vautrée quelque part au fond d'un canapé ou d'un lit, hébétée, un type entre les jambes sans doute en train de se faire payer son dû.

– Éteins !

La gosse obéit. Elle tend l'oreille elle aussi, respirant à peine. Il la devine plus qu'il ne la voit dans cette obscurité abandonnée par la foudre. Il sent son regard posé sur lui, accroché à lui. Clapotement de la pluie. L'orage bourdonne au loin.

– Bouge pas.

Franck attrape le pistolet qu'il a rangé dans un placard haut en revenant de la mare, puis ouvre la porte. Dehors, la fraîcheur, la pluie froide le font frissonner. Il fait quelques pas et s'aperçoit que dans cette nuit totale il ne voit même pas ses pieds. Très loin, les lumières du bourg jettent au ciel une inutile vapeur orangée. Lumière morte. Il revient vers le mobile home et dans le noir d'abord ne voit pas Rachel et l'appelle d'une voix étranglée. Elle lui répond en allumant la lampe contre sa main. Elle est assise sous la table, sa poupée près d'elle, son petit sac pendu à l'épaule.

Franck ne sait pas quoi faire pour la mettre à l'abri. Il s'accroupit près d'elle et lui demande si ça va, elle hoche la tête et lui tend la lampe. Il cherche quelque chose pour mieux la protéger de ce qui va se passer, il faudrait arracher une porte de placard, il se remet debout, ouvre un garde-manger à côté du frigo, tire sur le battant et parvient à faire céder une charnière mais pas l'autre et à ce moment il aperçoit l'éclat d'une lampe à l'entrée du terrain, juste de quoi guider les pas de celui qui la tient. Il ouvre une fenêtre sur l'arrière du mobile home et se glisse dehors, tombe en porte-à-faux sur un parpaing et se tord la cheville et boitille les deux premiers pas qu'il fait pour aller jusqu'à l'angle du bungalow et là il entend les pas lents sur le chemin d'entrée puis dans l'herbe, à peut-être une dizaine de mètres. Il ne voit rien, il garde son arme plaquée contre sa cuisse, raidissant son bras pour maîtriser ses tremblements.

Pendant quelques secondes il ne se passe rien. Il n'entend plus l'homme marcher, il l'imagine lui aussi aux aguets, et brusquement la chape de nuages blanchit d'un coup de foudre et Franck distingue la silhouette debout un fusil à la main et il tire au jugé dans le noir et le type pousse un cri et tombe. Quand Franck allume sa lampe, il le voit couché sur le dos bras en croix, une main tenant encore le fusil et il se précipite sur lui et arrache le fusil qu'il jette sur la terrasse. Le type est blessé à la poitrine, à droite. Il ne bouge pas, les yeux grands ouverts, haletant, en état de choc. Du sang imbibe son tee-shirt sous son gilet sans manches, plein de poches. Dans l'une, boutonnée, cinq cartouches. Dans une autre, un couteau à cran d'arrêt. Franck jette tout ça au loin. L'homme a le visage carré, les cheveux en brosse très noirs, des yeux clairs. Jeune. Franck ne sait pas où il l'a déjà vu, mais il est sûr de l'avoir croisé. Comme il bouge lentement un bras à la recherche peut-être d'une prise, Franck lui casse le nez avec la crosse du pistolet, dont il se sert comme d'un marteau. Le type geint et tressaille et jette autour de lui des regards affolés comme s'il se demandait où il est. Franck alors se souvient des deux jeunes qui cherchaient après le Gitan hier.

– C'est Serge qui t'envoie ? Y a que lui qui sait où on est. Pourquoi ?

L'autre tourne la tête de gauche et de droite, les yeux à moitié révulsés, les lèvres retroussées sur des dents ensanglantées. Il gémit, il essaie peut-être de parler, clignant des yeux sous la pluie qui tombe sur lui.

Quand ils jaillissent entre les poteaux du portail, les phares frappent Franck comme si la voiture l'avait percuté et il tombe assis, lâchant son arme. Le temps qu'il se redresse, il entend miauler la marche arrière et aperçoit les feux de position s'éloigner et le moteur monter en régime, la boîte craquant à chaque changement de vitesse. Il court sur la route et voit les feux disparaître et il reste un moment immobile, s'attendant à voir revenir la voiture mais il n'y a plus que la pluie, la chape de nuages qui blanchit par moments d'éclairs noyés, cette nuit d'eau.

Il revient vers le mobile home et aperçoit dans la lumière de la lampe le type toujours étendu bougeant lentement ses jambes, un genou replié. Il tourne la tête vers Franck et le regarde approcher avec terreur et il bouge et son visage se tord de douleur.

– Pourquoi vous êtes venus ? C'est Serge, pas vrai ? Il fait le ménage autour de l'autre folle, c'est ça ?

L'homme ferme les yeux et soupire puis tousse, du sang sur les lèvres. Il rouvre les yeux et parvient à lever la tête.

– J'en sais rien et je m'en branle ! T'es mort, de toute façon.

Il parle la bouche empêchée, pleine, comme s'il allait vomir.

Franck braque son arme sur lui, il voit derrière le cran de mire, dans la lumière faiblissante de la lampe, les yeux mi-clos et il ne sait pas s'ils disent le mépris ou l'épuisement. Il serait si facile d'effacer toute expression de cette gueule et de ne plus s'interroger sur les pensées ou les intentions de ce mec et de ses semblables. Appuyer sur la détente, tout annuler dans le vacarme de la détonation. Mais sa main tremble trop. Il expédie un coup de pied à cette jambe qui tremble elle aussi puis glisse le pistolet dans sa poche et s'éloigne. Il récupère le fusil, une arme longue et pesante, et trouve les cartouches qu'il a jetées tout à l'heure. En arrivant dans le bungalow, il allume la lumière et cherche Rachel des yeux et la trouve toujours recroquevillée sous la table.

– Faut y aller, ma grande. Tu sais où sont tes affaires ?

Elle se met debout et va dans la chambre et il l'entend ouvrir un placard. Il récupère son sac, les deux ou trois fringues qu'il en a sorties, son linge sale, avec l'idée de laisser derrière lui le moins de traces possible. Il sait que ça ne servira à rien mais il se dit que ça compliquera le travail des flics pendant au moins une demi-heure. La petite est prête avant lui. Elle l'attend à la porte, un sac de sport posé à ses pieds.

– Tu as tout pris ? Attends-moi. Ne sors pas.

Il hisse à l'épaule son barda et entraîne la fillette vers la voiture et jette sacs, fusil et cartouches en vrac dans le coffre. Rachel scrute l'obscurité où gémit le blessé. Quand Franck la fait monter à l'arrière, elle résiste un peu puis s'installe. Il manœuvre pour sortir. Les phares éclairent en passant le corps allongé puis le rendent à la nuit.

– Il a mal ?

– Bien sûr qu'il a mal. Il voulait nous faire du mal à nous. Alors je l'en ai empêché.

Dans le rétroviseur, il voit la petite à genoux sur la banquette, tournée vers la lunette arrière essayant d'apercevoir quelque chose.

Il lui faut presque vingt minutes pour retrouver l'A63 et une fois sur l'autoroute il a pendant quelques kilomètres le sentiment d'avoir laissé les ennuis derrière lui.

Rachel est debout entre les sièges. Elle pose une main sur son épaule. Les larmes lui montent aux yeux à ce moment-là parce qu'il ne sait pas quoi faire désormais, comme si un oiseau était venu se réfugier là. Il se tourne un peu et voit ses yeux agrandis par la curiosité, rivés au-delà du pare-brise.

– Et maintenant on va où ?

– Je sais pas encore. Je te dirai. Il faut dormir.

Elle ne bouge pas. Puis après quelques minutes de silence, elle lui demande s'il veut qu'elle lui chante une chanson triste.

16

Rachel a fini par se coucher et s'est endormie. Il roule dans la nuit de l'autoroute, le monde aboli autour de ces trajectoires lumineuses qu'il croise ou qu'il dépasse et il se sent puissant et désespéré comme le dernier homme. Il saisit son téléphone et doit s'y reprendre à deux fois pour composer le numéro. En écoutant la sonnerie il respire à fond pour essayer de calmer les pulsations de son cœur et il se dit qu'à cette heure-ci son père n'entendra pas ou ne répondra pas, mais quand la voix retentit contre son oreille, si proche, si claire, sa gorge se noue.

– Franck, ça va ?

Il s'est précipité pour répondre. Il savait que c'était son fils. L'inquiétude tremble entre les mots.

– Oui, ça va. Je peux venir ?

– Bien sûr que tu peux venir. Quand ?

– Je suis en route. Je vais arriver sur l'autoroute de Pau.

– Tu sais où c'est ?

– Vaguement. Dans la vallée d'Ossau, c'est tout. Après Laruns, avant Artouste.

Le père explique. Répète les noms de lieux, les changements de direction. Franck retrouve la voix calme, un peu voilée. La diction précise. Il se souvient des devoirs à la maison, quand il essayait de leur expliquer des choses qu'il s'efforçait lui-même de comprendre. Assis à la table, épaule contre épaule. Leur mère venait parfois leur dire de venir manger, qu'ils y verraient plus clair après. On arrive, on a bientôt fini. Franck entend tout : les voix, les soupirs d'impatience, la télé bavardant dans la pièce d'à côté. Sa vie d'avant, fantôme embarqué, murmurant installé à la place du mort.

– Si tu te perds, tu rappelles. C'est sûr que de nuit…

– T'en fais pas.

L'homme a un petit rire nerveux.

– Tu sais bien que je ne m'en fais jamais pour vous deux.

Pincement au cœur. *Pour vous deux.* Franck inspire à fond pour pouvoir parler encore un peu.

– Je te raconterai.

– Fais attention sur la route avec ton téléphone. Raccroche, maintenant.

Franck a les yeux pleins de larmes. Il s'essuie du revers de la main, il renifle. Sur le siège arrière, Rachel bouge et geint dans son sommeil. Il est bientôt seul sur l'autoroute et le temps se met à ralentir et la carcasse de la voiture frémit dès qu'il cherche à aller plus vite. Il essaie d'imaginer son arrivée, les premiers regards, les gestes qu'il aura, ceux que son père fera, et il ne parvient à rien qu'à des scènes navrantes au point qu'il se demande par moments s'il ne devrait pas faire demi-tour.

Bientôt, à la fraîcheur de l'air, le long des parois qui plongent sur lui et des paquets ténébreux d'arbres surgissant dans la lumière des phares à l'entrée des virages, il sait que les montagnes sont là tout autour dans leur énorme tranquillité et il se met à croire que tout peut encore s'arranger. Rachel se réveille et demande où ils sont et vient s'appuyer à son siège. Il lui explique qu'ils sont dans les montagnes, bientôt arrivés, alors elle presse son visage à la vitre.

– On voit rien.

– C'est la nuit. Demain, tu verras comme c'est beau.

– T'es déjà venu ?

– Non.

Silence. Elle le regarde avec son air sérieux, sourcils froncés. Il ne peut pas la voir mais il sait qu'elle fait un gros effort pour le croire.

Soudain, c'est là. Il en est sûr. Toutes les fenêtres d'une maison éclairées, une loupiote allumée au-dessus d'une porte. L'homme qui apparaît sur le seuil, et qui s'avance et qui devient une silhouette campée sur ses jambes, mains dans les poches, bien droit.

– C'est qui ?

– Mon père.

Après ça, Franck n'a plus de souffle. Il sort de la voiture et fait descendre Rachel, ça lui donne une contenance avant de se retourner. Il franchit la dizaine de mètres qui le séparent de son père en homme ivre, chaque caillou qu'il foule comme un pavé disjoint capable de le faire trébucher.

Il lève enfin les yeux vers le visage impassible, aux lèvres entrouvertes par une sorte d'étonnement ou l'ébauche d'un sourire. Il n'a pas vieilli. Il n'y a plus cette fatigue, ces plis amers. Ils s'embrassent, un peu raides. Franck sent sur son épaule se presser les doigts forts, la main épaisse.

– Et elle qui c'est ?

– Rachel.

Franck fait signe à la petite fille de s'approcher et elle marche à petits pas vers eux, clignant des yeux à la lumière allumée sous la marquise. Elle s'immobilise devant eux, la tête baissée.

– On fera les présentations plus tard, dit le père. Entrez, il fait frais, ici, la nuit.

Franck lève les yeux vers le ciel. Malgré la lampe et sa lumière jaune, il distingue des brassées d'étoiles au-dessus de lui, prêtes à tomber si on y fourrait sa main. Sa gorge ne se dénoue pas, prise par un goitre d'émotions confuses.

Odeur de feu de bois. La lampe pendue au-dessus de la table, dans la cuisine, dispense un cône doré. Le père tend à la gosse une chaise sur quoi elle grimpe pour s'accouder sur la toile cirée.

– Moi, c'est Armand. T'as faim ?

Elle fait non de la tête.

– J'ai du lait, si tu veux.

Elle accepte. Il prend dans le frigo un grand pichet de verre, attrape un bol et le remplit.

– Tu vas voir comme c'est bon. Demain, je te présenterai la vache.

Rachel lève les yeux vers lui, sans comprendre, les sourcils froncés, l'air fâché, puis elle trempe ses lèvres et boit le lait à longues gorgées.

Armand propose à Franck quelque chose. Un café. De quoi manger. Un bout de fromage.

– Je boirais bien une bière.

Le père sourit. Il prend un verre et va le remplir au robinet.

– J'ai arrêté y a quatre ans, quand j'ai décidé d'acheter ici. J'ai visité la baraque, je me suis assis sur le banc de pierre qu'il y a devant et j'ai regardé les montagnes et je me suis mis à chialer. J'ai su que je finirais ici, mais droit. Pas en titubant. Pas comme un ivrogne. J'ai perdu toutes mes bagarres, tous ceux que j'aimais, mais là-dessus je tiens bon. Et tous les matins quand je sors devant la maison j'ai cette même envie de chialer. Pas uniquement parce que c'est beau à tomber par terre. Enfin… Tu verras demain. Ça vaut le coup d'œil.

Franck vide le verre d'un coup, les dents glacées. Il aimerait dire quelque chose mais comme souvent les mots ne lui viennent pas, alors il regarde Rachel finir de boire son lait, sa petite figure presque entière dans le bol. Le père regarde aussi l'enfant et ils se tiennent dans cette contemplation commune et ils partagent ça et ça leur fait sans doute un bien fou, à l'un comme à l'autre.

Quand la petite repose son bol, Franck lui demande si c'était bon et elle dit oui à voix basse et elle pose sa tête sur son bras et ferme les yeux.

– Faut qu'elle dorme, dit le père. Viens, je te montre où c'est.

Ils gravissent les marches d'un escalier en bois qui grince un peu et ils arrivent sous les poutres dans un couloir éclairé d'une ampoule sous un abat-jour rougeâtre. Armand ouvre une porte et allume la lumière d'une petite pièce qui sent l'antimite et l'encaustique. Une armoire énorme, un lit à une place, une table de nuit surmontée d'une lampe de chevet.

– Des fois je loue cette chambre avec celle d'à côté à des Espagnols, l'été. C'est là que leur gamin dort.

Il ouvre une autre pièce, plus grande.

– Et toi, c'est là. Y a un petit cabinet de toilette au bout, là-bas, la porte bleue, avec des chiottes. Pour la douche, c'est en bas.

Franck porte Rachel jusqu'à la chambre et la pose sur le lit. Il lui explique qu'il est tout près, qu'il laisse la porte ouverte. Elle fait « oui » dans son sommeil puis lui tourne le dos.

En bas, le père est debout sur le seuil, face à la nuit, à fumer une cigarette.

– Si t'en veux une, le paquet est sur le buffet.

Franck le rejoint. Ils fument un moment sans rien dire, la Voie lactée tracée au-dessus d'eux.

– Alors, tu me racontes ?

– Maintenant ?

– Demain, ce sera trop tard. Tu pourras plus me dire et moi je ne voudrai plus t'écouter.

Le père montre d'un geste large du bras l'extraordinaire clarté de la nuit.

– Y a personne pour te regarder, personne pour nous voir pleurer.

– Pourquoi tu dis ça ?

– Parce qu'on est là aussi pour ça. On a juste la lumière qu'il faut.

Il lève son doigt vers le ciel et Franck voit soudain la multitude piquée dans le noir comme un voile protecteur. Il ne sait pas par quoi commencer. Il allume une autre cigarette, juste pour gagner quelques secondes.

– T'as vraiment rien à boire ?

Son père soupire, se lève, rentre dans la cuisine et ouvre un placard. Tintements cristallins. Il pose une bouteille et un verre devant Franck.

– Cognac espagnol. C'est mes locataires qui me l'ont laissé y a deux ans. Me demande pas si c'est bon. Déjà, cognac espagnol, ça rend méfiant et puis c'est plus pour moi ces trucs-là.

Il va s'asseoir sur un banc de granit posé sous la fenêtre et Franck le suit avec sa bouteille et son verre. La gorgée d'alcool lui brûle l'œsophage et lui échauffe la figure comme un feu de bois. Son père s'est adossé au mur et attend, le regard perdu dans l'obscurité, peut-être sur le versant qu'on devine derrière la grange.

Alors, Franck parle. Il commence par dire la mort de Fabien et en parlant il a encore dans l'oreille la voix du type au téléphone, cette voix d'acier, et ses propres mots à lui s'éloignent et se perdent dans la confusion de ce souvenir et il s'entend à travers cette cloison de verre et il voit son père porter à sa bouche sa main qu'il presse comme pour empêcher quoi que ce soit d'en sortir, comme pour ne pas bramer de douleur ou dégueuler de rage. L'homme lève vers le ciel ses yeux secs, battant des paupières pour y chercher des larmes qui ne viennent pas, et reste ainsi à contempler le grand glissement de la voûte d'étoiles et Franck se tait et le regarde et frissonne parce qu'un petit vent follet profite de la nuit pour venir galoper dans les prés. Dans ce silence profond on n'entend que le souffle court du père qui peu à peu s'apaise.

Armand ravale ses sanglots et se frappe les joues du plat de la main. Il se redresse et allume une cigarette.

– T'es venu pour me dire ça ?

– Tu voulais que je te dise les choses sans attendre. Je peux me taire et repartir demain.

Le père pose sa main sur son bras.

– Non, surtout pas. J'ai perdu deux fils, j'en retrouve un, je le garde.

Il se tait encore, soupire et toussote. Un gémissement s'échappe de sa gorge étranglée.

– On pourra jamais retrouver son corps et lui faire un enterrement ?

– J'en sais rien. Je pense pas.

– Qu'est-ce qu'ils en ont fait, tu crois ? Ils l'ont balancé quelque part, dans une décharge, ou coulé dans du béton ? Ou alors…

– Arrête. Tu remues le couteau. Ça sert à rien.

Le père regarde encore le ciel. Franck voit ses joues mouillées, le faible éclat des larmes dans ses yeux.

– Dire qu'il y en a qui croient en Dieu… Connards.

Franck lève les yeux lui aussi et ne lit rien dans le chaos profond qui scintille là-haut. Il ne s'est jamais posé ce genre de questions. Il y avait en taule tous ces abrutis qui invoquaient leur dieu comme on jure quand on se brûle ou quand on se prend les doigts dans une porte, mais c'étaient juste des salauds qui cherchaient une bonne raison de l'être plus encore après s'être absous mutuellement en deux coups de formules magiques.

– Et cette gosse, elle sort d'où ? De cette famille dont tu parlais ?

Franck raconte les Vieux, ces gens qui avaient acheté cette ancienne ferme dix ans plus tôt avec du fric qui avait dû leur tomber du ciel, tiens, justement... Le Vieux qui maquillait des voitures et refaisait des moteurs anciens pour des Gitans ou des amateurs de tacots, la Vieille hostile, rêche comme de la toile émeri. Et puis Jessica. Il a eu envie d'elle aussitôt qu'il l'a vue. Ça n'était pas seulement à cause de la taule, les presque cinq ans sans rien à part les branlettes et les fantasmes pornos, les désirs obsédants de trous et d'orifices à remplir à la sauvage, non. Franck ne sait pas comment expliquer ça. Un piège vers lequel tu te précipites en pressentant le piège. Ou un poison délicieux qui fait effet lentement en t'accrochant comme une drogue. Une fleur toxique. Un fauve doux capable de te dépecer à tout moment. Et au milieu, cette gamine quasi muette qui jouait seule et ne pleurait presque jamais même au comble de son chagrin. Même depuis le massacre. Elle ne dit rien, se contente d'être triste et de t'observer à la dérobée ou de poser sur toi un regard songeur, et tu te sens soupesé et jugé par ces grands yeux noirs toujours déçus par la bêtise et la méchanceté des adultes.

Tu as l'impression qu'elle en sait plus long que toi sur bien des sujets, du haut de ses huit ans.

– Bref. Sa mère est partie hier chercher de la came à Bordeaux et je me doutais bien qu'elle ne rentrerait pas de la nuit, et ce Gitan nous a envoyé ses mecs qui nous sont tombés dessus hier soir et nous voilà. Depuis le début, je me suis fait avoir. Ils m'ont manipulé. J'ai laissé des traces partout où ils ont voulu que j'en laisse, et tout va me retomber sur la gueule.

Ils se taisent. Le père respire par le nez, fort, peut-être en colère.

– Qu'est-ce que tu comptes faire ?

– Comment ça ?

L'homme se tourne vers lui brusquement, la tête dans les épaules.

– Maintenant, là, dans les heures qui viennent, si tu veux des précisions. La gamine que t'as sur les bras, sa mère qui va rappliquer si ça se trouve avec des truands au cul et le merdier où tu t'es fourré. Tu fais quoi ?

– Aucune idée. J'arrête pas d'y réfléchir. Peut-être aller voir les flics et tout leur expliquer.

– Pour repartir dix ou quinze ans au trou, c'est ça ?

– Tu vois une autre solution ? Peut-être que c'est là ma place. Peut-être que je vaux pas mieux, ou que je sais pas faire mieux. Des fois tu nous le disais. Et à moi tu disais d'arrêter de mettre constamment mes pas dans ceux de mon frère. Et t'avais raison. Vois où j'en suis, à présent.

– J'ai dit et j'ai fait un paquet de conneries. Je vous disais ça à ton frère et à toi quand…

– Arrête, murmure Franck.

Le père se lève, se frottant les reins.

– Quand j'étais bourré, quand je tenais plus debout, quand je savais plus rien dire à personne… Quand je vous tapais dessus, votre mère et vous, sans savoir pourquoi, jusqu'à ce que je me fatigue ou que…

Il s'interrompt parce que le souffle lui manque.

– Tout ce mal que je vous ai fait… Et c'était plus fort que moi. Il fallait que je boive pour changer de colère et éviter d'aller tuer quelqu'un, ce fumier de PDG hollandais qui nous avait foutus dehors du jour au lendemain alors que la boîte tournait bien, tu te rappelles, t'étais petit et ta mère vous amenait à l'usine pendant qu'on l'occupait, vous jouiez au foot avec les autres gamins. On avait réussi à savoir où le trouver et je te jure qu'à trois ou quatre on y a sérieusement pensé pendant six mois. On savait comment se procurer des flingues, on était prêts, vraiment, on s'en foutait. Et puis Ahmed s'est fait sauter la tête quand sa femme s'est barrée et ça nous a sciés et là on est partis chacun dans son coin et moi j'ai plongé mais les copains aussi, d'une autre façon. Il fallait que je m'assomme sinon j'y serais allé seul ou alors j'aurais massacré un rupin quelconque à la sortie d'un hôtel de luxe, je sais pas… Tu peux pas t'imaginer. J'avais envie de détruire le monde, certains jours.

Silence. L'homme se tient face à l'est, les mains dans les poches. Et il aperçoit la pâleur qui découpe les sommets.

– Regarde, il dit. Faute de grand soir, j'ai des petits matins. Rien que pour moi.

Franck se lève lui aussi et vient près de son père et ils restent là épaule contre épaule et ils contemplent cette puissance révélée derrière l'horizon noir et dentelé comme une mâchoire détruite.

– J'aimerais tant qu'elle soit là, chuchote le père.

Franck veut dire oui mais ça reste coincé dans sa gorge. Il prend son père par le bras et le serre contre lui.

– Tout ce qu'on a perdu, dit l'homme. Nom de Dieu, tout ce qu'on a perdu… Et chaque matin il y a ça, cette lumière qui vient chasser les cauchemars et les fantômes. J'ai lu y a pas longtemps un bouquin qui racontait ce genre de trucs. L'aube comme une sorte de nouvelle chance donnée chaque jour. J'y crois pas vraiment, je veux dire à la putain de nouvelle chance, mais j'essaie de profiter du moment. Ta mère elle aimait ça. Les étoiles, le ciel, les levers de soleil, et moi je me moquais d'elle quand on était jeunes et elle, elle me disait « Tu y viendras ! Je ferai ton éducation, tu verras ».

Il se tait encore, les yeux baissés. Franck le sent frissonner et lui demande si ça va. Le père répond d'un mouvement du menton et relève la tête et fait face au jour qui vient, et souffle deux ou trois fois pour expulser la tristesse qui l'étouffe.

Franck fait quelques pas pour calmer l'afflux des souvenirs, leurs images superposées, voix mêlées, visages confondus, théâtre d'ombres. Son père pose une main sur son épaule, qui le fait sursauter.

– Je vais faire du café.

– Tu veux que je t'aide ?

Le père s'esclaffe.

– À faire du café ? Non… Reste ici et profite.

Franck se demande combien de temps il tiendrait, en fuite, sous le couvert des arbres, au creux des ravines, sous des ressauts ou dans des grottes, obligé d'improviser ses règles de survie en entendant passer au-dessus de lui les hélicoptères et aboyer les chiens. Les images d'un film d'action lui reviennent, où un ancien soldat surentraîné, seulement équipé d'un couteau, tient en échec des centaines d'hommes lancés à sa poursuite, et il estime la durée de sa cavale à un jour ou deux, juste le temps d'errer un peu plus dans l'impasse où il se trouve et d'attraper une pneumonie à cause d'une nuit trop froide.

Quand son père revient avec sa cafetière italienne et deux tasses, ils boivent leur café face au ciel pâlissant, le soleil encore loin de sauter par-dessus les crêtes.

– Qu'est-ce que tu me conseilles ?

– De réfléchir jusqu'à ce soir. De regarder un peu la beauté des choses parce que je crois pas que t'aies pris beaucoup le temps de le faire durant toutes ces années. Peut-être que tu comprendras ce qu'il y a à gagner et à perdre dans ce que tu décideras de faire. Une seule obligation : rester vivant. Tu as vingt-six ans. Ça fait encore beaucoup de temps disponible. Je t'en prie : reste vivant, mon fils.

L'homme lève les yeux, se tourne vers la forêt qui sort de l'ombre.

– Ce serait bien d'aller dormir une petite heure.

Franck lève les yeux vers le ciel transparent où plus rien ne se voit sinon quelques écharpes de brume nonchalantes. Ils rentrent en laissant le jour à sa victoire provisoire. À l'étage, Rachel dort sur le dos, bras en croix, le drap et la couverture tombés par terre. Franck la couvre avec précaution et comme elle tourne la tête et entrouvre les yeux il redoute de l'avoir réveillée mais son visage sourit puis ses lèvres font une moue avant qu'elle se tourne sur le côté en soupirant.

17

Il est réveillé par le babil de Rachel, dehors, et il voit le soleil se faufiler au pourtour du volet, se demandant quelle heure il est. Il n'a dormi qu'à peine deux heures mais il se sent reposé et tranquille, peut-être parce qu'en venant ici il a fait ce qu'il devait faire.

En bas la cuisine est pleine de lumière, et par la porte grande ouverte il entrevoit le spectacle éblouissant du ciel bleu pâle posé sur l'échine des montagnes. Il s'assoit sur le banc, s'accoude à la toile cirée. Le matin résonne dans la pièce, plus paisible que le silence. Rachel joue et bavarde à voix basse pendant qu'il se sert du café et qu'il beurre une tartine et la charge de confiture puis croque là-dedans avec un appétit gourmand, sans retenue ni arrière-pensée. Il entend son père dans la salle de bains, l'eau couler, les canalisations gronder par moments. Une mouche entre avec bruit, se cogne aux murs, ressort. Franck se laisse aller contre le mur, derrière lui, avec un soupir d'aise. Il attrape ces minutes et les retient comme on serre dans son poing un peu de sable. Il sait que bientôt il ouvrira ses mains vides.

Il sort sur le seuil et s'approche de Rachel. Elle joue avec un jeune chat qui saute et se roule pour attraper un bouchon accroché à un fil de laine. Elle lève la tête vers Franck, clignant des yeux, et lui murmure un bonjour éclairé d'un sourire. Le chat s'aplatit au sol, prêt à bondir, et elle pousse un petit cri quand il prend le bouchon et jongle avec, couché sur le dos. Franck s'assoit sur le banc où ils étaient cette nuit et il ferme les yeux dans cet instant fragile.

Son père apparaît et explique qu'il a adopté la bestiole qui rôde depuis deux semaines dans les parages et lui dépose des mulots bien amochés devant la porte. Ils se demandent mutuellement s'ils ont bien dormi. Bien mais peu, mais ça va.

– Elle se débarbouille toute seule ?

– Oui. Elle fait des tas de choses toute seule. C'est une grande. Hein Rachel ?

La gosse hoche la tête. Le chat est assis et se détourne du jeu et elle l'appelle mais le voilà qui s'éloigne, se rassoit, regarde autour de lui, lève le nez vers un oiseau qui passe, entreprend de faire sa toilette.

– Faut aller prendre ta douche. Je vais te montrer où c'est.

Rachel se lève et suit Franck.

– Faut que j'aille prendre mes affaires propres, elle dit avant de grimper l'escalier.

Ils se retrouvent avec son père devant la maison. Ils allument des cigarettes et un petit vent sournois leur tourne autour et bouscule la fumée et la disperse loin d'eux.

– Donc, tu dis que la mère va débarquer ?

– Bien sûr qu'elle va venir. C'est sa fille. Elle va la récupérer.

– Pour en faire quoi ? D'après ce que tu m'as dit… Après ce massacre, avec le sac de merde dans lequel vous êtes elle et toi…

– J'en sais rien.

On entend s'approcher une voiture et le cœur de Franck s'affole puis il se dit que ça ne peut pas être Jessica. C'est le facteur qui se gare et descend de voiture et les salue d'un grand geste de la main. Il coince le courrier sous l'essuie-glace de la voiture de Franck.

– J'ai pas le temps ! Faut que je remplace un collègue au bureau, on se voit demain !

– Alors à demain !

Le père le regarde faire sa marche arrière avec un grand sourire.

– C'est un mec bien. Et puis on a eu un peu les mêmes galères. Il est devenu postier après avoir été licencié de sa boîte. Il a su rebondir, comme ils disent. Il est délégué syndical alors ils le font chier, mais il le leur rend bien alors pour l'instant ça va.

– Ici, tout a l'air simple, dit Franck.

– Ici et maintenant, oui. Pour ce qui est d'avant, tu connais, je te fais pas un dessin. Pour demain, j'en sais rien.

Franck ne trouve rien à répondre à ça. Il voudrait seulement que le temps s'arrête. Qu'au moins il ralentisse.

Ils entendent Rachel refermer la porte de la salle de bains et Franck frissonne quand il la voit apparaître : elle porte sa robe rouge, celle qu'elle portait dans le pré sec sous le soleil, si seule au milieu de la fournaise. Et dans ce rêve étrange et effrayant.

– Bon, fait Armand, on va les voir ces vaches ?

Elle approuve d'un hochement de tête.

– On en a pour une heure. C'est un peu plus loin dans la vallée vers Gabas. Si tu veux, il y a une balade qui part là-bas, derrière la grange effondrée. C'est sous les arbres, ça monte doucement. Avec un peu de bol, t'apercevras un renard.

Dès qu'ils sont partis, il commence à avoir peur. Il sait que le charme est sur le point d'être rompu. Il regarde autour de lui le paysage si clair dans l'air limpide comme s'il ressentait cette harmonie pour la dernière fois avant que survienne un cataclysme. L'instant d'avant. Les derniers moments d'innocence. Il décide d'aller faire la balade que lui a conseillée son père, sachant qu'il lui sera plus facile de monter que de redescendre.

Il rentre dans la cuisine et se sert un fond de café tiède qu'il boit lentement, debout devant ce désordre banal qu'il trouve si rassurant. Près de son couteau à beurre, jetant un éclat plus mat que l'acier chromé, il y a cet objet, au milieu des miettes de pain. Il s'assoit dès qu'il comprend de quoi il s'agit. L'inscription sur la face intérieure de l'anneau est la même : *JAMAIS VAINCU*.

Il lui faut une bonne minute pour réaliser ce qui est en train de se passer. Rachel a posé la bague de Fabien sur la table avant de partir. Rachel possédait cette bague depuis des jours ou des semaines. Cette bague n'est jamais sortie de la maison des Vieux. Le type au téléphone lui a joué une scène de faux assassin. Il ne sait pas encore pourquoi on a voulu lui faire croire que Fabien avait été tué par l'équipe du Serbe. Ce qu'il sait, c'est que Fabien, comme sa bague, n'a jamais quitté la maison. Et qu'il s'y trouve encore. Rachel savait et ne pouvait rien dire. Franck repense à ce chien qui se dressait parfois devant elle, gardien instinctif de la meute. Il revoit ces yeux d'huile noire où se perdait la lumière, la densité mortelle de ce regard fixe. Il tremble. Il pose ses mains à plat sur la table, la bague devant lui, et ses bras et ses épaules vibrent et la douleur se plante dans sa nuque raide. Il se lève pour tâcher de se défaire de cette électricité en train de la cuire de l'intérieur comme les micro-ondes d'un four et ses jambes vacillent au point qu'il doit s'appuyer à la table. Il glisse la bague à son doigt et il lui faut serrer le poing parce qu'elle est trop large, alors il parvient à l'enfiler à son pouce et la magie de cet anneau opère, et il peut faire quelques pas jusqu'à la porte et s'emplir une dernière fois de tout ce qui lui manquera désormais, il le sait, il ne sait que cela : la lumière, le vent, le bleu du ciel et l'immensité qui se dresse et se courbe autour de lui.

Il est sous la douche quand son téléphone sonne. Il a beau s'y attendre, il sursaute et manque en l'attrapant de le laisser tomber de ses mains pleines de savon.

Jessica hurle. Il ferme le robinet et l'écoute en se concentrant sur le carré de ciel bleu découpé par le fenestron ouvert. Elle est interrompue par une quinte de toux alors il lui dit qu'elle peut venir, que Rachel est avec lui en sécurité. Il serre entre ses doigts la bague de Fabien en lui expliquant comment arriver jusqu'ici, chez son père, dans la vallée d'Ossau.

Elle ricane d'une voix enrouée.

– Ton père l'ivrogne ? Putain, c'est tout ce que t'as trouvé pour mettre ma fille à l'abri ?

– Je t'attends, tu verras bien.

Il coupe la communication et une envie de dégueuler l'oblige à se pencher au-dessus du lavabo mais rien ne vient et la nausée reflue. Il finit sa toilette en faisant couler sur lui une eau glacée. Il halète et geint et frappe du poing le carrelage froid. Il se rhabille en grelottant puis retrouve le soleil avec soulagement et reste un moment immobile, essayant de réfléchir à ce qui s'est passé, à ce qui va immanquablement se produire. Il guette le bout du chemin menant vers la maison en s'attendant à voir débouler à tout moment la voiture de Jessica alors qu'il sait qu'elle a devant elle presque quatre heures de route. Il se fait l'effet d'être debout au milieu d'un champ de ruines, un puzzle géant dont il n'a pas encore la force d'assembler les pièces. Il pense à la balade dont lui a parlé son père, fait quelques pas vers la grange détruite puis renonce. Marcher une heure sous les arbres ? Chercher des yeux l'apparition d'un renard ? Il ne comprend pas comment, il y a vingt minutes à peine, cette perspective a pu le séduire. Il lui semble se réveiller d'un rêve heureux, de ceux que font les enfants, tenant entre leurs mains le jouet tant désiré qui s'escamote dès qu'ils se réveillent. Il est retombé dans le grabat poisseux où il a mal dormi pendant toutes ces semaines, dans la sueur et parfois dans les larmes.

Il s'assoit sur le banc de granit pour attendre le retour de son père et de Rachel parce qu'il lui semble que leur présence lui redonnera les points de repère qui lui manquent au cœur de ce paysage désormais trop grand pour lui. Et parce qu'il est impatient de voir la réaction de la petite quand elle apercevra à son doigt la bague qu'elle lui a laissée et ce qu'elle dira, si elle veut bien dire quelque chose. L'espace d'un instant, il a l'impression que son père va arriver en lui donnant la solution, en lui montrant l'issue dérobée qu'il ne pouvait deviner, comme un gosse désemparé ou perdu voit arriver ses parents et s'apaise, rassuré.

Quand la voiture s'arrête, Rachel descend presque aussitôt mais attend près de la portière ouverte que le père sorte lui aussi et aille vers le coffre prendre le bidon de lait. Il porte aussi un bout de fromage emballé dans une feuille de papier et la gamine met alors ses pas dans les siens, les yeux rivés au sol comme si elle faisait attention à ne pas mettre les pieds n'importe où.

– Alors ? Tu prends l'air ? Elle a peur de rien cette gamine ! Ils lui ont montré comment on trayait, elle voulait déjà aller sous la vache pour essayer ! Même le chien, qu'est pas très commode, la suivait en cherchant des caresses. Hein Rachel ? T'es comme une fée, finalement ! T'arrives et tout va bien !

Rachel hoche la tête avec un sourire content mais elle ne quitte pas Franck des yeux. Le père entre en disant quelque chose que Franck ne comprend pas, n'écoute pas, et la petite s'approche, les mains dans les poches de sa robe. Il lui montre l'anneau à son doigt.

– Tu l'avais depuis longtemps la bague ?

Elle hoche la tête, elle trace de la pointe de sa chaussure de petits arcs dans la poussière. Elle regarde par terre. Ses cheveux tombent devant son visage et elle reste cachée dans cette ombre.

– Tu l'as eue comment ?

Elle se mord la lèvre. Elle sort une main de sa poche et s'essuie le nez du revers.

– Je l'ai prise à maman.

– Mais…

– Elle l'avait posée sur le buffet, une fois, après quand elle s'était fait mal avec toi, la nuit.

– Pourquoi tu l'as prise ?

Elle regarde Franck soudain droit dans les yeux.

– Parce qu'elle m'avait grondée et puis elle m'avait fait mal.

– Tu sais à qui elle est cette bague ?

Rachel baisse à nouveau les yeux. Elle fait signe que oui, elle sait. Elle a sorti ses deux mains de ses poches et les joint devant elle et se tord les doigts.

Franck inspire profondément pour prendre l'air qui lui manque. Il voudrait passer une main dans les cheveux de la fillette pour la rassurer mais il n'ose pas. Il aurait l'impression de la capturer, elle pourrait se débattre. Il ne sait pas comment poser sa dernière question. Cherchant ses mots, il redoute que la gosse s'enfuie et retombe dans son silence.

– Tu sais où il est Fabien ?

Elle le fixe à nouveau. Il ne sait pas quoi lire dans ce regard : la tristesse et la peur. Mais une peur réelle, présente, réveillée comme une douleur lancinante dont on a touché l'origine. Elle respire vite, sa poitrine se soulève follement à petits coups et Franck lui tend ses bras mais Rachel recule d'un pas et s'assoit là, dans la poussière, sa robe rouge en corolle autour d'elle. De l'intérieur, il entend la voix de son père demander ce qui se passe. Franck se lève pour rentrer.

– Tu restes là ? Tu vas prendre une insolation.

Rachel ne répond pas mais se lève et le suit à l'intérieur.

– Si tu veux, je t'allume la télé, dit le père.

– Non, j'ai mon jeu.

Elle monte l'escalier puis ils l'entendent refermer la porte de la chambre.

– Fabien n'est pas mort en Espagne. C'est pas les mecs du Serbe qui l'ont tué. C'est eux, la famille. Les Vieux et Jessica. Ils l'ont enterré dans les bois, derrière chez eux. Je sais ce qui me reste à faire.

Le père souffle fort par la bouche, se tourne vers la porte grande ouverte.

– C'est pas possible, il murmure. C'est quoi ces gens ?

Il essuie d'un revers de main ses yeux pleins de larmes.

– J'irai avec toi. Et cette salope va arriver ici, pas vrai ?

Sa voix s'éteint, étouffée.

Franck le laisse accuser le coup. L'homme laisse son regard s'éblouir avec la lumière qui piétine sur le seuil de la maison, affaissé sur sa chaise.

– Elle sera là d'ici deux heures. Je l'embarque et on file là-bas. Toi, tu pourrais rester avec la gamine. Je sais pas ce qu'elle a vu, mais elle en a trop vu, de toute façon. On va lui éviter ça, non ?

Le père approuve.

– Comme tu veux. Mais d'une manière ou d'une autre je viendrai voir où mon fils est mort. Vaut mieux que ce soit toi qui t'occupes d'elle. Parce que moi tout seul, je lui fous un coup de fusil.

Ils se taisent un long moment. Dans le silence, on entend dans la vallée passer un hélicoptère.

– On va manger, annonce le père en se levant.

– T'as faim ?

– Non. Mais faut manger. Pour prendre des forces. Parce qu'il y en aura besoin. Et puis la gosse, faut qu'elle mange. Je vais ouvrir un bocal d'axoa[1].

Pendant le repas, le père plaisante à propos des vaches qui savaient que Rachel était leur copine et la fillette l'écoute, du sourire dans ses yeux brillants. Il parle ensuite des isards, des ours, il passe en revue tout le bestiaire de la montagne, les vautours capables de voler sans battre des ailes, les renards aux yeux dorés. Il raconte des histoires de bergers, il dit que le fils Fourcade, chez qui ils sont allés chercher le lait, est berger et qu'il lui arrive des fois des aventures bizarres avec des bruits la nuit autour de sa cabane et les chiens qui se mettent à aboyer fous de rage ou de peur, comme ce matin où il avait retrouvé presque tout son troupeau devant lui en ouvrant sa porte aux

---

1. Préparation basque à base de viande de veau mijotée avec des légumes.

premières lueurs de l'aube et les chiens couchés bizarrement calmes.

Rachel écoute toutes ces histoires la fourchette en l'air, les yeux écarquillés, ses longs cils battant parfois d'incrédulité. Par moments le silence retombe, qu'ils épient tous les trois comme s'ils cherchaient à entendre la voiture de Jessica en approche, et la petite observe le visage des deux hommes pour en déchiffrer les craintes. Alors le père raconte une nouvelle histoire des temps anciens, une légende d'enfant ours, la terreur d'un village cerné par les loups un soir de Noël, la malédiction tombée sur un hameau où passait le fantôme d'un contrebandier abattu dix ans plus tôt par un gendarme originaire de l'endroit, gémissant de terribles menaces, à la fin janvier, la nuit anniversaire de sa mort, menaces suivies sept jours après du décès d'un des habitants.

Ils restent un peu hors du temps et Franck lui-même s'en laisserait bien conter d'autres, de ces histoires bloquées par la neige ou terrifiées par les nuits d'avant, celles où il ne faisait pas bon sortir, où les pâtures sont hantées ou menacées par des ours insaisissables. Il ne se rappelle pas que son père ait eu ce talent de conteur quand ils étaient gosses. C'est sa mère qui inventait des histoires pour eux, le nez dans un livre dès qu'elle avait un moment à elle. Il aimerait se souvenir de sa voix ferme, presque grave, un peu voilée. Il ne revoit que ses mains dansant devant elle pour dessiner les personnages et les décors.

Rachel est allée faire la sieste, le père bricole dans sa remise, réparant une chaise. Franck est devant la télé, passant d'une chaîne à l'autre sans parvenir à s'intéresser à rien, le temps s'égrenant avec une lenteur accablante. Au moment où il entend la voiture de Jessica s'engager sur le chemin, une présentatrice est en train de demander à une femme si les nombreuses relations qu'elle enchaîne avec des hommes sont la cause ou la conséquence de son insatisfaction. Il éteint le poste à l'instant même où, déjà, claque la portière.

Elle ne porte plus la tenue avec laquelle elle est partie hier. Tee-shirt, bermuda de toile kaki. Elle marche vers lui à grands pas et il distingue son visage blême, sa peau luisante, son regard fixe. Dès qu'elle s'approche, il sent cette odeur de transpiration qu'elle a masquée avec du parfum et les effluves d'autres choses, peut-être de l'alcool, il ne sait pas. Son père était dans cet état certains soirs en rentrant mais il n'y avait dans son regard incertain qu'une fatigue tendue, pas cette folie sans fond, inexorable qui empêche pendant quelques secondes Jessica de parler, les lèvres serrées, les mâchoires frémissant comme si elle était sur le point de lui déchirer la gorge.

– Où elle est ?

Elle fait un pas de côté pour le contourner mais il tend le bras pour l'arrêter et elle reste là contre, pesant comme sur une barrière.

– Elle dort. Elle fait la sieste. Calme-toi.

– Que je me calme ? Tu enlèves ma fille et il faut que je me calme ?

Elle recule et lui fait face bras ballants, prête à se battre. Elle respire fort par le nez, les narines dilatées.

Franck sent son cœur ruer dans sa poitrine. Il songe à l'abattre d'un coup de poing, la jeter au sol, l'écraser dans les cailloux. Il retient la force qui tremble dans ses bras.

– C'est plus le moment de se taper dessus. Et puis tu feras pas le poids.

– Je vais te trépaner, oui ! Laisse-moi passer que j'aille récupérer ma fille !

– Tu la récupéreras pas parce que tu vas finir en taule. Tu te rends même pas compte que c'est terminé pour toi.

Il montre à son doigt la bague de Fabien. Elle se redresse. Son regard le quitte, cherche à se fixer quelque part, revient sur lui.

– D'où tu sors ça ?

– Je la croyais au doigt du mec qui a tué Fabien. Il me l'a décrite dans tous ses détails au téléphone, l'autre jour. Et voilà que Rachel me la donne ! C'est curieux, tu trouves pas ?

– Et alors ? Ça prouve quoi ?

– Que c'est pas l'équipe du Serbe qui a tué mon frère, mais tes parents et toi. Fabien il est jamais parti en Espagne. Vous avez pris son fric et vous vous êtes lancés en affaires avec le Serbe, et vous vous êtes retrouvés en dette avec lui… Et comme c'est pas le genre à plaisanter avec ça, il commençait à perdre patience et à vous chercher des ennuis.

Jessica l'observe avec curiosité. Toute fureur a quitté son visage. Elle sourit même, avec une sorte d'innocence.

– T'as raison, faut qu'on parle, elle dit d'une voix douce. Je vais chercher mes affaires.

Elle fait volte-face et revient vers sa voiture.

– Rachel !

Le père sort en courant. Il trébuche et se rattrape au bras de Franck.

– Elle s'est tirée ! Je viens de la voir monter dans le bois, là-bas !

Il montre au loin le versant couvert d'arbres et Franck essaie de distinguer le départ du chemin, sans rien voir. Le vacarme de la détonation les fait se jeter au sol et le père se tient l'épaule en grimaçant, ses jambes se débattant comme s'il voulait fuir la douleur qui le cloue au sol. Sa main presse la blessure, du sang rougit ses doigts. Franck rampe vers lui dans la poussière soulevée. Il n'entend pas Jessica passer près d'eux et courir vers la forêt. Il écarte la main convulsée de son père et ouvre sa chemise, découvrant cinq ou six trous dans le muscle, une estafilade au-dessus du biceps. Avec un pan de chemise il essuie le sang qui se remet aussitôt à monter aux blessures. Le père s'accroche à son cou et les voilà tous les deux qui se soulèvent puis retombent avec des plaintes d'effort puis se relèvent en titubant comme des ivrognes. Quand ils sont debout, le père regarde son épaule en soufflant dessus. Il ramène sa chemise débraillée sur la chair bleuie et lacérée et il y presse le tissu en haletant.

– C'est rien, je me démerde. J'ai de quoi nettoyer ça. Rattrape cette dingue !

Il chancelle, s'assoit sur le banc.

– C'est rien, je te dis. Pense à la gosse. Y a un fusil dans la remise. Des cartouches dans le tiroir d'un vieux buffet.

Franck l'aide à se remettre debout puis l'homme se défait de ses mains et lui dit que ça ira. Alors Franck court vers sa voiture et y prend le fusil et les cartouches qu'il a récupérés hier soir. Il espère que les munitions n'ont pas trop pris l'eau et il charge l'arme et il se hâte vers la forêt.

Silence. Seuls ses pas et son souffle court dans la pénombre figée des sapins. Le chemin est large, bien tracé, raviné en son milieu par les pluies. Il doit s'arrêter au bout de deux cents mètres pour reprendre un peu d'air et reposer ses jambes flageolantes. Il repart d'une marche plus régulière, essayant de se caler sur sa respiration. Le fusil le gêne, sans bretelle pour le mettre à l'épaule, et les cartouches dans sa poche de jean appuient à chaque pas sur le haut de ses cuisses. Le chemin monte doucement sans aucun replat et lui bouffe lentement les muscles. Il doit s'arrêter deux autres fois pour retrouver un peu d'énergie et il s'encourage à voix basse, imaginant Rachel en fuite dans cette solitude sombre. Il suppose que Jessica elle aussi peine dans la montée. Ou alors la folle rage qui la tient abolit-elle la fatigue. Par une trouée, il aperçoit la vallée, des voitures passant sur la route sans bruit. Il s'arrache encore une fois, prend appui sur de grosses pierres comme sur un escalier détruit. La sueur ruisselle dans son dos, ses artères cognent à ses tempes. Il s'arrête devant un ruisseau qui descend avec un murmure et tombe d'un rocher en morves limpides. Il y mouille sa figure, boit quelques gorgées dans le creux de ses mains.

Au-dessus de lui, il aperçoit le vert pâle d'un bosquet de feuillus bouger sous un peu de vent. Lambeaux de ciel. Il se remet en marche, piétinant des haillons de lumière, les jambes durcies et brûlantes. Il encaisse encore deux lacets puis arrive sous le couvert de hêtres et débouche sur une vaste pente herbeuse parsemée de rochers énormes et de troncs d'arbres morts. La trace du chemin n'est plus qu'un trait rectiligne descendant en pente douce. Et à peut-être deux cents mètres de lui, minuscule, il aperçoit Jessica.

Il ne sait pas où il trouve la force de se mettre à courir. Il lui semble que sa course n'est qu'une chute et qu'il rebondit par chance sur chaque pied qu'il pose. Un vent chaud descend de la falaise qui domine la prairie, bruyant et confus, brassant l'herbe haute, bourdonnant à ses oreilles. Jessica ne l'entend pas arriver et quand il est à une dizaine de mètres d'elle elle se retourne et braque son arme sur lui et il fait de même et les canons de leurs fusils bougent au rythme de leur essoufflement comme si leurs bouches noires et vides se cherchaient.

– Tu comptais faire quoi ?

– Récupérer ma fille.

Ils doivent parler fort parce que le vent disperse leurs paroles.

– Avec un fusil ?

Jessica ne répond pas. Elle affermit sa prise sur l'arme, cale la crosse à son épaule, tête penchée pour aligner ses yeux avec le cran de mire.

– Tu vas en tuer combien comme ça ? Tes parents c'est toi, pas vrai ?

Elle secoue la tête. Son doigt glisse sur le pontet, se pose sur une queue de détente.

– C'est ma mère qui a commencé. Elle avait peur que t'ailles aux flics ou que tu te fasses prendre chez le Serbe, alors elle s'est mise à gueuler que c'était foutu par ma faute, et que je lui pourrissais la vie depuis ma naissance, que je pourrissais tout.

Le cri de Rachel est lointain, étouffé par le vent et les arbres. Jessica se retourne vers l'orée du bois et Franck se jette sur son fusil et le lui arrache des mains et comme elle s'agrippe, il la repousse d'un coup de pied. Elle tombe dans la pente, roule sur quelques mètres et ne bouge plus, allongée sur le flanc, repliée sur elle-même. Elle halète, ou elle pleure silencieusement, ou s'étouffe de colère. Franck casse le fusil et jette les cartouches au loin puis balance l'arme dans l'herbe. Il défait sa ceinture. Jessica se redresse en le voyant arriver mais il a le temps de la plaquer à plat ventre et il lui attache les mains dans le dos. Elle ne dit rien, elle gémit et elle grogne. Ce pourrait être un animal. Un chien blessé et dangereux.

Il remonte sur le sentier et ramasse son fusil. Il retrouve dans ses jambes un peu de force pour courir vers la forêt qui enserre un piton rocheux. Quand il pénètre sous le couvert, ses yeux se perdent dans la pénombre puis il distingue à nouveau l'armée de fûts sombres dressés là, comme figée dans un assaut. Il appelle Rachel et dans le silence revenu il l'entend crier encore, moins fort, et pleurer.

Il la trouve immobile au milieu d'un éboulis dans une nappe de soleil.

– Qu'est-ce qu'il y a ?

Elle ose à peine se retourner vers lui, les bras tendus le long du corps. Elle sanglote, les cheveux collés sur son visage.

– Un serpent ! Là !

Sur une pierre plate, une petite vipère est enroulée, la tête posée sur son corps, sa langue explorant l'air autour d'elle. Franck prend Rachel dans ses bras.

– Regarde.

Il jette une pierre près du serpent qui disparaît sous un rocher.

– Tu vois ? Elle se chauffait juste. Elle t'aurait rien fait.

La petite l'étrangle de ses bras et dans son cou il sent couler ses larmes. Il rebrousse chemin, et dans cette descente ses jambes tremblent et il sent des muscles dont il ignorait l'existence se nouer encore. Il pose Rachel au sol et lui donne la main.

– Je passe devant. Mais ici des serpents il n'y en a pas, je les aurais vus.

Elle dit d'accord. Elle dit qu'elle a peur quand même et elle serre deux des doigts de Franck dans sa main mouillée de sueur.

Ils retrouvent Jessica assise au bord du chemin sur une pierre. Elle lève vers eux sa figure barbouillée de larmes et de poussière. Franck sent la main de la fillette se serrer. Elle appuie son épaule contre sa cuisse.

– Salut mon cœur, fait Jessica. Tu me fais pas une bise ?

La gosse fait un pas en avant sans lâcher Franck, hésite.

– T'as eu peur de quoi ?

– Y avait un serpent.

Rachel marche vers elle et la prend dans ses bras et la serre contre elle puis se dégage brusquement et Jessica se penche vers elle, ses mains empêchées dans son dos.

– C'est bon, t'es content ?

– On y va. On parlera après. Allez, bouge.

Elle se lève et va devant, d'un pas décidé, droite, un peu raide. D'abord Rachel suit Franck puis marche à côté de lui dès que le chemin le permet. Aucun ne parle. Le soleil a roulé sur l'autre versant et sous les arbres rôde un peu de fraîcheur. Franck rêve d'une chaise et d'un verre d'eau. Il demande à Rachel si elle n'a pas soif, elle a envie d'un verre de lait.

Ils arrivent en vue de la maison et Franck aperçoit un 4 × 4 crasseux. Il reprend en main le fusil qu'il portait cassé sur son épaule et saisit Jessica par le bras. Ils approchent lentement. Le 4 × 4 est immatriculé dans le département. Vu la couche de boue qui encroûte les bas de caisse, c'est la voiture de quelqu'un du coin.

Dans la cuisine, un type en bras de chemise est assis en face du père, qui serre les dents et transpire. Posés sur la table, un haricot chirurgical, une seringue, des flacons d'antiseptique.

Le père se détend en voyant Franck.

– Je te présente le docteur Pierre Etchart, vétérinaire diplômé d'État.

L'homme ne lève pas le nez de ce qu'il est en train de faire. On ne voit que son dos massif, ses avant-bras épais, ses mains gantées de latex bleu.

– Putain arrête de bouger ! Déjà que j'y vois rien…

Il se redresse, une sorte de pince à épiler à la main, et laisse tomber dans le haricot un grain de plomb, et c'est à ce moment que Franck distingue les cinq autres parmi des traces sanglantes.

– Voilà. C'est terminé. Y a plus qu'à faire le pansement.

Il se retourne vers Franck et Jessica et les dévisage. Son regard glisse vers le fusil.

– Je ne sais pas à quoi vous jouez, et je ne veux pas le savoir. Mais si vous pouviez aller vous amuser plus loin, ce serait une bonne chose pour tout le monde.

– Ça va, Pierre…

– Non, ça va pas. Vingt centimètres plus à gauche, ça t'emportait l'épaule. T'as pris que les éclaboussures de la décharge.

Il nettoie encore les plaies suintantes puis pose le pansement et bricole une écharpe avec une bande Velpeau.

– Je viens le changer demain, dès que j'aurai vu les moutons de Lescarret. Tant pis pour toi, tu passes après les bêtes.

Il se lève et range son matériel dans un sac à dos. Il serre la main du père puis marche vers la porte. Quand il passe près de Franck, il pointe son index sur sa poitrine.

– Gâche pas trop les retrouvailles. Prends soin de lui.

Il écarte sans la regarder Jessica pour pouvoir sortir puis se hâte vers sa voiture. Le moteur du 4 × 4 s'emballe, les pneus patinent et soulèvent de la poussière et des cailloux.

– Fais pas attention, dit le père. Ce mec c'est de l'or massif. Il est venu dès que je l'ai appelé. Et comme c'est un ami, je lui ai expliqué ce qui s'était passé.

Il se met debout en soufflant, s'appuie à la table.

– C'est bon, il dit. Et puis c'est le bras gauche.

Il aperçoit Rachel, le dos tourné, et l'appelle.

– T'as pas soif, la belle ?

Ils entrent tous. Jessica reste debout près de la porte, les mains toujours liées dans le dos. Elle les regarde tour à tour et son visage n'exprime rien, comme si elle ne reconnaissait personne, comme si elle les regardait de loin ou depuis un lieu connu d'elle seule et inaccessible à quiconque.

Franck sort des verres, verse du lait, de l'eau. Le père jette des regards en coin à Jessica. Il s'apprête deux fois à dire quelque chose mais il se ravise à cause de Rachel et se tourne alors vers elle pour lui demander si c'est bon, si elle n'a envie de rien d'autre. Elle fait non de la tête, elle lève les yeux vers sa mère et cherche son regard et ne le trouve pas car Jessica semble ne voir plus rien, posant sur Rachel son regard clair et aveugle. Alors Armand propose à la fillette d'aller regarder la télé et la petite se lève et le suit dans la pièce d'à côté, la tête baissée. Des bruits, des paroles, de la musique résonnent aussitôt. Quand le père revient, il demande ce qu'ils vont faire à présent, il dit à Jessica de s'asseoir et elle s'assied sur une chaise qu'il pousse vers elle.

– Je vais chercher Fabien, dit Franck. Elle va me montrer où ils l'ont enterré et après j'appellerai les flics. Il faut bien en finir.

Pendant un moment, personne ne dit rien. On entend seulement la télévision à côté. Ils ont l'air tous les trois fourbus, posés sur leurs chaises, autour de cette table, comme des pantins inanimés.

Franck a l'impression de sortir d'un sac dans lequel on l'aurait trimbalé et malmené pendant des semaines, étourdi et moulu, et il aimerait parfois y rentrer pour s'y replier en chien de fusil en demandant à quelqu'un de le refermer solidement et de tout balancer dans un ravin. Il se penche vers Jessica qui garde les yeux rivés sur les motifs de la toile cirée.

– C'est toi qui l'as tué ?

Elle le regarde enfin. Ses yeux sont pleins de larmes, ses paupières battent et débordent et ses joues sales ruissellent d'écoulements plus clairs.

– Non, c'est pas moi.

Elle bouge ses bras dans son dos parce qu'elle aimerait bien s'essuyer la figure.

– Je sais pas, dit-elle encore.

– Comment ça tu sais pas ?

– Mon père. C'est mon père. Le lot de came du Serbe… On avait besoin d'argent, on voulait pas demander au Gitan, on voulait faire l'affaire tout seuls mais Fabien n'était pas d'accord.

– Et le reste du fric ?

Elle hausse les épaules.

– On s'en est servis. On a toujours besoin de fric, putain.

– Et quand le Serbe a commencé à s'impatienter, le Gitan est revenu dans le match. Avec moi comme ballon, c'est ça ? Et il m'a envoyé ses mecs pour me shooter dans les tribunes, c'est ça ?

– On a donné la came au Gitan pour qu'il l'écoule mais il lui fallait du temps et le Serbe voulait plus attendre. Alors Serge a décidé de foncer dans le tas. Et comme t'étais là au milieu, on en a profité.

Elle continue à parler d'une voix monocorde, regardant ses doigts qu'elle emmêle et démêle.

Franck l'écoute et l'observe comme s'il se trouvait devant un écran, à visionner un enregistrement. Le Gitan qui en a profité pour éliminer le Serbe avec lui qui a foncé tête la première dans tous les pièges tendus. L'espèce de machine à broyer qui s'enclenchait à chacun de ses faits et gestes, qui usinait ses engrenages au fur et à mesure. Il ne ressent aucune émotion, aucun sentiment capable de lui faire battre plus fort le cœur ou trembler ses mains. La colère et le chagrin s'annulent mutuellement pour se refondre en une lucidité douloureuse. Il reconnaît à peine la femme qui parle avec cette voix sourde en le regardant droit dans les yeux, des larmes coulant sans arrêt sur ses joues maculées de terre. Il ne voit que l'usine bancale dont il s'est extirpé avant d'être déchiqueté.

Il préfère regarder ailleurs. Il se lève parce qu'il sent que sa lucidité est un mélange instable.

– Il faut qu'on y aille. On partira demain.

18

Ils partent à l'aube, sans avoir vraiment dormi.

Franck et son père se sont retrouvés dans la cuisine vers cinq heures, poussés là par l'insomnie et ses inquiétudes. Ils ont mangé en n'échangeant que des mots utilitaires et banals. Café, sucre, pain. Deux phrases concernant le temps qu'il allait faire.

Ils ont entravé et attaché Jessica et l'ont couchée sur le siège arrière. Elle n'a rien dit, se laissant ligoter, lever, asseoir l'air ailleurs, complètement indifférente à ce qu'il pourrait désormais advenir d'elle. Elle a refusé le café qu'ils lui proposaient, a accepté une cigarette. La veille, elle n'avait plus rien dit après les quelques aveux qu'elle avait faits, retombant dans son mutisme, renfermée loin en elle-même. Ils lui avaient permis d'aller aux toilettes, puis lui avaient donné à boire et nettoyé la figure et elle s'était prêtée à tout sans protester, se plaindre ou remercier.

Franck a posé près de lui le pistolet, rangé le fusil dans le coffre, emporté quelques cartouches de calibre 12.

Le père regarde la voiture s'éloigner dans la même posture qu'à leur arrivée l'autre nuit. Bien campé sur ses jambes, mains dans les poches. Franck agite la main par la vitre baissée puis il accélère dès qu'il est sur la route et il va plus vite encore quand ils arrivent dans la vallée. Il veut sortir de l'emprise des montagnes, de ce charme puissant par lequel il sentait sa méfiance, sa colère, ses peurs s'éteindre et le laisser sans l'énergie malsaine qui l'avait tenu debout pendant ces semaines. Pourtant, il y a en lui, enfin, quelque chose de content et d'heureux. Il ne saurait dire quoi. Peut-être parce qu'il a fait, en venant ici, vers son père, ce qu'il se pensait incapable de faire. Ce qui lui semblait le plus redoutable après pourtant tout ce qu'il avait enduré et commis. Il craignait de retrouver un vieillard aigri et larmoyant, il a trouvé un homme neuf dans un pays nouveau. Un homme neuf dont chaque ride est une cicatrice. Qui marche et va, malgré sa fatigue. Qui vit avec ses fantômes aimés et qui tient en respect la mort même, l'empêchant d'approcher trop vite. Il sait confusément ces choses. Qu'à quelques âmes passées par l'enfer il est donné une seconde chance.

Dès qu'ils sont loin dans la plaine, dès que la vitesse et son vacarme sur l'autoroute les isolent un peu plus du monde extérieur, Jessica sort de sa torpeur et Franck l'entend pour la première fois bouger et faire grincer la banquette de skaï. Quand il se retourne vers elle, il aperçoit ses yeux fixés sur lui. Telle qu'ils l'ont attachée, elle ne peut pas se redresser pour s'asseoir.

– Tu crois faire quoi, maintenant ? demande-t-elle.

Sa voix est tranchante, aigre.

– Ce que je dois.

– Ce que tu dois ? C'est quoi cette réponse ? Tu te crois dans un film ?

– C'est ça, t'as raison. C'est un film mais il est bientôt terminé. Surtout pour toi.

– Ah ? Tu vas me tuer et m'enterrer dans les bois ? Pourquoi tu l'as pas fait hier ?

– Pas devant Rachel.

Pendant un long moment, elle ne dit plus rien. Franck ne veut pas se retourner pour n'avoir pas à croiser encore ce regard transparent de plus en plus vide.

– Tu vas me tuer, hein c'est ça ?

– Bien sûr que non. Je suis pas taré comme vous.

Elle l'injurie entre ses dents puis se tait. À mesure qu'ils approchent, le cœur de Franck s'emballe de plus en plus souvent et il doit parfois aller chercher loin l'air dont il a besoin pour respirer.

Ils entrent sur l'autoroute menant vers Bordeaux. Encore trois quarts d'heure de trajet. Il est un peu plus de dix heures C'est Franck qui décide de parler. Il voudrait qu'elle commence à avoir mal.

– Tu vas bientôt retrouver les tiens. T'es pas contente de revenir sur le lieu de tes crimes ?

– C'est pas des crimes.

Il ne peut s'empêcher de se retourner pour voir avec quel visage elle est capable de dire ça. Elle est toujours étendue sur le côté, posant sur lui ses yeux clairs, sans ciller, sûre de l'évidence qu'elle vient d'énoncer.

– Trois morts, t'appelles ça comment ?

Elle ne répond pas tout de suite. Elle réfléchit sans doute. Franck, lui, ralentit en arrivant au péage et il a du mal à se concentrer sur ce qu'il doit faire. Très vite, ils sont sur une route déserte qui fonce à travers la forêt de pins et le cœur de Franck se serre malgré les odeurs douces de résine et de terre qui viennent à lui.

– Il fallait le faire, c'est tout. Y avait pas d'autre solution. Avec mes parents c'était plus possible. Il fallait bien en sortir.

Il ne la voit pas mais sa voix bien posée, le ton paisible avec lequel elle parle, cette évidence tranquille qui porte chacun de ses mots donnent à Franck l'envie d'arrêter la voiture et de l'abandonner attachée à un arbre pour qu'elle crève lentement en réfléchissant à ce qu'elle a fait et à ce qu'elle vient de dire. Il a envie de balancer son bras en arrière et de la frapper au hasard comme font parfois les parents excédés par leurs gosses après des heures de route.

Ils parcourent les derniers kilomètres sans plus rien dire. La maison surgit dans une lumière crue et pour Franck sa façade grisâtre aux volets fermés est bien celle d'un tombeau monumental. Les Gitans ont refermé la porte derrière eux et il semble que personne n'a vécu là depuis des années.

Il prend son pistolet, va chercher le fusil dans le coffre, le charge et entasse dans ses poches quelques cartouches. Il ne sait pas bien pour quelle raison il s'encombre d'un tel arsenal. Il ne voit pas quelle menace viendrait déranger ce qu'il veut faire maintenant, mais il préfère ne pas laisser d'arme derrière lui. Il libère Jessica en prenant soin de lui laisser aux pieds une entrave de corde et l'aide à se redresser puis à sortir de la voiture. Elle reste immobile et regarde autour d'elle puis s'absorbe dans la contemplation de la maison, les yeux levés vers les fenêtres comme si elle attendait que l'une d'elles s'ouvre. Franck la pousse du canon de son arme et ils contournent le bâtiment et passent devant la caravane et arrivent près de la remise où le Vieux rangeait ses outils de jardinage. Jessica marche la tête haute, les mains liées dans le dos, à la manière d'un condamné allant vers son exécution.

– Arrête-toi. Ne bouge pas.

Il entre dans la remise à reculons, le fusil braqué sur elle. Elle continue de regarder droit devant. Ses yeux ne cillent pas. Ses lèvres sont serrées, ses narines se dilatent au rythme de sa respiration. Elle est en plein soleil et la chaleur qui tombe sur elle ne semble pas l'incommoder. Un peu de sueur luit à son front, au-dessus de sa lèvre. On pourrait croire qu'elle est en colère et qu'elle se retient de hurler.

Franck trouve une pelle et la hisse sur son épaule. Hé-ho, hé-ho, ne peut-il s'empêcher de chanter mentalement en revoyant les nains de son enfance.

– On y va. Tu sais où.

Il a l'impression étrange d'être à la fois familier des lieux et totalement détaché de ce qu'il y a vécu, dont ne lui viennent que des bribes de souvenirs confus, sans signification. Ils traversent le pré desséché, longeant le fil à linge, foulant le sentier étroit qu'il a emprunté souvent et il ne se rappelle que Rachel courant ici en criant sa peur. La forêt vient vers eux autant qu'ils s'en approchent et bientôt ils sont dans son ombre plus dense que dans son souvenir, dans un silence d'embuscade, et Franck prend mieux en main son fusil et écoute et scrute le foisonnement de bosquets de taillis et de troncs.

Jessica s'arrête brusquement et se retourne vers lui. Elle est essoufflée. Son visage brille de transpiration. Elle regarde le canon pointé sur elle, la pelle posée sur l'épaule de Franck.

– Qu'est-ce qu'on fout ici ?

– D'après toi ?

Elle hausse les épaules, tordant la bouche pour signifier son ignorance.

– Où est Fabien ?

– Il est mort Fabien, non ?

– Joue pas à ça. C'est pas le moment.

– Il est mort, je te dis. Qu'est-ce que ça peut faire où il est maintenant ?

– Je veux savoir où il est enterré. Je veux récupérer son corps et lui faire un enterrement digne. Tu peux comprendre ça dans ta tête de dingue ?

Elle sourit. Sans aucune malice. Un sourire heureux. Son visage s'illumine et ses yeux s'agrandissent et Franck retrouve la fille solaire qui l'avait ébloui avant de l'aveugler et pendant dix secondes il n'est plus sûr de savoir ce qu'il fait là et il s'attend à se réveiller de ce cauchemar macabre.

– T'es complètement fou, dit-elle en secouant la tête. C'est par là.

Elle se remet en marche sans se soucier qu'il la suive ou non et elle progresse aussi vite que le lui permet l'entrave attachée à ses chevilles. Ils arrivent à la palombière et elle s'arrête à l'orée du cercle de galeries pareilles à l'échine décharnée d'un monstre mort.

– C'est ici.

Elle soulève de la pointe de sa chaussure le tapis d'aiguilles de pin et de feuilles et la terre apparaît plus claire, presque blanche. Franck appuie le fusil contre une souche et prend le pistolet.

– Cherche pas à faire la maligne. Je te détache. Je te jure que je tire si tu déconnes.

Il défait avec peine les nœuds à ses pieds et à ses poignets. Il lui faudrait ses deux mains. Ou un couteau. La corde d'alpiniste finit par tomber au sol. Il fait trois pas en arrière et lui jette la pelle.

– Vas-y.

Jessica regarde la pelle et ne bouge pas. On croirait qu'elle n'en a jamais vu et qu'elle réfléchit à la façon de s'en servir. Puis elle pousse doucement le manche de l'outil de la pointe du pied.

– Non.

Il y a par terre, près de Franck, une branche tombée avec encore un bouquet d'aiguilles et une pomme de pin. Il la prend et frappe Jessica au visage et la frappe encore dans le dos et une coupure en travers de son front commence à saigner et les fibres de son tee-shirt sont accrochées par des moignons secs de brindilles hérissés et il tire vers lui Jessica qui pivote en poussant un cri, déséquilibrée, presque renversée. Elle se redresse, le visage en sang, et parmi l'écarlate ses yeux clairs s'allument de terreur. Il la frappe encore, en pleine figure et elle recule et titube, jetée au sol, et elle brame comme une enfant corrigée sans raison.

Franck jette la branche au loin, les mains collantes de résine et il arme son pistolet et le pointe sur elle, au milieu de son visage masque de sang et de peur. Il tremble, il y voit mal parce que la sueur coule dans ses yeux et parce que des larmes débordent sans qu'il sache pourquoi alors il s'essuie les yeux du revers de la main et il ôte son doigt de la détente parce qu'il est à quelques millimètres de lui arracher la gueule et le crâne d'une balle tirée de si près.

– Tu vas le faire ! Tu vas le faire !

Il s'entend à peine dire ça dans le brouhaha des gémissements de Jessica et des clameurs de haine et des tapements du sang qui résonnent en lui.

Elle se remet debout, haletante. Ses mâchoires claquent, elle se tient raide, les bras tendus le long du corps comme ceux d'un mannequin de vitrine, puis elle soulève son tee-shirt et s'essuie la figure et sans un regard pour Franck elle commence à creuser.

Le sol est meuble. Jessica jette les pelletées de sable gris derrière elle. Elle dégage la couche superficielle et les limites de la tombe apparaissent : un rectangle d'un mètre cinquante de long. Elle s'essuie encore le visage, elle souffle, la transpiration détrempe son tee-shirt.

Franck se tient à deux mètres d'elle. Il lui arrive de ne plus respirer. Il sait seulement que son cœur bat encore parce qu'au fond de sa gorge, sous son crâne brûlant, le sang rue et cogne.

Elle est dans le trou, noire de terre, enfoncée jusqu'aux genoux. Elle s'assoit au bord et garde un instant la tête entre les genoux.

– T'arrête pas, dit Franck.

Elle affecte de n'avoir rien entendu et s'essuie la figure, le cou, les mains pleines d'ampoules.

Il passe derrière elle et la pousse d'un faible coup de pied dans le dos. Il ne sait plus qui est cette fille crasseuse assise au bord d'une tombe. Il ne sait même pas si elle est quelqu'un. Le souvenir de ce qu'elle a été s'est effacé. C'est à ce moment-là pour lui une créature sur laquelle il a tout pouvoir. Il ne jouit pas de cette domination. Il n'a même pas la volonté de se venger. Jessica est un outil vivant, utile. Une seule certitude : Fabien est là, à quelques centimètres sous le sable, dans la terre et rempli, déjà, par la terre.

– Creuse.

Elle se remet debout, agitée de sanglots qui l'étouffent et la font tousser. Elle appuie du pied sur le tranchant de la pelle et dégage un paquet de terre plus compact, puis encore un, et alors Franck aperçoit des haillons de tissu bleu et comme elle continue à creuser, n'ayant peut-être pas vu ce qu'elle avait mis au jour, un effluve violent le fait reculer et la puanteur s'enroule autour de lui avant de s'estomper et de n'être plus, stagnant au-dessus de la tombe, qu'un relent âcre qui se colle à son palais. Jessica s'est arrêtée de creuser et remonte au bord de la fosse et crache et vomit.

Franck s'approche et distingue la forme du corps replié en chien de fusil. Il aperçoit une main déchirée, les os jaunâtres gantés d'une croûte brune. Il ne peut détacher son regard de ces restes qu'il distingue mal, mêlés encore au sable, et il dit des choses à voix basse, mon frère, tu vois je suis venu. Il redoute d'en voir davantage : les ruines du visage, le squelette grotesquement habillé de ses hardes de tissu et de peau.

Alors il se redresse, émergeant de ce qui n'est peut-être qu'un cauchemar, et regarde autour de lui surpris de voir la forêt inchangée, cette indifférence debout éclaboussée de soleil, et à ce moment sur sa droite quelque chose bouge au milieu de la palombière, quelque chose de profondément noir qui vient s'immobiliser et vers quoi il se tourne, pris d'un vertige. Le chien est là, au centre de la palombière, dressé sur ses pattes, fixant sur lui son regard sans fond. Plus grand peut-être que dans son souvenir. Puissant et musculeux. Son pelage noir ne rendant aucun éclat, aucun reflet, la lumière venant y mourir. Ce chien qu'il a vu crevé dans le couloir, la gueule emportée par une décharge de fusil. Il voudrait parler, qu'au moins ses paroles rompent l'envoûtement, mais sa bouche et sa gorge sèches sont incapables d'émettre le moindre son. Il se souvient brusquement qu'il a une arme à la main, alors il lève le bras et place son index sur la détente. Il ne tremble plus. Il doit tuer cette chimère, vision de toutes ses peurs, et il s'applique à viser le chien immobile dont les flancs se soulèvent avec lenteur, animés d'un souffle profond.

Le tranchant de la pelle le fauche sous les genoux et il lui semble qu'on lui coupe les jambes. Il tombe sur le dos dans le trou et se replie sur lui-même pour prendre à pleines mains sa douleur et les plaies dont il palpe l'humidité sanglante et il se débat et il se tord parce qu'il sent sous lui le corps détruit de son frère comme un lit de branches et de cailloux. Il parvient à parer le deuxième coup que Jessica abat sur lui et tire sur le manche de la pelle pour la lui arracher. Elle bascule sur lui avec un cri, lourde, lente, et laisse son visage se poser sur le sien et il se surprend à éprouver encore cette douceur, étourdi de fatigue et de douleur jusqu'au moment où il sent la bouche de Jessica s'ouvrir et ses dents lui attraper la figure et se planter dans sa chair. Il la saisit par les cheveux de sa main libre mais ne parvient pas à l'écarter et il l'entend gronder sourdement contre lui, sa morsure verrouillée dans sa viande. Il glisse sa main jusqu'au cou de Jessica, entend sous ses doigts la pulsation de l'artère et y enfonce le pouce comme s'il allait pouvoir la déchirer à mains nues.

Elle se rejette en arrière en suffoquant, toussant, crachant sur lui, la bouche pleine de sang et il la renverse d'un coup de poing à la tempe. Il se hisse hors de la tombe, il rampe sur quelques mètres et se redresse à quatre pattes, le ventre secoué par les coups de pied d'une nausée, cette puanteur de mort dans la gueule comme un jus qu'il essaie de cracher. Quand ça s'est calmé, il se tourne vers le sanctuaire maléfique et n'y voit plus rien qu'une flaque de soleil à l'endroit où se tenait le chien. Un peu plus loin, Jessica est couchée sur le ventre, le visage tourné vers lui, les yeux grands ouverts, soufflant par la bouche en faisant vibrer ses lèvres comme une enfant boudeuse.

Franck s'adosse au tronc d'un arbre et fouille dans une grande poche de son pantalon puis trouve son téléphone au milieu des cartouches de fusil. Il compose le numéro, son père décroche aussitôt, demande comment ça va. Franck cherche son souffle avant de répondre.

– J'y suis. Je l'ai trouvé. Il est là, tout près. J'ai plus de forces. Faut que tu viennes. Et Rachel ?

– Elle joue dehors avec le chat. J'arrive.

pca
cmb
édition pré-presse
livres numériques

44400 Rezé

Achevé d'imprimer en décembre 2017
sur les presses de Normandie Roto Impression s.a.s.
61250 Lonrai (Orne)
pour le compte des Éditions Payot & Rivages
18, rue Séguier - 75006 Paris
N° d'imprimeur : 1705227
Dépôt légal : décembre 2017

Imprimé en France